OLIVER KERN

EISKALTER HUND

FELLINGERS ERSTER FALL

KRIMINALROMAN

WILHELM HEYNE VERLAG
MÜNCHEN

MIX
Papier aus verantwortungsvollen Quellen
FSC® C014496

Verlagsgruppe Random House FSC® N001967

Vollständige deutsche Erstausgabe 04/2018

Redaktion: Tamara Rapp
Printed in Germany
Satz: Buch-Werkstatt GmbH, Bad Aibling
Umschlaggestaltung: © Eisele Grafik-Design, München,
unter Verwendung von © Mauritius Images (food collection), Bigstock (Milkos),
Depositphotos (Antisana, ivan.baranov), Shutterstock (Maglara, koosen)
Druck und Bindung: GGP Media GmbH, Pößneck
ISBN: 978-3-453-43869-9

www.heyne.de

PEKING

Ich mag ihn ja selber nicht.

Rein vom Ansehen und von der Sympathie her rangiere ich damit noch hinter der Politesse und dem Pharmareferenten. Unmittelbar vor dem FIFA-Präsidenten, wenn man es auf den Punkt bringen möchte. Wahrscheinlich ist den Leuten, die ich aufsuche, sogar der Gerichtsvollzieher lieber. Der klebt allenfalls mal einen Kuckuck. Das lässt einem Spielraum, man kann existentiell noch weiterwursteln. Ich hingegen, ich mache die Bude dicht, wenn sich der vorgefundene Zustand nicht mit den Bestimmungen vereinbaren lässt. In Berufung auf die Paragrafen drei bis acht LMHV, der Lebensmittelhygiene-Verordnung, drehe ich dann quasi alle Hähne zu, einschließlich des Geldhahns. Und wenn es ums Geld geht, hört der Spaß bekanntlich auf.

Und dann stehe ich da.

Nein, ich mag ihn nicht. Aber es hat sich halt so ergeben. Nicht wegen der Bezahlung, die könnte freilich besser sein. Na ja, immerhin bin ich verbeamtet. Die Mama freut's, dass sie einen Beamten in der Familie hat.

Persönlich bin ich darauf nicht so stolz, von Erwartungen will ich gar nicht erst anfangen. Geld ist nicht alles. Karriere auch nicht. Allerdings könnte beides helfen. Speziell bei den Frauen.

Womit wir beim Thema wären. Frauen. Bei Frauen kommt es überhaupt nicht gut an. Da machst du keinen Stich, wenn du sagst, was du machst. Weshalb ich dann besser gar nichts sag. Also rein privat betrachtet.

Natürlich kriege ich Angebote. Einschlägige. Aus der Verzweiflung heraus. Aber die anzunehmen verbietet sich; das wäre Amtsmissbrauch, und da bin ich eisern. Im Dienst gibt es keine Freunde und keine Freude.

Den Satz sollte ich mir patentieren lassen.

Nein, beliebt sind die Kollegen und ich nicht. Die in der Zentrale bezahlen uns seit Kurzem sogar Selbstverteidigungskurse. Seit diesem Vorfall vor einem halben Jahr. Da wurde im Bezirk Neutraubling einem Kollegen in den Finger gehackt. Mit einem Küchenbeil. Wohlgemerkt, der Finger war nicht ganz ab. Er konnte die Hand gewissermaßen noch zurückziehen. Allerdings nicht schnell genug. Nur angehackt also. Wobei, was heißt schon »nur«? Schlimm war's trotzdem, auch wenn es lediglich den kleinen Finger der linken Hand getroffen hat. Den, den ein Rechtshänder am allerwenigsten braucht. Dennoch sähe es unästhetisch aus, wäre er weg gewesen. Zum Glück konnte er wieder angenäht werden. Wobei ich gehört habe, dass die Nerven durch sind.

Nein, ich mag ihn nicht, den Beruf.

Und ja, im Dienst bin ich ein Korinthenkacker.

Freilich, beim Kellerwirt, da schau ich schon nicht so genau hin, weil wenn ich genau hinschauen würde, wüsste ich womöglich hinterher nicht mehr, wohin ich sonntags zum Frühschoppen gehen soll. Diese meine Nachsicht ist dem Kellerwirt bekannt. Nervös ist er trotzdem immer, wenn ich offiziell komme.

Warum der Kellerwirt Kellerwirt heißt, kann ich mir bis heute nicht erklären. Er auch nicht. Der Pauli hat das Wirtshaus übernommen, ebenso wie den Namen. Im Keller ist die Gaststube jedenfalls nicht – und ins Lager schaut besser keiner seiner Gäste rein. Es reicht völlig, wenn ich da nicht so genau reinschaue.

Kurz gesagt, ich will den Stammtisch nicht gefährden. Wo sollten wir denn hin? Zum Reischl? Zum Franzl? Oder zur Linde? Die eigentlich Kastanie heißen müsste, wenn es danach geht, was für ein Baum vorm Haus wächst.

Verstehe einer die Welt …

Wirtshäuser gibt es gerade genug in meinem Verwaltungsbezirk, das Geschäft geht nicht aus. Im Gegenteil, wir kommen nicht hinterher, und das nutzen diese Hundlinge natürlich aus. Die Hygienemoral ist am Boden! Wie so vieles, aber das würde den Rahmen sprengen, sich da jetzt drüber auszulassen, was noch alles darniederliegt bei uns.

Heute ist auf jeden Fall der Chinese dran. Der bei uns am Ort. Unangekündigt, versteht sich. Nicht, dass ich was gegen Chinesen habe. Überhaupt nicht. Gegen Asiaten generell habe ich nichts. Auch nichts gegen Inder. Oder Afrikaner. Also, im Allgemeinen. Ich bin sehr tolerant gegenüber allen Volksgruppen. Außer es geht um die Paragrafen drei bis acht LMHV.

Und der Chinese, also der bei uns am Ort, das ist auch so ein Hundling. Weshalb ich öfter dort vorbeischaue. Dabei hat der eh schon kaum mehr Haare auf dem Kopf. Manchmal mache ich mir den Spaß und fahr auf seinen Parkplatz. Nur so, um zu sehen, wie ihm die Augen rausquellen.

Heute ist es allerdings ernst. Wegen des anonymen Anrufs, der gestern in der Dienststelle einging und umgehend an mich weitergeleitet wurde. Das Los, wenn man im Außendienst ist. Im Büro kann man so einen Anruf leichter ignorieren. Es klingelt, ein Blick aufs Display. Du hast alle Zeit, das Für und Wider abzuwägen. Aber draußen, im Auto, in der Hektik, da gehst du aus einem Reflex heraus ans Handy – und zack, schon haben sie dich am Wickel.

Nicht, dass es ihm nicht geschmeckt hätte, hat der Anrufer gemeint, aber irgendwas sei komisch gewesen. Da soll unsereins was mit anfangen können, mit so unkonkreten Aussagen. Irgendwas komisch. Die schwarze Soße oder so.

Schwarze Soße?

Soja?, habe ich nachgefragt.

Nein, hat er gemeint, Soja war's nicht, das kennt er von daheim.

Anonym war der Anrufer jetzt auch nicht wirklich. Man kennt sich halt im Ort. Zumindest kenne ich viele und Leute mit eindringlichen Stimmen im Besonderen. Und genau diejenigen sollten nicht versuchen, ihre Stimme zu verstellen, und schon gar nicht probieren, Hochdeutsch zu reden. Das funktioniert sowieso nie und hört sich noch schlimmer an, als wie wenn die im Fernsehen sich bemühen, gezwungen Bayerisch zu sprechen.

Soja! Grad als ob dem Grundmüller Sigi seine Frau daheim mit Soja kochen würde! Es ist ja schon verwunderlich, dass die überhaupt zum Chinesen gehen.

Ich steige also aus. Am späten Vormittag ist der Parkplatz vor dem Peking noch leer. Mittagstisch ist erst ab elf. Durchs Fliegengitter vor dem Küchenfenster sehe ich schon, wie sie drinnen hektisch werden. Und das ist ja nicht unbegründet. Nicht nur, weil der vermeintlich unbekannte Anrufer irgendwas komisch fand und der Rumäne sich nach dem Biesln nicht die Hände wäscht. Ja, beim Chinesen kocht tatsächlich ein Rumäne. Das wissen die wenigsten. Noch weniger wissen, dass er es mit dem Händewaschen nicht so genau nimmt, wenn er vom Klo kommt. Das weiß eigentlich nur ich, weil ich mal einen Abstrich gemacht habe. So was erzähle ich im Normalfall nicht weiter und belasse es bei einer Ermahnung. Fraglich, ob's was hilft.

Nicht, dass ich den Rumänen etwas vorzuwerfen hätte. Ich habe nämlich auch nichts gegen Europäer. Osteuropäer eingeschlossen. Außerdem sind bei mir keinerlei Aversionen gegen rumänische Kochkünste vorhanden.

Wobei – Kunst? Die machen viel mit Maisbrei und so Eingewickeltes. Schafhack in Kraut. Eintöpfe. Ob das die asiatische Küche nicht ein klein wenig verfälscht? Rein objektiv betrachtet. So was beschäftigt mich halt, auch wenn ich nicht zum Sternevergeben komme.

Was das Peking im Speziellen angeht, habe ich gehört, dass der Hofer Erwin letzte Woche dort was Sanitäres gemacht hat. Angeblich gab es eine Verstopfung, und die Rohre verlaufen unterm Reislager, was praktischerweise einen Ablauf hat, wenn man es mal ausspritzen möchte. Nur – wenn es in die andere Richtung geht und was von unten hochdrückt, ist das wiederum nicht so geschickt. Für den Reis und auch geruchsmäßig. Und dass der Erwin nicht immer alles so hundertprozentig dichtkriegt, das ist jetzt auch kein Geheimnis.

Wie ich mein Equipment aus dem Kofferraum hole, sehe ich den Herrn Luang im Eingang auftauchen. Rechts und links stehen da zwei chinesische Löwen. In Gold und Rot lackiert. Diese Torwächter sind freilich aus Plastik. Die Chinesen sind ja ganz groß, wenn's darum geht, was in Plastik zu machen. Allerdings würde von uns auch keiner erwarten, dass die Löwen aus Stein und mit Blattgold verziert wären. Auf jeden Fall haben die Viecher ein komisches Grinsen, und das passt zum Herrn Luang. Der lächelt vergleichbar verkniffen und wiegt dabei leicht seinen Kopf. Nicht so übertrieben, wie es die Inder machen, aber auffällig ist es allemal. Kulturell geschult, wie ich bin, weiß ich natürlich, dass sein Lächeln nichts zu bedeuten hat. Das ist eher wie ein Krampf im Gesicht. Mehr nicht. Wenn mein Opa, Gott hab ihn selig, zu seinen Lebzeiten zu tief ins Glas geschaut hat, bekam er des Öfteren eine Maulsperre. So zumindest hat es die Oma immer genannt. Maulsperre. Ich habe das spaßeshalber gegoogelt, und fachlich korrekt heißt es Kiefersperre. So würde es hier in der Gegend keiner nennen, versteht sich. Jedenfalls muss ich immer an Maulsperre denken, wenn der Herr Luang mir entgegenlächelt. Das macht er eben, weil er aus dem Land des Lächelns kommt und dem gerecht werden muss, selbst wenn der Mann von der Lebensmittelüberwachung vor der Tür steht.

Wo ich nicht lange stehen bleibe, sondern am Wirt vorbei mit Schwung die Gaststube betrete. Selbstredend lehne ich den Pflaumenschnaps ab, den er jedem Gast nach der Bestellung aufdrängt, und der schon auf der Anrichte bereitsteht. Ich marschiere gleich durch in die Küche. Herr Luang hört auf zu lächeln, lässt den Pflaumenschnaps, wo er ist, und trottet hinterher.

Ich habe persönlich nichts gegen den Mann, es ist alles von Amts wegen, nur um das noch mal zurechtzurücken.

Der Rumäne tut überrascht und nestelt an seiner Schürze herum. Die ist nahezu reinweiß, womit klar wird, dass er sie eben frisch angezogen hat. Wenn ich jetzt in irgendeiner Ecke die alte finde, die er bis vor zehn Sekunden noch umgebunden hatte, dann wird es eng fürs Peking. Aber ich schaue nur oberflächlich herum, habe keine Lust, mich zu bücken und unter die Regale zu leuchten. Schon gar nicht unter den Ofen oder die Spüle. Später vielleicht, wenn sie mir blöd kommen, dann hole ich meinen Teleskopstock mit Spiegel aus der Tasche.

»Ich hätt gerne eine Probe von der schwarzen Soße!«, sage ich, weil ich nicht weiß, wie man auf Rumänisch einen guten Tag wünscht.

Der Koch tauscht einen Blick mit seinem Chef. Der lächelt kopfwackelnd zurück, woraufhin der Rumäne von einem der Töpfe auf dem Gasherd den Deckel hebt. Ich muss nächstes Mal besser aufpassen, ob es bei Herrn Luangs Lächeln und Wackeln unterschiedliche Nuancen gibt.

Mit stoischer Miene halte ich meinen Zinken über den Topf und atme langsam ein. Sie riecht nicht sonderlich lecker, die schwarze Soße. Stinkt jetzt aber auch nicht direkt. Der fettige Glanz auf der Oberfläche erinnert an das Altöl, das aus dem alten Hanomag meines Vaters rausläuft, wenn der alle heilige Zeiten mal einen Ölwechsel macht.

»Muss ich was wissen?«, frage ich und greife nach einem Kochlöffel.

»Alles gut!«, behauptet der Rumäne.

Langsam rühre ich um. Klumpen treiben an die Oberfläche. »Sind das Speckkäfer?«

»Schwarze Bohnen«, verbessert der Küchenchef.

Mit der Pipette ziehe ich mir eine Probe und fülle sie ordentlich in ein dafür vorgesehenes Döschen mit Schraubverschluss ab. Dann sauber beschriften, vor den Augen des Kochs und des Chinesen. Zwei Zeugen sind immer besser als einer. Das Ganze wird zudem fotografiert, schriftlich dokumentiert und muss zu guter Letzt gegengezeichnet werden. Alles nach Vorschrift und damit hinterher keiner mit einem Anwalt kommen kann, der dann behauptet, die schwarze Soße stamme gar nicht aus dem Peking, sondern vom Imbiss hinter der Tankstelle.

Noch während ich die Probe sachgerecht in meinem Untersuchungskoffer verstaue, fällt mir auf, dass die Küchenhilfe – optisch eine Asiatin, allerdings mit stark ostdeutschem Dialekt behaftet – verdächtig festgefroren vor dem Eingang zur Kühlung steht. Und zwar schon, seit ich die Küche betreten habe.

»Ist da was kaputt?«, frage ich und deute in ihre Richtung. Poröse Dichtungen bei Kühlaggregaten sind das Haupteinfallstor für Schädlinge, muss man wissen.

»Oha, nix kaputt, Hell Fellingel«, antwortet Herr Luang.

Ich weiß bis heute nicht, ob das mit dem »l« statt »r« wirklich ethnologisch verwurzelt oder nur so eine Masche von ihm ist.

»Ja, und warum wäscht die dann nicht den Salat, sondern drückt sich dort vor der Kühlung herum, als müsste sie die Kronjuwelen bewachen?«

Herr Luang wedelt hinter meinem Rücken mit der Hand und meint tatsächlich, ich würde das nicht mitkriegen. Seine Küchenhilfe schaut jetzt noch verwirrter drein, bleibt aber an Ort und Stelle.

»Also, jetzt muss ich da einen Blick reinwerfen!«

Eigentlich war ich ja mit der schwarzen Soße noch gar nicht fertig. Sicher gibt es im Lager noch mehr davon, weil ich dem Rumänen nicht abnehme, dass der diese kulinarische Preziose jeden Tag frisch zubereitet. Da steht bestimmt irgendwo ein Eimer davon rum, aus dem er nach Bedarf was rausschöpft und aufkocht. Aber jetzt bin ich zu neugierig darauf, was die da in der Kühlung haben. Auffälliger kann man sich ja kaum verhalten. Ich ziehe also meinen Kopf zwischen die Schultern und stiefle schnurstracks auf die sächselnde Asiatin zu.

Dass die schmächtige Gestalt aus Sachsen stammt, das weiß ich übrigens seit dem letztjährigen Volksfest. Da war sie am Nebentisch gehockt. Im Dirndl. Man stelle sich das mal vor, im Dirndl! Wo sie doch nichts hat, womit sie das ausfüllen könnte. Also rein gar nichts! Auf jeden Fall hat sie sich vom Wollner Franz mindestens drei Mass spendieren lassen, geschunkelt, was das Zeug hielt, und jedes Lied, das die Blaskapelle gespielt hat, in breitem Sächsisch mitgesungen. Was die drei Mass anbelangte, war das rausgeschmissenes Geld für den Wollner. Den habe ich nämlich zwei Stunden später, als ich aus dem Toilettenwagen gekommen bin, allein nach Hause torkeln sehen. Na ja, vielleicht hat er freiwillig verzichtet, wegen des Dialekts.

Die Küchenhilfe, jetzt ohne Dirndl, dafür mit Papierhäubchen und Kochkittel – ebenfalls auffällig frisch, wenn auch mit leichtem Grauschleier –, tritt erschrocken zur Seite, weil ich so auf sie losrausche.

Ich drücke den Hebel nach unten. Herr Luang samt Rumäne hängen mir im Nacken. Trotzdem, sich gegen die Stahltüre zu schmeißen, um zu verhindern, dass ich sie aufziehe, trauen sie sich dann doch nicht. Kalter Nebel wabert mir aus der Kühlung entgegen. Temperaturmäßig schaut alles gut aus. Auch die Dichtung, nagelneu. Aber ich sehe natürlich sofort, warum der Chinese nicht wollte, dass ich einen Blick reinwerfe. Da hängt was von der Decke, was dort nicht hingehört. Zumindest nicht in die Kühlung eines deutschen Chinarestaurants.

»Wem gehört der Hund?«, frage ich so trocken wie die Kälte, die mich umfängt.

AKTENZEICHEN XY

»Ist nicht fül Gäste, ist fül Familie, kommt zu Besuch aus Wuwei, nächste Woch'«, stammelt der Chinese, überraschend verständlich dafür, dass die Panik auf seinen Stimmbändern reitet. Ich gehe näher ran, weil ich es nicht glauben kann. Aufgehängt wie eine Sauhälfte, den Fleischerhaken durchs Hinterbein getrieben, wie man es halt so macht, baumelt der nackte Hund in der Kälte. Tiefgefroren. Das Fell sauber abgezogen, der Kadaver ausgeweidet. Fachmännisch geschlachtet, da kann man nichts beanstanden. Aber eindeutig ein Hund. Mittlere Größe, Schulterhöhe geschätzt etwa ein halber Meter, Gewicht rund dreißig Kilo, wenig Fettanteil, ordentlich Muskelfleisch, was auf eine gesunde Ernährung schließen lässt. Kein Straßenköter jedenfalls, den man einfach geschwind so aberntet. Mal abgesehen davon, dass es die bei uns in Bayern gar nicht gibt, die herrenlosen Streuner. Dafür haben wir eine zu große Jägerdichte, und die schießen bekanntlich auf alles, was vier Beine und keinen Mensch dranhängen hat. Wobei, selbst das stört in manchem Fall nicht, und Nordic Walker ... mei, da würde ich aufpassen und immer helle Kleidung tragen.

»Wem gehört der Hund, wo haben Sie den her?« Ich werde etwas lauter. Eigentlich müsste ich den Laden jetzt sofort zusperren, aber das behalte ich mir fürs Erste noch vor. Erfahrungsgemäß verliere ich damit sonst augenblicklich jede Form von Kooperation. Dann schalten sie auf stur, und ein sturer Wirt ist schlimmer wie jedes Maultier.

»Wal kaputt«, erklärt Herr Luang. »Schon tot, übelfahl'n.«

»Überfallen?«

»Überfahren«, korrigiert der Rumäne und brummt dann, an seinen Chef gewandt: »Ich hab gesagt, gibt Problem.«

»Da hat er aber so was von mitgedacht, Ihr Chefkoch«, bestätige ich. »Wer hat den Hund überfahren?«

»Cousin Tian«, kommt es zögerlich.

»Oha, wie praktisch, wo doch das Familienfest mit der Verwandtschaft aus Wauwau ansteht.«

»Wuwei«, korrigiert mich Herr Luang. »Hund wal schon tot«, erinnert er mich und zeigt auf den Brustkorb. Die Rippen sind dort tatsächlich eingedellt. »Flisch, aba tot!«

»Tot hin oder her, das gehört gemeldet. Wo kämen wir denn da hin, wenn man alles gleich mitnimmt, was man überfährt, um es dann der Familie vorzusetzen?«

»Spart Abdecker«, wirft der Rumäne ein.

Jetzt bringen die zwei mich aber auf die Palme. »Der Hund kommt weg! Nein, er bleibt hier!«, korrigiere ich mich, weil ich mir in dem Moment vorstelle, wie der Kadaver langsam in meinem Kofferraum auftaut und das Stinken anfängt. Heute komme ich nämlich nicht mehr in die Dienststelle, und mein Gefrierfach zu Hause ist zu klein. Das gäbe nur eine Riesensauerei bei den Temperaturen. »Ich lass ihn abholen«, verkünde ich. »Bis dahin geht mir keiner in die Kühlkammer!«

»Mit was soll ich dann kochen?«, fragt der Rumäne.

»Jedenfalls nicht mit dem Hund!«

Herr Luang sagt gar nichts mehr und schaut mich nur entsetzt an. Ich will schon aus der Kühlkammer raus, weil ich langsam Frostbeulen ansetze, da fällt mir noch was ein.

»Wo ist das Halsband?«

Der Rumäne verweist mit einem Kopfnicken auf seinen Chef, und ich ertappe mich dabei, wie ich kontrolliere, ob der Herr Luang es sich umgelegt hat.

Im Tross gehen wir quer durch die Küche zu einem Büfett, bei dem der Chinese eine Schublade aufzieht. Er muss nicht groß drin rumkramen, sondern holt gleich eine breite Gliederkette heraus. Ich will gar nicht wissen, welche Souvenirs der Herr Luang sonst noch aufbewahrt von dem, was dem Cousin Tian so alles vor den Kühler gerät. Fast demütig reicht er mir das Hundehalsband. Die Marke hängt auch noch dran. BEAVER ist da eingraviert und eine Nummer. 270865-4.

Beaver!

Können die Leute ihren Hunden keine gescheiten Namen mehr geben? Hasso oder Rex? Von mir aus auch Arco.

»Das nehme ich mit!«, sage ich. Keine Einwände. »Und jetzt will ich noch wissen, wann und wo der Cousin Tian den Hund überfahren hat?«

»Dienstag, spät. Nix weit, zweihundelt Metel. Hund ganz flisch tot«, erklärt Herr Luang und deutet in die Richtung, in der seiner Meinung nach die Bayerwaldstraße rauf nach Oberfrauenwald und Waldkirchen verläuft. Wir haben hier in der Gegend verdammt viel Wald, egal wo man hinschaut, denke ich und wiederhole die Aussage des Chinesen. »Zweihundert Meter.« Nicht sonderlich weit. Ich könnte zu Fuß die Straße abgehen und nach dem Tatort Ausschau halten. Falls es nach Dienstag überhaupt noch Spuren gibt, zumal wir bereits Freitag haben und es dazwischen mindestens einmal gewittermäßig geregnet hat.

Ich zeige auf die Tür zur Kühlung. Warnend. Versichere mich, dass meine Anweisung verstanden wurde, und verlasse die Küche. In der Wirtsstube sitzen die ersten Gäste. »Heute gibt es nur Reis und Gemüse«, erkläre ich im Vorbeimarschieren und ernte fragende Blicke. Herr Luang, der mir an den Fersen hängt, wedelt mit den Händen und lächelt. Ich bin mir nicht sicher, ob er seine Kundschaft damit beruhigen kann. Nachher vielleicht, mit einer zweiten Runde Pflaumenschnaps.

Draußen auf dem Parkplatz steht die Sächsin und raucht. Ich sehe ihr sofort an, dass die Zigarette nur ein Vorwand ist. Sie hat sogar den Betonkübel, der als Aschenbecher dient, ein Stück verrutscht, sodass ihr Standort vom Küchenfenster des Peking nicht erkennbar ist. Mich juckt es an der Stelle, dort, wo es mich immer juckt, wenn etwas zum Himmel stinkt. Dort, zwischen den Schulterblättern, wo ich so schlecht hinkomme, was es besonders unangenehm macht. Das ist psychosomatisch, und es mag jetzt vielleicht arg abgedreht und in der Tendenz metaphysisch klingen, aber es kündigt Unheil an. Weshalb ich überhaupt erst darauf aufmerksam geworden bin. Auf diese – nennen wir es beim Namen – Gabe!

Ich bin nicht abergläubisch. Nicht einmal meine Oma hat mich da anstecken können, obwohl die an alles geglaubt hat, was man auf esoterischer Ebene so glauben kann. An die Bauernregeln hinten auf dem Abreißkalender von der BayWa, an das Horoskop im Goldenen Blatt und an die Prophezeiungen vom Mühlhiasl und vom Nostradamus. Wahrscheinlich hätte sie auch an den Maya-Code geglaubt, wenn sie jemals davon gehört hätte. Sie hatte nie Zweifel, selbst wenn sich was nicht erfüllt hat. Ich hingegen betrachte diese unangenehme Form der Erleuchtung unter einem anderen Aspekt. So wie Peter Parker seinen Spinnensinn hab ich das Unheil-Jucken, und da gibt es nichts dran zu deuteln, auch wenn ich das natürlich niemandem erzähle. Da halte ich es wie meine Vigilanten-Vorbilder aus der Comicwelt.

Jucken tut es mich schon seit der Kindheit, ohne dass ich sagen kann, wann genau es anfing. Was letztlich in Erinnerung blieb, waren vielmehr die dramatischen Vorfälle, die sich auf diese Weise ankündigten. Zum Beispiel im Winter 1976, als der Löffelmacher Pepi gemeint hat, er müsste mit seinem Schlitten das Stalldach runterrodeln, und dabei direkt in der Jauchegrube gelandet ist. Die trotz des strengen, anhaltenden Frostes nicht genug zugefroren war, dass die Eisdecke seinen Aufschlag ausgehalten hätte. Da hat es sakrisch gejuckt, bevor er losgeschlittert ist, und so lang, bis sie ihn endlich rausgezogen hatten. Solcherart Geschichten gibt es einige, und gerade jetzt juckt es fast ebenso heftig wie damals, als der Pepi seine gewagte Schlittenpartie angetreten hatte. Es juckt, und ich reagiere darauf. Gespielt teilnahmslos geselle ich mich zu der Sächsin. Sie bietet mir eine Zigarette an, und ich schüttle den Kopf, woraufhin sie bemüht ist, den Rauch von mir wegzublasen.

»Isch kenn den Hund.«

»Ah wa'?«

»Wissen Se, als där Dian den Hund gebrocht hat, hat där noch Fell gehabt.«

Ich versuche, nicht überrascht zu wirken, und denke an die drei Mass, die der Wollner Franz hat springen lassen. »Und so mit Fell, da haben Sie den Hund wiedererkannt?«

»Nu, isch wees nisch, obs därselbe war, abr de Frau Boschinga, die hat och so een, so schwarz mit unten weiß.«

»Und die Frau …?«

»Boschinga!«

»… die wohnt wo?«

»Sonneneck!«, sagt sie und deutet mir die Richtung. Ich verstehe und weiß nun auch, wen sie meint. Besagte Straße ist ja gleich oberhalb vom Kellerwirt. Wenn ich eine kleine Runde drehe, könnte ich im Anschluss dort was zu Mittag essen. Also nachdem ich mich bei der Frau Poschinger danach erkundigt habe, ob sie einen schwarzen Hund mit unten weiß vermisst.

Warum ich das mache, was ich mache?

Weil ich völlig talentfrei bin. Im herkömmlichen Sinne zumindest. Handwerklich habe ich zwei linke Daumen. Keinen Sinn für Ästhetik, hat die Höllmüllerin mir mal vorgeworfen. Zahlen? Keine Chance. Naturwissenschaftlich bin ich nicht zurechnungsfähig, das bisschen Chemie, das ich für den Job brauche, mal ausgenommen. Und Singen? Eine Katastrophe. Was ich gut kann, ist rumschnüffeln. Und ein Gespür haben. Da bin ich nicht schlecht drin. Deshalb wollte ich ja zur Polizei. Nicht so wie der Lechner natürlich. Mich an den Straßenrand stellen und die Autofahrer mit Radarstrahlen beschießen oder ins Röhrchen blasen lassen, das wäre jetzt gar nichts für mich. Die Schiaghaferl konnte ich in der Schule schon nicht leiden, und was anderes sehe ich in dieser Tätigkeit nicht. Der ist zu schnell gefahren und besoffen obendrein, das sag ich der Frau Lehrerin, dann gibt sie mir bestimmt einen Stern, oder ich werde für den Rest des Jahres vom Tafeldienst befreit. So in der Art halt!

Freilich, die Kripo hätte mich durchaus interessiert. Schon allein, weil ich da meine Gabe gezielt hätte einsetzen können. Gehobener Dienst. Den Leuten auf den Zahn fühlen. Kriminalisieren. Gerechtigkeit üben …

Da bin ich einfach geprägt, weil ich mit dem Papa früher immer Aktenzeichen XY schauen musste. Es gab ja damals auch nichts anderes samstagabends, wenn man nicht auf Volksmusik oder Quizshows abgefahren ist, die von untersetzten, pseudolustigen Moderatoren in steifen Anzügen präsentiert wurden. Also: Aktenzeichen. Ein Pflichtprogramm bei uns daheim. Echte Verbrechen, laienhaft nachgestellt, aber trotzdem erschreckend für ein Kind in meinem Alter. Was hab ich mir oft in die Hose geschissen – nur sprichwörtlich, versteht sich –, wenn Eduard Zimmermann eine Liveschaltung zu Peter Nidetzky nach Wien oder zu Konrad Toenz nach Zürich angekündigt hat. Aus heutiger Sicht pädagogisch völlig verwerflich, aber darüber hat man sich nicht nur bei uns auf dem Hof vor dreißig Jahren keinerlei Gedanken gemacht. Die Mama nicht und der Papa erst recht nicht. Der fand auch eine gescheite Bockfotze erzieherisch wertvoll und hat mich damit häufiger schwer beeindruckt. Pädagogik war damals schlichtweg noch nicht erfunden. Genau wie Grüne Politiker im Landtag. Aktenzeichen XY ungelöst konnte mich somit nachhaltig prägen, und seit jener Zeit wollte ich unbedingt zur Kripo.

Das daraus nichts geworden ist, lag in erster Linie am Knie. Am rechten. Das lässt manchmal aus. Ausgeprägte Chondropathia patellae, Knorpelschaden an der Kniescheibe. Leider angeboren. Das ist was ganz Seltenes. Mein persönliches Kryptonit.

Der Dr. Kremmling, mein Kinderarzt von damals, hat da sogar eine Abhandlung drüber geschrieben. Ohne dass ich je Tantiemen dafür gesehen habe. Das schmiere ich manchmal dem Papa aufs Brot: dass er sich da hat übern Tisch ziehen lassen, mit dem besonderen Knie von seinem Sprössling. Das stinkt ihm heute noch, zumal er Ärzte nicht ausstehen kann und Krankenhäuser scheut wie der Teufel das Weihwasser.

Also das Knie. Es ist jetzt nicht so schlimm. Wer es nicht weiß, dem fällt es nicht auf. Das liegt auch an dem Schongang, den ich mir angewöhnt habe. Da hatte ich immerhin vierzig Jahre Zeit dazu, selbst wenn es auf Dauer und mit fortschreitendem Alter schlecht fürs Kreuz ist. Aber wie gesagt. Es geht schon – oder noch –, und es schwächelt nur hie und da. Gelegentlich haspel ich halt deswegen. Wenn ich nicht gerade vom Kellerwirt komme, mit drei, vier Bier intus, kann ich mich auch ganz elegant wieder abfangen. Privat kein Thema, aber für den Polizeidienst. Das ginge natürlich nicht, haben die vom Eignungsprüfungskomitee damals in Landshut gemeint. Stellen Sie sich vor, Sie verfolgen einen Flüchtigen, und dann lässt Ihr Knie aus.

Mein Vorschlag, dass ich dem Flüchtigen stattdessen ja hinterherschießen könnte, kam nicht so gut an. Trotzdem wurde ich zum Schießstand geschickt. Und das war dann fatal. Ich habe alles getroffen, bis auf die Zielscheibe. Dass da alle Anwesenden lebend rausgekommen sind, grenzt heute noch an ein Wunder.

Ja, das Knie und das Zielwasser. Ich merke, wie der alte Gram wieder in mir hochsteigt, während ich die Bayerwaldstraße entlangschlendere und nach Spuren Ausschau halte. Wie schon vermutet, fällt mir an der Stelle, die mir die Mai Ling beschrieben hat, nichts auf. Der Regen hat saubere Arbeit geleistet. Schwül ist es deswegen wie die Sau. Überhaupt ist es hundsmäßig warm für Anfang Juni. Wenn man bedenkt, dass bis vor vier Wochen noch Schnee am Hochficht lag! Ich schau rauf zum Geiersberg. Auch dort droben: alles grün. Der Gedanke an Schnee hilft leider nicht gegen die Schwitzerei. Ich hätte das Auto nehmen oder zumindest was Kurzärmliges anziehen sollen.

Vor der Einmündung zum Sonneneck sind die Haselnussstauden sehr hoch und ziemlich dicht, sie hängen weit über Leitplanke und Gehsteig. Ich muss schon fast auf die Fahrbahn ausweichen. Wenn man da ein bisserl zu schnell dran ist, kann es schon sein, dass man einen Hund übersieht, der aus der abzweigenden Straße geschossen kommt. Was nicht entschuldigt, dass man ihn einfach in den Kofferraum packt und ihm später das Fell über die Ohren zieht.

Durch die Blätter schimmert das Ziegeldach vom Kellerwirt. Ein kühles Bier wäre jetzt schon eine gute Alternative, um der Hitze Herr zu werden, überlege ich, und beeile mich, einen schnellen Abschluss meiner Mission zu finden.

Die Poschinger-Villa ist das letzte Haus in der Sackgasse und hat den besten Blick, runter bis zum Freudensee.

Den ich von meinem Standpunkt vor dem Gartentor freilich nicht sehe, weil die Thujenhecke so hoch ist, dass selbst der Dirk Nowitzki nicht drüberschauen könnte. *Warnung vor dem Hund* steht über der Klingel, die in die Granitsäule eingelassen ist. Besser, ich hätte erst den Lechner angerufen, ob die Frau Poschinger ihr Viecherl als vermisst gemeldet hat. Weil, was wenn der Hund in der Kühlung jetzt gar nicht der Poschingerin ihrer ist? Falls der jetzt gleich anschlägt, wenn ich läute, gehe ich stiften. Mit einem Schulterzucken drücke ich den Messingknopf. Während ich auf das Surren warte, lege ich die Hand aufs Gartentor – das einfach aufgeht. Es war gar nicht richtig ins Schloss gezogen, was so betrachtet einer Einladung gleichkommt.

Der Rasen ist frisch geschnitten. Genau wie die Rabatten. Insgesamt alles sehr gepflegt. Bestimmt von einem Gärtner. Der Poschinger Franz hat natürlich auch keine billigen Waschbetonplatten verlegen lassen. Über dunklen Granit marschiere ich zum Haus. Granit hat der Poschinger gerade genug gehabt. Insgesamt vier, fünf Brüche, soweit ich mich erinnere. Bis ihn vor drei Jahren ein Herzinfarkt weggeputzt hat, obwohl er gar nicht so schlecht beieinander war. Ich meine, ich bin ihm sogar mal beim Joggen begegnet. Also, er ist gejoggt, ich war mit dem Traktor im Wald.

Kann sein, dass er sich schlicht übernommen hat, der Poschinger. Mit all dem Sport. So jung war er ja nicht mehr. Vielleicht frage ich mal die Höllmüllerin, ob es wirklich ein Herzinfarkt war. Manchmal erzählen die Leute ja auch bloß irgendeinen Schmarrn.

An der Haustür probiere ich gedankenversunken erneut die Klingel aus. Die Helga hat das schon schlau gemacht.

Hat jetzt eine saubere Villa, einen Haufen Geld auf der hohen Kante und ihre Ruhe. Nur keinen Hund mehr, wie mir scheint. Denn trotz der Warnung am Gartentor wird nicht gekläfft, und es schießt auch keiner ums Eck, um mich ins Bein zu zwicken. Wofür ich recht dankbar bin.

Nachdem ich eine gute Minute gewartet habe, beschließe ich, eine Runde ums Haus zu machen, nur um alle Eventualitäten geprüft zu haben. Nachher flackt die Poschingerin hinten im Garten und sonnt sich. Hoffentlich nicht oben ohne, überlege ich unbehaglich, gehe aber trotzdem weiter. Bei der Doppelgarage spähe ich durchs Fenster. Ich entdecke den M-Klasse Mercedes, mit dem der Franz immer zum Joggen gefahren ist. Und das 911er Cabrio, das die Helga sich nach der Beerdigung geleistet hat. In gedecktem Silbergrau, wie es sich für eine trauernde Witwe gehört.

Mit dem Auto ist sie jedenfalls nicht unterwegs. Dass sie zu Fuß bis in die Stadt läuft, glaube ich jetzt auch nicht, und der Hund zum Gassigehen ist nicht mehr vorhanden. Das steht zumindest zu vermuten, und ich vermute es immer mehr. In seinem jetzigen Zustand könnte sie ihn allenfalls hinter sich herziehen. Solange er nicht auftaut, rutscht er bestimmt prima über den Asphalt. Ich versuche das Bild aus meinem Kopf zu kriegen und schlendere in den hinteren Garten. Für einen Swimmingpool hätte die Poschingerin weiß Gott genug Platz, und der Ausblick über den See ist noch besser, als ich ihn mir vorgestellt habe. Der gemauerte Grill zu Beginn der Terrasse hat allerdings ein bisschen Rost angesetzt. Wahrscheinlich hat den nach dem Ableben vom Franz keiner mehr benutzt. Daneben, in dem

Kübel mit Gartenabfällen liegt ein Strauß roter Rosen, den man jetzt rein von der Frischequalität her noch nicht hätte wegschmeißen müssen. Ansonsten ist die Terrasse leer. Die Teakholzliegestühle stehen zusammengerückt in der Ecke unter grünen Abdeckplanen. Auch die Auflagen auf den Rattansesseln fehlen. Mittlerweile kommt mir die Sache mehr als spanisch vor. Ich schirme die Sicht gegen die Sonne ab und drücke meine Nase gegen die Fensterscheibe der Terrassentür. Das Wohnzimmer ist ordentlich aufgeräumt. Zu ordentlich aus meiner Sicht, aber ich kann mir halt auch keine Putzfrau leisten.

Im Fenster spiegelt sich was. Eine dunkle Reflexion. Ich schrecke zusammen. Ich dreh mich um und spüre gleich mein Knie. Selbst schuld, wenn ich mich so ruckartig bewege. Aber das Adrenalin löscht den Schmerz im Gelenk schnell wieder. Mir war, als wäre einer hinter mir vorbeigerannt, wie ich ins Wohnzimmer geglotzt habe. Der Flieder ist hoch und dicht, genau wie die Ribiselsträucher. Ideal, wenn man nicht gesehen werden will.

»Ist da wer?« Also, wenn da wer wär, der hierhergehört, dann bräuchte diejenige Person sich ja nicht zu verstecken. Unverhofft fühle ich mich ein wenig unwohl. »Hallo!«

Ich merke, dass mein Puls rast, aber ehe ich mich's verseh, marschieren meine Beine los, in die Tiefe des Gartens hinein. So vorsichtig, als würde ich Ostereier suchen, steuere ich direkt auf den ersten Strauch zu. Das Vogelgezwitscher, das ich bis vor wenigen Sekunden noch unterschwellig wahrgenommen habe, ist verstummt. Noch fünf Meter …

Ich hätte jetzt gerne was in der Hand. Irgendwas Großes.

Noch vier …

Lauf weg, du Depp!, schreit mein Verstand.

Drei …

Eigentlich bin ich schon starr vor Schreck, bevor er hinter dem Gebüsch hervorspringt.

Rechts ist die Hecke, links eine Zeile stachliger Himbeerstauden, also wählt er das vermeintlich leichtere Hindernis und kommt auf mich zugestürmt. Passend dazu trägt er auch eine Sturmhaube. Und einen speckigen Parka, der mir bei der Hitze unangebracht vorkommt und um die dürre Gestalt weht wie die schwarze Kutte von Gevatter Tod höchstpersönlich. Mit was sich das Gehirn so beschäftigt, wenn es überfordert ist, denke ich noch, dann rammt er mir auch schon seine Schulter in den Magen.

Es hebt mich ansatzlos aus. Schmerzen spüre ich erst, als ich am Boden liege und in den weißblauen Himmel schaue.

Der Fluss der Zeit erfährt eine gewisse Verzögerung. Zwischen Aufprall und Landung hat es mich gefühlt dreimal überschlagen, was schon physikalisch gar nicht möglich ist. Aber es kommt mir halt so vor. Im Kopf und auch in meinem Kreuz. Mit zusammengebissenen Zähnen wälze ich mich herum und schaue dem grindigen Krüppel hinterher, wie er auf seinen Steckerlhaxen aus dem Garten flüchtet.

BEAVER

Ich habe ihn schon erkannt, den Sauhund, den elendigen. Trotz Sturmhaube. Weit kommt der mir nicht, weshalb ich eine Verfolgung erst mal verschieben kann. Schwer schnaubend schleppe ich mich auf die Terrasse zurück, ziehe mir einen von den Lounge-Stühlen heran und stoße dabei gegen einen Hundenapf, in dem zwei Schnecken sich an den Resten gütlich tun. Den hat der Beaver nicht grad sauber ausgeschleckt.

Ohne Auflage ist der Sessel brutal hart, aber ich bleibe trotzdem sitzen und halte mir den Magen. Im Sitzen tut es nicht ganz so weh, außerdem denkt es sich besser. Wobei ich nicht lang spekulieren muss. Eigentlich nur so lang, bis ich wieder genug Luft zum Telefonieren habe. Der Lechner, die alte Schwungscheibe, geht wie immer nicht ans Handy. Wenn da wirklich mal ein Notfall ist, man wäre restlos verloren. Ich wähle die Nummer vom Revier. Allerdings ungern. Dieser Widerwille findet auch sofort Bestätigung, weil wie befürchtet, meldet sich der Schnittlauch. Polizeimeister Kronawitter ist kein Freund von mir. Und auch sonst von keinem in der Gegend.

»Den Lechner bitte!«

»Wer ist da?«

»Gib mir den Lechner!«, verlange ich, ohne mich zu erkennen zu geben. Ich meine, der Mann ist Polizist, der wird ja von selber rauskriegen, wer da anruft, wenn es ihn so brennend interessiert.

»Polizeihauptmeister Lechner ist im Einsatz«, erklärt er unterkühlt. Gleich ist es mir weniger heiß, obwohl der Gärtner von der Poschingerin auch den Ampelsonnenschirm sauber zusammengeschnürt hat.

»Ist er wieder auf Geschwindigkeitsmessung?«

»Dazu kann ich keine Auskunft geben.«

Ich muss mich beherrschen, um nicht auszusprechen, was ich denke. »Ist sonst noch einer da? Die Silke vielleicht?« Ich merke schon, dass er immer grantiger wird, weil ich selbst seine Kollegin ihm vorziehen würde, obwohl die erst Anwärterin ist.

»Sofern Sie nichts zu melden haben, machen Sie jetzt bitte die Leitung frei!«, zischt er.

Bringe ich beim Kronawitter den unbefugten Eindringling zur Sprache, rückt der wahrscheinlich mit dem SEK an. Das kann ich jetzt aber absolut nicht gebrauchen, sonst ist der Tag dahin. Auf jeden Fall die Mittagspause. Nein, ich muss das subtiler angehen. »Sehr wohl hab ich was zu melden«, erkläre ich.

»Und was?«

»Akuter Verdacht auf Nichtanwesenheit«, antworte ich.

»Glauben Sie, ich weiß nicht, dass Sie es sind, Herr Fellinger?«

»Ich habe ja auch nicht gesagt, dass ich es nicht bin, Herr Kronawitter.«

»Ich lege jetzt auf«, kündigt er an. Ich stelle mir vor, wie rot sein Gesicht mittlerweile ist. Ungesund rot, vor allem seine Wangen. Die glühen gerne auf, schon bei marginaler Verärgerung.

»Das könnte sich aber schlecht auf Ihre Polizeikarriere auswirken, wenn Sie meinen Anruf nicht ernst nehmen.«

»Zefix, ich hab doch gefragt, ob Sie was zum melden haben!«

»Sie kommen jetzt her, wir müssen was überprüfen. Danach wird sich rausstellen, ob es was zu vermelden gibt oder nicht.«

»Wie? Wo soll ich hin?« Er scheint einigermaßen um Fassung zu ringen. »Sie können mich doch nicht einfach so … anfordern, wie wenn Sie ein Taxi bestellen würden.«

»Dann bestelle ich halt eine Pizza. Meinetwegen Calabrese«, sage ich und nenne ihm die Adresse.

Auch wenn es schwerfällt, wieder aufzustehen, gehe ich einmal komplett ums Haus. Soweit ich mich entsinne, hat er nichts bei sich getragen. Bargeld in großen Scheinen lässt sich allerdings prima in den Taschen von so einem Parka verstauen. Einbruchsspuren sind jedoch nirgendwo zu entdecken. Dann brauch ich zumindest bezüglich dieses schmerzhaften Aufeinanderprallens nichts zu Protokoll zu geben. Auf Höhe der Nieren zwickt noch die Bandscheibe, sonst habe ich den Angriff gut verkraftet.

Nach knapp zehn Minuten höre ich einen Wagen vorfahren und trotte Richtung Straße. Ich erwarte den Schnittlauch am Gartentor.

»Was machen Sie bei der Frau Poschinger auf dem Grundstück?«

»Mich sorgen«, sage ich und bitte ihn herein. Der Kronawitter rückt seine Mütze gerade und setzt vorsichtig seinen Fuß auf die teure Granitplatte.

»Wieso?«

»Sie macht nicht auf.«

»Ich würde auch nicht jedem x-Beliebigen die Haustüre aufmachen. Was wollen Sie überhaupt von der Frau Poschinger?«

Den x-Beliebigen überhöre ich mal großzügig. »Ich habe ihren Hund gefunden.«

»Hund?« Der Kronawitter dreht sich einmal um seine Achse.

»Ich habe ihn nicht dabei«, kläre ich ihn auf. Er schaut mich mit einer Begriffsstutzigkeit an, die ich sonst nur von illegal beschäftigten nordafrikanischen Tellerwäschern kenne, die in vermeintlichen Gourmetküchen bis zu den Knöcheln in Essensresten waten und vom Mindestlohn träumen.

»Wie kommen Sie eigentlich drauf, dass die Frau Poschinger ihren Hund vermisst?«

Eine entscheidende Frage, die für mich eine Antwort birgt, von der der Polizeimeister natürlich keine Ahnung haben kann. Abgesehen davon, dass der Kronawitter sowieso nicht von viel eine Ahnung hat.

»Der Beaver ist demnach nicht als vermisst gemeldet?«, folgere ich.

»Der wer?«

»Der Beaver!«

»Ich dachte, es geht um einen Hund. Was reden Sie denn jetzt von einem Biber?«

Mein Blick entgleitet mir zum Freudensee, und ich denke, dass es der Biber dort unten einfach wunderschön haben muss, weil er sich niemals in seinem beschaulichen Biberleben mit einem solchen Brezelsoizer abzugeben braucht.

»Der Hund heißt Beaver«, erkläre ich eindringlich und mit der pädagogischen Nachsicht, die ich üblicherweise bei Köchen im ersten Lehrjahr anschlage.

»Ja, und wo ist jetzt der … der Beaver?«

»An einem sicheren Ort«, gebe ich dem Kronawitter zu verstehen. Um weitere Erklärungen zu umgehen, komme ich jetzt auf den Punkt. »Vielleicht überprüfen wir einfach mal, ob die Frau Poschinger tot in ihrer Wohnung liegt?«

Entgeistert schaut er mich an, und ich merke, das war zu rabiat. »Oder verletzt und hilflos«, lenke ich ein.

»Ich rufe besser Verstärkung.«

»Dann wird es vermutlich zu spät sein.«

Er glotzt mich an. Nach ein paar Sekunden des gegenseitigen Belauerns tippe ich auf meine Armbanduhr. Woraufhin der Kronawitter nickt und sich zögernd Richtung Hauseingang bewegt.

»Höchster Sicherheitsstandard«, murmelt er, nachdem er die Haustüre eindringlich inspiziert hat. Dann klingelt er.

»Nützt nichts!«, erinnere ich ihn. »Aber vielleicht ist sie ja nur zugezogen?«

»Und selbst wenn?«

»Wir könnten es zumindest probieren!«

»Wieso wir?« Er wirft mir einen kritischen Blick zu, als fiele ihm jetzt erst auf, dass ich neben ihm stehe.

»Sie wollten doch Verstärkung.«

»So geht das nicht!«, protestiert er.

»Und die Frau Poschinger?« Ich lasse die Zunge aus dem

Mundwinkel hängen und verdrehe die Augen nach oben. Ein Bild sagt ja manchmal mehr als tausend Worte, vor allem, wenn man sich mental auf unterschiedlichen Ebenen bewegt.

»Was tun Sie denn da?«, ertönt es in dem Moment vom Gartentor her.

ENTLEBUCHER

Eine brünette Frau um die dreißig kommt auf uns zugeschossen. Der Kronawitter wird ein bisserl fickrig und legt seine Hand auf den Dienstrevolver. Als wie wenn sie sich gleich mit einer Kettensäge auf ihn stürzen würde, der Depp.

»Wir besuchen die Frau Poschinger«, reiße ich die Situation an mich.

»Ist was passiert?«

»Moment!«, sagt der Kronawitter. »Wer sind Sie?«

Sie stemmt die Fäuste in die Hüften. »Allmannseder, Veronika, ich bin die Tochter«, stellt sie sich vor.

So aus der Nähe betrachtet, kommt mir die Frau Allmannseder trotz ihres streitbaren Auftretens ein wenig verhärmt vor.

»Sie wissen doch bestimmt, wo ihre Frau Mutter ist?«, gehe ich in die Offensive, weil ich diese leidige Angelegenheit endlich geregelt haben möchte. Der Kellerwirt hat immer nur eine kleine Auswahl an Mittagstischgerichten. Nicht dass dann nichts mehr übrig ist, bis ich hier fertig bin.

»Im Urlaub«, sagt die Veronika.

»Im Urlaub«, wiederholt der Kronawitter wie ein Papagei.

»Und der Hund?«, frage ich.

Jetzt schaut sie verwirrt. »In der Tierpension, irgendwo drüben bei Büchlberg«, antwortet sie.

»Diesmal eben nicht … Eben vielleicht nicht«, korrigiere ich mich. Man müsste ja erst mal überprüfen, ob der Hund dort nicht ausgebüxt ist, auch wenn die Aussage von der Asia-Sächsin schon recht eindeutig war. Von Büchlberg rüber sind es nur rund zehn Kilometer. Das schafft so ein Lauftier ohne Probleme. Rausgefressen war er ja nicht, der Kadaver. Es könnte also durchaus sein, dass der Köter einfach heimgelaufen ist und mit dem Ziel vor der Nase … Wumms! Aber immer langsam mit den jungen Hunden, mahne ich mich und packe meine Indizien aus. »Kennen Sie die?« Ich zeige ihr die Hundemarke.

»Beaver«, liest sie. »Da steht's doch.« Dann schaut sie mich aus großen, braunen Augen an, in die jetzt ein wenig Glanz kommt. Sie wirkt tatsächlich recht abgespannt. Schlecht geschlafen vielleicht?

»Woher haben Sie die? Wer sind Sie überhaupt?«

»Fellinger, Hygienekontrolleur«, sage ich.

»Hygiene?«

Beim Stichwort Hygiene erwacht der Schnittlauch aus seiner Lethargie. »Polizeimeister Kronawitter«, sagt er. »Der Herr Fellinger hat mich angerufen. Er hat angeblich den Hund Ihrer Mutter gefunden.«

Für sein »angeblich« halte ich ihm die Hundemarke vor den Zinken. »So viele Beaver wird's nicht geben im Ort.«

»Also, der Hund ist in der Pension«, beharrt die Veronika, was eindeutig auf Verdrängung zurückzuführen ist.

»Der Hund ist in der Pension«, wiederholt der Papagei.

»Und sein Halsband, das hat er derweil einer anderen

Töle ausgeliehen?«, frage ich und wedle mit dem Messinganhänger.

»Ja, aber wo sollte denn der Hund Ihrer Meinung nach sein?«, fragt die Veronika.

»Oha«, sage ich, »das ist verzwickt.« Ich will nicht gleich so deutlich werden bezüglich dessen, was dem Beaver widerfahren ist. »Hängen Sie an dem Tier? Ich meine, so emotional?«

Jetzt werden ihre Augen noch größer. Weil es heiß ist, hier auf dem Gartenweg, steht Schweiß auf ihrer Oberlippe, die an und für sich keinen schlechten Schwung hat. »Ist der Beaver etwa …?

»Ziemlich«, antworte ich. Und mime ein Auto, das einen Schlag von unten abbekommt. Zum Glück wirkt sie nicht übermäßig betroffen. So innig ist die Hundeliebe also nicht.

»Das versteh ich jetzt nicht …«

»Ich auch nicht«, springt ihr der Kronawitter bei.

Rein interessehalber und um vom plötzlichen Hundstod abzulenken, frage ich nach der Rasse, um letzte Zweifel zu beseitigen.

»Entlebucher«, sagt die Veronika.

»Entlewas?« Ich bin froh, dass der Kronawitter noch dümmer dreinschaut als ich.

»Entlebucher Sennenhund«, klärt sie uns auf.

»Ich kenne nur den Berner«, erwidert der Papagei.

Ich winke ab. »Das ist jetzt auch wurscht«, sage ich, »wir sind ja hier nicht beim Jauch! Wie ist denn so die Schulterhöhe von so einem Entlebucher?«

Sie deutet in Richtung Knie. Passt.

»Möchten Sie Anzeige erstatten?«, fragt der Kronawitter. »Weil wenn nicht, dann geh ich jetzt. Sind ohnehin schon genug Steuergelder verschwendet worden, wegen dem Schmarrn.«

Wahrscheinlich warten mindestens drei Leberkässemmeln auf seinem Schreibtisch.

»Also, ein Schmarrn ist das ja nicht, wenn der Hund tot ist«, widerspricht die Veronika. »Aber anzeigen? Das soll meine Mutter machen, wenn sie wieder da ist.«

»Na, Sie wissen, wo Sie mich finden. Habe die Ehre!«, verabschiedet sich der Schnittlauch.

Und dann stehen wir da, die Veronika und ich, und schauen ihm hinterher.

»Wo ist sie denn, die Frau Mutter?«

»Indien.«

»Ah wa'? Für länger?«

Die Veronika zuckt mit den Schultern.

»Und seit wann?«

»Mittwoch.«

Und Dienstagnacht hat es den Hund erwischt, wenn der Luang nicht gelogen hat. Da stinkt doch was zum Himmel.

»Haben Sie sie nach München gefahren?«

Sie schüttelt den Kopf. Also keine tränenreiche Verabschiedung am Check-in.

»Ich muss jetzt die Blumen gießen.«

»Sie kümmern sich um Haus und Garten, während die Frau Mutter in Indien weilt?«

Kurz schielt sie sehnsüchtig dem Kronawitter hinterher, der gerade mit seinem Dienstwagen die Straße hochzuckelt. Offensichtlich pressiert es ihm nicht, der Leberkäs dürfte jetzt eh ausgekühlt sein.

»Warum haben Sie den Beaver denn nicht zu sich genommen?«

»Keine Zeit«, erklärte sie. »Darf ich jetzt?«

»Könnte ich vielleicht noch kurz mit, einen Blick ins Haus werfen?«, frage ich.

»Ich denke, Sie sind nur Hygiene?«

Was heißt hier »nur«? »Beunruhigt Sie das gar nicht?«

»Ich wüsste nicht, warum?«

Das ist jetzt eine vergleichbare Einstellung, wie sie unser Freund und Helfer hat. Dafür interessiert es mich umso mehr. »Hat sich denn Ihre Mutter aus Indien gemeldet? Ist sie gut angekommen?«

»Wie gesagt, ich muss jetzt den Garten wässern.«

»Jetzt seien Sie nicht so stur und lassen Sie uns nachschauen, ob im Haus alles in Ordnung ist!«

Für zwei Sekunden befürchte ich, dass sie hysterisch wird, doch dann gibt sie nach. Sie stapft zur Haustür und hat Probleme, den passenden Schlüssel zu finden, weil da mindestens zehn Stück an dem Bund hängen, den sie aus ihrer Handtasche gekramt hat. Ausnahmsweise ist es der Drittletzte. Sie lässt mir den Vortritt.

Leckt's mich am Arsch, was für eine Hütte! Die Granitböden glänzen in sattem Schwarz. Was da allein schon im Flur an den Wänden hängt, macht mir nicht den Eindruck, als hätten die Poschingers das bei der alljährlichen Ausstellung vom hiesigen Volkshochschul-Aquarellmalkurs zusammengekauft. Und die Möbel, massiv und modern. Nicht der übliche Landhausstil. Freilich ist die Luft abgestanden. Aber bei der Schwüle draußen ist das nicht verwunderlich. Immerhin riecht es nicht nach Verwesung.

»Na los! Schauen Sie sich um!«, fordert mich die Allmannseder Veronika auf. »Geradeaus geht's ins Wohnzimmer.«

Der mannshohe Ficus Benjamini in der Ecke beim Panoramafenster lässt schon arg die Blätter hängen. »Kommen Sie heute das erste Mal zum Wässern her?«

Sie ignoriert mich und kramt irgendwo im Flur herum. Eine Gießkanne findet sie da sicher nicht. Ich nutze die Gelegenheit und gehe nach oben. Wie unten alles sehr sauber. Der Beaver hat nicht groß gehaart. Ich inspiziere das Bad. Frauenleichen liegen ja gerne mal in Badewannen. Aber auch da nur blanker Granit und auszugsweise Marmor. Schön, wie das harmoniert. Alles in allem sieht es aus, wie es auszusehen hat, wenn eine ordentliche, bayerische Hausfrau in Urlaub geht. Wobei ich mir die Poschingerin schwer als Hausfrau vorstellen kann. Nein, irgendwas stimmt da hinten und vorne nicht.

»Das reicht jetzt aber!«, ermahnt mich die Veronika. Sie ist mir gefolgt und hat mich im Schlafzimmer erwischt.

»Sie sollten wirklich versuchen, Ihre Mutter zu erreichen!«, empfehle ich. »Aber sagen Sie ihr nichts von dem Hund, sonst ist der Urlaub gleich versaut!«

SCHINKENNUDELN

Der Lechner sitzt beim Kellerwirt und ist gerade dabei, die letzten Reste von der Biersoße auf seinem Teller mit einem Kanten Brot aufzutunken. »Schweinsbraten ist aus«, schreit er quer durch die Gaststube, als er mich kommen sieht.

Zefix, ich hab's geahnt. Fast alle Tische sind besetzt, und alle fressen sauber meinen Schweinsbraten. Weil Freitagmittag ist, wird der ein oder andere gleich sitzen bleiben. Der Pauli steht hinterm Tresen und zapft eine Halbe. Er schaut auf die Uhr über der Küchentür. Ich folge seinem Blick. »Es ist nicht mal halb eins, und der Schweinsbraten ist schon aus?«, frage ich verbittert.

»Die Hygienekontrolle verlangt, dass alles immer frisch ist, drum kauf ich nicht mehr so viel ein.«

»Du Depp!«, sag ich. »Was gibt's sonst noch?«

»Schinkennudeln«, sagt der Pauli.

»Gib mir ein Bier!«, verlange ich und mache keinen Hehl daraus, dass es mich grantelt.

Er reicht mir das Bier über den Ausschank. »Nimmst jetzt die Nudeln?«, fragt er scheinheilig.

Ich lasse ihn stehen, trete zum Lechner an den Tisch und hocke mich hin. Genüsslich leckt er sich die Finger.

»Hast schon fertigfotografiert heute?«

Er geht nicht drauf ein, hebt sein Bier und prostet mir zu. »Der Kronawitter hat sich beschwert.«

Ich winke ab. Beide nehmen wir einen kräftigen Zug.

»Und die Poschingerin ist in Indien«, klärt er mich auf. »Das Geld von ihrem Alten verschleudern.«

»Halt ich für ein Gerücht.« Das stelle ich mal zwischen uns auf den Wirtshaustisch.

»Dass sie dem Franz sein Vermögen auf den Putz haut, wofür er sich sein Leben lang den Buckel krumm geschuftet hat?«

»So mitfühlend kenne ich dich gar nicht. Das klingt gerade so, als würdest du's der Helga nicht gönnen, dass sie überraschend zu Geld gekommen ist.«

»Ich bin nicht der Einzige, der Bedenken hat, ob der Tod vom Franz wirklich so ein harmloser Herzinfarkt war, wie es auf dem Totenschein steht.«

»Aber nachgegangen bist ihm auch nicht, deinem Verdacht«, erinnere ich ihn, weil ich die Geschichte schon zwanzig Mal gehört habe.

»Es gab halt keinen Auftrag seitens der Staatsanwaltschaft«, hält er mit der gleichen Ausrede wie immer dagegen. Angeblich hat der Oberstaatsanwalt ein neues Badezimmer, astrein mit Granit gefliest. Ohne dass ich jetzt was auf Gerüchte gebe.

»Und wegen der Helga, da hast du jetzt demnach auch nicht vor, was zu machen?«

»Mir sind die Hände gebunden, außerdem besteht überhaupt kein Verdacht.«

»Meiner reicht dir nicht?«

»Keine Zeit, ich ermittle in einem Überfall.«

»Überfall? Da lach ich ja. Und deshalb kannst du nicht ans Handy gehen?«

Er zieht eine beleidigte Miene. »Du, das war keine Lappalie. Der Moserin aus der Brückenstraße hat einer eine über den Schädel gezogen.«

»Tot?«

»Ah wa', die ist zäh.«

»Wann war das?«

»Irgendwann gestern Nacht.«

»Und, was hat er mitgenommen?«

»Wer?«

Manchmal hab ich das Gefühl, ich red gegen eine Wand. »Der Täter.«

»Also, der Flachbildschirm ist noch da. Wenn was fehlt, erfahren wir das frühestens, wenn die Moserin wieder ansprechbar und aus dem Krankenhaus raus ist.«

Ich müsste jetzt eigentlich doch von dem erzählen, was mir im Garten von den Poschingers widerfahren ist. Mit dem Lechner diskutieren, ob da eine Verbindung bestehen könnte. Aber ich kämpfe noch mit meinem Schock darüber, dass die alte Moserin einen Flachbildschirm hat.

Der Pauli kommt und stellt mir ölig glänzende, zusammengebackene Schinkennudeln vor die Nase. Die Nudeln gab es schon die ganze Woche als Beilage, und wo er den Schinken gefunden hat, will ich gar nicht wissen. »Soll ich da eine Probe nehmen?«

»Friss oder stirb«, antwortet der Kellerwirt und stapft zurück hinter seinen Tresen.

Lustlos stochere ich in den Nudeln herum. »Die Moserin also«, wende ich mich wieder an den Lechner, aber der geht nicht weiter darauf ein, weil ihm gerade einfällt, dass er eh schon zu viel ausgeplaudert hat.

»Und was machen wir jetzt mit der Frau Poschinger?«, will ich darum wissen.

»Du machst nix! Und ich auch nicht!«

Ich protestiere und unterbreite ihm meine Hundetheorie. Dass die Witwe ihren Hund doch nicht einfach so hätte herumstreunen lassen, während sie im Urlaub weilt. Wo sie doch so närrisch war mit dem Viech und es sonst überallhin mitgenommen hat. Selbst mir – obwohl ich gegenüber den meisten meiner Mitmenschen ignorant bin – ist das schon aufgefallen. Immer wenn mir in der Stadt zufällig die Helga übern Weg gelaufen ist, war der Hund an ihrer Seite. Auch wenn ich ihn nie so genau angeschaut habe. Also, von wegen schwarz mit unten weiß.

Der Lechner trinkt in aller Seelenruhe sein Bier leer. »Kümmer du dich um den Tiefkühlhund, alles andere geht dich nix an!«, belehrt er mich und steht auf. »Kommst du morgen zum Preiskegeln?« Niemand kann so schnell von einem brisanten Thema in die Banalität hinüberwechseln wie der Lechner. Er deutet auf das Plakat neben der Tür. Erster Preis: eine Granitgartenbank im Wert von zwölfhundert Euro. Alles andere ist zu klein gedruckt, als dass ich es von hier aus lesen könnte.

»Granitgartenbank! Früher gab es zumindest noch Geldpreise«, moniere ich.

»Dabeisein ist alles«, erklärt der Lechner, tippt sich an die Schläfe und verlässt die Gaststube.

Ich lasse die Schinkennudeln zurückgehen und bezahle mein Bier. Draußen empfängt mich eine Hitze sondergleichen. Obendrein fällt mir ein, dass mein Auto immer noch vor dem Peking steht und dass sich bei diesen Temperaturen die Proben von der schwarzen Soße im Kofferraum wahrscheinlich schon einem explosionsfähigen Aggregatszustand annähern. Wie man bei so einem Wetter überhaupt auf die Idee kommen kann, nach Indien zu reisen, ist mir schleierhaft. Ist da nicht gerade Monsun? Ich muss mich dringend noch mal mit der Veronika unterhalten.

UNHEIL-JUCKEN

Auf halbem Weg die Hauptstraße entlang ortseinwärts kommt mir die Bedienung vom Kellerwirt entgegen. Bei uns am Stammtisch heißt sie immer nur die Tschechin, weshalb mir ihr Vorname gerade nicht einfällt. Bedienungen in Wirtshäusern, vorausgesetzt sie sind jung und rein ehetechnisch noch nicht gebunden, haben, wenn überhaupt, ausschließlich Vor- oder Spitznamen. Falls das schon mal jemandem aufgefallen ist.

»Eh, der Fellinger! Heute zu Fuß?«

Ich mag ihren Böhmerwäldlerdialekt. »Mein Auto steht beim Chinesen«, sage ich. Einem feschen, jungen Madl gebe ich grundsätzlich immer gern Auskunft. Sie schaut mich mit ihren großen, dunklen Augen so fragend an, dass ich mich genötigt fühle, noch etwas auszuholen. »Ich habe eine kleine Runde gemacht, über das Sonneneck. Äh – kennst du eigentlich die Helga Poschinger?« Nachdem die Exekutive so lethargisch reagiert, fühle ich mich verstärkt animiert, mich etwas umzuhören. Und da die Tschechin gewissermaßen in nächster Nachbarschaft arbeitet und auch mal gerne hinters Wirtshaus geht, um eine zu paffen, könnten sich die beiden Damen durchaus mal begegnet sein.

»Warum du fragst? Prifst du jetzt private Kiche?« Sie

lacht. Ja, flirten kann sie, die Tschechin. Obwohl sie jetzt nicht müsste. Selbst wenn ich wollte, könnte ich ja momentan kein Bier bei ihr bestellen. »Ach, nur so«, antworte ich.

»Gelägentlich, ich seh sie mit Hund. Hier und auch mal in Krumlov.«

»Krumau?«, hake ich nach, um die Auskunftsfreude der Tschechin weiter auszuschöpfen.

»Da hat sie Gspusi. Eine Landsmann von mir. Wart, ich komm gleich auf die Name … Hlavac heißt er. Frantisek Hlavac. Mei, kein Schlechter, bloß viel zu jung für die Poschinger.« Sie kichert.

»Krumau, Hlavac, zu jung«, wiederhole ich und komm mir schon vor wie der Kronawitter.

»Allerdings hab ich gehört, ist Schluss. Aber die Leit reden viel, wenn das Tag spät ist.«

»Lang«, verbessere ich sie, und sie kraust die Brauen, »nicht spät!«

Sie schaut auf die Uhr. »Aber ich spät«, stellt sie fest, sagt grinsend Servus und rauscht davon. Ich genieße noch ein paar Sekunden ihren Hüftschwung und will eben meinen Weg fortsetzen, da sehe ich den Motorradfahrer. Er wartet in einer Seitenstraße, etwa zwanzig Meter den Berg runter, macht aber keine Anstalten, in die Hauptstraße einzubiegen, obwohl in jede Richtung frei ist. Er steht nur da, und obwohl das Visier seines schwarzen Helms verspiegelt ist, wird mir sofort klar, dass er mich anschaut. Da braucht es nicht einmal das Unheil-Jucken.

Er spielt mit dem Gas, was an das wilde Schnauben eines Zuchtbullen erinnert, der sich daranmacht, sein Revier zu verteidigen. Als er bemerkt, dass auch ich ihn anstarre, lässt er die Kupplung los und schießt mit durchdrehendem Hinterreifen hinaus auf die Hauptstraße.

Das Trottoir ist schmal an der Stelle, wo ich mich befinde. Die Mauer einer Garage lässt mir keinen Spielraum, noch weiter zurückzuweichen. Ganz eng an der Gehsteigkante entlangrasend, hält er mit einem Affenzahn direkt auf mich zu. Ich bin quasi wehrlos.

Nicht nur, dass der Luftzug mich vollends gegen die Garagenwand drückt, ich kann sogar die Mischung aus Benzin, Öl und Leder riechen, so haarscharf jagt er an mir vorbei. Symptomatisch sackt mein Knie weg, und nur die Wand verhindert, dass ich umkippe. Ich könnte nicht behaupten, dass ich ein ängstlicher Mensch bin, aber im Moment schlägt mir die Pumpe schon wieder bis zum Hals, während ich mich weiter flach wie eine Eidechse an die sonnenwarme Steinmauer presse. Mit nassen Augen schaue ich dem Irren hinterher. Die Angst beißt noch ein Stück fester zu, als ich erkenne, dass dem Motorrad das Kennzeichen fehlt. Abgeschraubt, damit man ihn nicht identifizieren kann. Keuchend stoße ich die Luft aus.

Sobald ich meinen Haxen wieder traue, lasse ich die Wand los.

Ich spiele das gerne runter, wenn mich jemand fragt, aber es liegt auf der Hand, dass man sich in meinem Job Feinde schafft. Hassbriefe, zerstochene Reifen, Morddrohungen. Hatte ich alles schon. Wenn man einem Wirt berechtigterweise das Lokal zusperrt, dann nehmen die wenigsten das mit einem einsichtigen Kopfnicken hin. Die meisten werden laut, wobei die verbale Drohgebärde mir jetzt nichts mehr ausmacht. Nach zwölf Dienstjahren perlt das längst von mir ab. Beamte besitzen bei so was ja grundsätzlich einen Lotuseffekt. Doch es gibt selbstredend auch die Gastronomen, die handgreiflich werden. In der Regel sofort und im Affekt. Gepeitscht von der Existenzangst oder einem Arsch voll Schulden. Und wenn dann halt ein Küchenbeil in Griffweite liegt, kann es schon sein, dass du um einen Finger bangen musst. Was bei einer gut geschliffenen Edelstahlklinge ja noch einer glimpflichen Verletzung gleichkommt. Einen Finger zu riskieren, das ist bei meinem Status gleichzusetzen mit drei Wochen Krankschreibung und anschließender Reha mit vierwöchigem Kuraufenthalt. So gesehen – und sobald der erste Schmerz vorbei ist –, kann man unter Umständen schon mal auf ein Glied verzichten.

Mehr Körpereinsatz würde ich dann aber auch nicht bringen. Was uns zu den wirklich gefährlichen Wirtsleuten führt. Das sind die, die erst einmal gar nichts sagen, sondern Verzweiflung, Hass und Zorn in sich reinfressen und diese Mischung gären lassen, bis sie aufgeht wie ein Hefeteig. Der in diesen Menschen immer heftiger drückt und heißer brennt, bis sie nicht mehr anders können und es dir heimzahlen müssen, um nicht zu explodieren. Und wegen dieser Kandidaten bin ich auf der Hut. Aber so was von! Das ist sicher auch ein Grund, warum ich so sensibel auf Anzeichen von Gefahr reagiere. Der reine Selbsterhaltungstrieb. Um dem, was kommen könnte, einen Schritt voraus zu sein. Das ist schon auch ein Talent. Das haben diese Ignoranten von der Tauglichkeitskommission bei der Polizei in Landshut einfach nicht erkannt. Ich meine, es juckt ja nicht nur. Ich rieche es auch, das Verbrechen. Aber das konnte ich schlecht in den Bewerbungsbogen schreiben. Besser gesagt, ich habe schlichtweg keine Formulierung gefunden, bei der sie mich nicht gleich weggesperrt hätten. Darum stehe ich jetzt da, mit meiner Gabe, die keiner wollte.

Andererseits kann ich die aber nicht verkümmern lassen. Ich meine, der Bruce Wayne hat auch keinen amtlichen Auftrag zur Verbrechensbekämpfung. Der macht das genau wie ich aus einem Drang heraus – obschon wir beide eine unterschiedliche Motivation haben. Dem Lechner kann ich damit freilich genauso wenig kommen, weil der ist früher nie über Micky Maus oder Fix und Foxi hinausgekommen. Dem fehlt schlicht der intellektuelle Zugang zum Superheldentum. Und das sage ich, trotzdem er mein Freund ist.

Immer noch mit weichen Knien, setze ich mich jetzt wieder in Marsch. Irgendwie kann ich überhaupt nicht mehr klar denken vor lauter schwarz gekleideten Motorradfahrern, jungen Tschechinnen, gefrorenen Hunden und älteren Damen, die auf Indienreise gehen. Vielleicht liegt es auch nur an der Hitze und dem Bier auf nüchternem Magen, verbunden mit dem Schreck, den man mir eben eingejagt hat. Auf jeden Fall, als ich am Auto ankomme, verspüre ich überhaupt keinen Antrieb mehr, mich um den Hund in der Kühlung zu kümmern. Auf meiner Liste für heute stehen noch zwei Gaststätten, beides Wackelkandidaten. Das bedeutet eine elende Rumstreiterei, falls ich was Auffälliges finde. Und finden tu ich immer was, wenn ich es darauf anlege. Aber welcher Beamte will sich das an einem Freitagnachmittag antun? Zumal wenn er vormittags schon mehrfach Bedrohungen ausgesetzt war.

Ich fahre also erst mal heim und stelle die Proben von der schwarzen Soße in den Kühlschrank. Vor Montag hätten die im Labor damit ohnehin nichts anderes gemacht, und in welchem Kühlschrank die Reagenzien übers Wochenende stehen, ist schließlich wurscht. Bakterien haben bei uns keine Lobby.

In meiner Junggesellenwohnung herrscht eine unerträgliche Hitze. Aber die Fenster aufzureißen bringt jetzt gar nichts. Draußen rührt sich kein Lüftchen, und die Sonne brennt dann bloß direkt auf mich runter. Lieber ziehe ich die Jalousien zu. Unterm Dach zu wohnen kann ich im Sommer nicht empfehlen. Wir haben diese Temperaturen nicht gelernt, hier in unseren Breiten. Mit dem rapiden Klimawandel kommen wir im Bayerischen Wald einfach nicht zurecht. Rein evolutionär braucht so was Jahrhunderte, um zu einer Anpassungsleistung zu führen. Da geht es uns nicht besser als den Eisbären in der Arktis.

Für einen kurzen Moment fühle ich mich versucht, mir ein eiskaltes Bier aus dem Kühlschrank zu holen. Aber das wäre ja nur eine kurzfristige Erleichterung, und außerdem will ich noch ein wenig nachdenken. Über die Helga Poschinger, die mir nicht mehr aus dem Sinn geht. Nicht, weil sie besonders attraktiv ist. Wobei … für ihr Alter? Und bei ihrem Geld … Wie heißt es bei uns: Schönheit vergeht, Hektar besteht.

Ich hocke mich auf die Couch unter der Dachschräge und schwitze vor mich hin, während ich meine Gedanken ordne.

Durch die Verehelichung mit dem Poschinger Franz hat sich die Helga voll ins gemachte Nest gesetzt. Ihre zweite Ehe, genau wie die seine. Da klappt das Zusammenleben in der Regel ja besser, mit der ganzen Erfahrung im Rücken. Davor war die Helga ja Sekretärin beim Poschinger – und hat dann rapide Karriere gemacht. Sich klischeehaft zur Senior Vice Präsidentin hochgeschlafen, um es direkt auszusprechen. Und nach dem Tod vom Franz hat sie nicht lang gefackelt und die Granitbrüche verkauft. Mithilfe einer norddeutschen Beratungsfirma an – wie könnte es anders sein – die Chinesen. Die ihrerseits wiederum einen Russen zum Geschäftsführer gemacht haben. Globalisierung nennt man das, und die Hiesigen, die seit Jahren, oft Jahrzehnten in den Brüchen arbeiten, sind jetzt Gastarbeiter im eigenen Land. Das gab einiges an Tumult. Vor allem, weil die Arbeiter vom Poschinger Angst hatten, dass sie nicht übernommen werden. Wenn ich so drüber nachdenke, wer da alles beim Poschinger in Lohn und Brot stand: lauter raue Gesellen. Also, ich hätte da auch nicht lang gezögert. Chefin von dermaßen grobschlächtigen Steinhauern, das ist ja auch kein Job für so eine mondäne Frau wie die Helga. Trotzdem, man muss sagen, es ging für alle gut aus. Besonders natürlich für die Helga. Das gab zwar ein mordsmäßiges Gerede, doch der Helga war das egal. Wär's mir auch gewesen, wenn ich einen 911er hätte, mit dem ich durch den Ort brettern kann.

Gerade, wie mir ein besonders guter Gedanke kommt, klingelt das Telefon, und die meines Erachtens wirklich wertvolle Überlegung verpufft, ehe ich in der Lage bin, sie zu verinnerlichen. Es gibt nur noch einen Menschen auf der Welt, der bei mir daheim auf dem Festnetz anruft. Und da nicht ranzugehen wäre fatal.

»Grüß dich, Mama!«

»Berti, bist du's?«

»Mama, bei wem hast du angerufen?«

»Bei dir!«

»Beantwortet das deine Frage?«

»Mei, Berti, ich weiß fei jetzt gerade nicht, was du meinst.«

»Is' wurscht, Mama! Was gibt's?«

»Schweinsbraten.«

Schweinsbraten. Bei der Hitze locken sie einen anderswo mit einem mediterranen Sommersalat. Was das Essen angeht, bin ich froh, dass die Evolution bei der Mama noch nicht greift. »Was dazu? Mehl oder Semmel?«

»Mehlknödel.«

Das ist ein Argument. »Ich schau gegen später vorbei«, sage ich und lege auf. Wenn ich zu meinen Eltern fahre, will das immer gut durchdacht sein. Die Thematik, der ich mich während des Schweinsbratenessens aussetzen muss, kann den kulinarischen Genuss unter Umständen empfindlich trüben. Aber nach dem Schinkennudelreinfall beim Kellerwirt brauche ich was Gescheites in den Magen.

Bevor mich die Trägheit übermannt und wo ich den Telefonhörer eh gerade in der Hand habe, wähle ich dem Lechner seine Nummer.

»Noch im Dienst?«

»Beamter ist nicht gleich Beamter«, kontert er altklug.

»Stimmt. Die Uniformierten tun die ganze Woche nix,

weshalb sie am Freitagnachmittag noch wichtig im Büro rumhocken müssen, um auf ihre Stunden zu kommen.«

Er brummt in den Hörer, ohne dass ich verstehe, was er sagt. Na, egal. »Hast du überprüft, ob die Frau Poschinger ausgereist ist?«

»Spinnst du jetzt?«

»Seid ihr etwa technologisch noch nicht so weit, bei euch auf dem Revier?«

»Fellinger, ich warn dich!«

»Komm, jetzt stell dich halt nicht so an. Ich hab da nämlich was rausgefunden.«

Der Lechner prustet ins Telefon wie ein Blauwal. »Ah ja, und was?«

»Das spielt überhaupt keine Rolle, sofern die Frau Poschinger in Indien angekommen ist. Aber wenn nicht, dann …«

»Was, dann?«

»Ach, da fällt mir ein, das interessiert dich ja nicht«, erinnere ich ihn und lege auf. Ich schaue auf die Uhr. Er braucht dreieinhalb Minuten, bis er zurückruft. »Und?«

»Das muss noch nichts heißen«, kommt es kleinlaut aus dem Hörer, »aber die Kollegen am Flughafen haben sie nicht registriert.«

SCHWEINSBRATEN

Heißen muss das nichts, da hat er recht, der Lechner. Wir treffen uns eine halbe Stunde später vorm Poschinger-Haus. Leider ist die Tochter nicht mehr da. Gegossen hat sie aber auch nicht, wenn ich die Rabatten so betrachte. Alles lässt die Köpfe hängen, und die Blätter wellen sich.

»Was machen wir, rufen wir sie an?«

Ich rüttle an der Haustüre, die wie heute Vormittag immer noch verdächtig viel Spiel hat. »Eventuell kommen wir ja auch so rein.«

Der Lechner blickt aufgeschreckt zum Gartentor und die Straße hoch. »Das ist ein ausgemachter Blödsinn, Fellinger.«

»Ich sag's auch keinem«, verspreche ich und probiere den Trick mit der Kreditkarte. Der Schnapper gibt nach wenigen Sekunden nach, die Haustür schwingt auf. Sogar Batman wäre neidisch.

»Ja sagamal, woher kannst du so was?«

Darauf kann ich ihm nicht antworten, weil ich selber so perplex bin, dass es funktioniert hat. Meine Überraschung verberge ich hinter einem souveränen Grinsen. »Man zieht die Tür nicht nur ins Schloss, sondern sperrt ordentlich ab, wenn man in Urlaub geht, oder?«

Der Lechner kratzt sich unter seiner Dienstmütze.

Schweiß perlt aus seinen Locken. Seit er den Vollbart hat, schaut er aus wie der Reinhold Messner.

»Hallo! Jemand zu Hause?«, schreit er in den Flur hinein.

»Nicht so laut«, ermahne ich ihn und schaue mich nach den Nachbarn um. Jenseits der Thujenhecke ist alles ruhig. Entweder sind die auch in den Ferien, oder man hat hier generell was gegen Nachbarschaftshilfe. Wenn ich mir die übermannshohen Hecken ringsum so anschaue, dann wohl Letzteres. Da kriegt keiner mit, wenn nebenan Gesindel ums Haus streift. Nicht einmal uniformiertes Gesindel.

Ich lasse dem Herrn Wachtmeister den Vortritt und steuere gezielt die Kommode neben der Garderobe an. Der Lechner stellt sich neben mich und schaut dumm.

»Die Allmannsederin hat da drin was gesucht, als ich vorhin mit ihr im Haus war«, erkläre ich und ziehe nacheinander alle drei Schubladen auf. Was natürlich ein Schmarrn ist, weil wenn da was Verfängliches drin gewesen wäre, hätte es die Veronika längst entfernt.

»Und was genau suchen wir?«, fragt der Lechner.

Mir scheint, der Kronawitter hat schon auf ihn abgefärbt. »Wer von uns beiden ist jetzt der Polizist?«

Ich lasse mich von seinem Gemurre nicht beirren, bücke mich tief und spähe unter die Kommode. Nichts bis auf Staubflusen und ein paar Hundehaare. Oder vielleicht doch? Ich ruckle an dem massiven Möbelstück, aber es rührt sich keinen Millimeter.

»Die hat bestimmt irgendwo einen Tresor«, sinniert der Lechner vor sich hin.

»Den krieg ich allerdings mit meiner Kreditkarte nicht

auf, demnach bringt's nix, danach zu suchen. Und jetzt schieb mal!«

Eine kurze Gestik vermittelt mir, was er davon hält, trotzdem stemmt er sich dagegen. Er pfaust wie eine lecke Dampfmaschine, bis die Beine der Kommode endlich mit einem scheußlichen Knirschen über den Granitboden schleifen.

»Oha, das gibt Kratzer«, lamentiert der Lechner.

Hinten an der Wand kommt etwas zum Vorschein. Mit spitzen Fingern ziehe ich eine Plastikhülle hervor. »Spinnt der Beppi!«, entfährt es mir. Aus der Klarsichthülle schüttle ich einen Reisepass und ein Flugticket. Beide Dokumente sind auf Helga Poschinger ausgestellt.

»Herrschaft!«, sagt der Lechner. »Was machen wir jetzt bloß?«

Wie dieser Mensch Revierleiter werden konnte, ist mir nach wie vor ein Rätsel.

»Jetzt fahren wir nach Krumau!«

»Was willst du denn bei den Tschechen?«

»Wir statten dem jungen Stecher der Poschingerin einen Besuch ab.«

Freilich fahren wir nicht in die Tschechei. Zumindest nicht sofort und auch nicht zusammen. Das beschließen wir nach einer Halben beim Kellerwirt. Respektive der Lechner legt diese Vorgehensweise fest. Er kann, sagt er, nicht einfach nach Krumau fahren, ohne vorher ein Amtshilfegesuch zu stellen. Und das würde vor Montag ohnehin nicht mehr bearbeitet werden. Ich vermute mal, er hat Angst, dass er morgen nicht am Preiskegeln teilnehmen kann, sollte der Antrag doch schneller vonstattengehen. Außerdem, so meint er, besteht ja nur ein sehr vager Verdacht, und es ist keine Gefahr in Verzug. Genau genommen hat er überhaupt nichts, womit er dem Staatsanwalt kommen könnte.

»Und der Pass, das Flugticket?«

»Könnt sie auch einfach vergessen haben, die Frau Poschinger. Oder nicht mehr gefunden, weil es eben hinter die Kommode gerutscht war. Theoretisch kann sie daraufhin neue Dokumente beantragt haben. Das ginge im Notfall direkt am Münchner Flughafen. Und so ein Flugticket aus dem Internet – da ist ja schnell wieder eins ausgedruckt heutzutage.«

Wenn er so weitermacht, findet er noch hundert Vorwände, um sich sein Wochenende nicht zu versauen. »Dann fahr ich eben allein«, erkläre ich.

Der Lechner will mich natürlich davon abhalten. Das gebietet ihm schon sein Polizistenethos. Aber daran, wie wenig vehement er sich gegen meinen Vorschlag stemmt, merke ich, dass es ihm eigentlich ganz recht ist. Damit hat er nämlich kein G'schiss bezüglich der Amtshilfe und steht später nicht als Depp da, sofern sich der Verdacht als grundlos herausstellt.

Wir haben uns selbstverständlich auch den Rest des Hauses angeschaut. Wo wir schon mal dort waren. Dem Lechner ist trotz seiner fundierten Profiler-Ausbildung überhaupt nichts verdächtig erschienen. Alles sauber und aufgeräumt, passt schon, hat er gemeint. Ich hatte keinerlei Erwartung, dass was Brauchbares dabei rauskommt. Schon gar nicht, dass er die Forensik ruft. Trotzdem muss ich ihn irgendwie für mich einspannen, weil ich dem Ganzen eben nicht traue. Irgendwas passt da nicht zusammen.

»Du könntest wenigstens mal anrufen und dich über den Frantisek Hlavac erkundigen. Wenn ich schon diese beschwerliche Reise in den Osten auf mich nehme, wäre es zumindest hilfreich, wenn ich mich im UNESCO-Weltkulturerbe nicht durchfragen müsste. Die ganzen asiatischen Touristen werden mir eher keine Auskunft geben können, wo ich den Hlavac finde. Außerdem ist mein Japanisch ein bisserl eingerostet.«

Der Lechner ziert sich, aber nachdem ich seine Halbe mitbezahle, verspricht er, dass er zum Hörer greift. War ja klar, dass der einen Spezi dort drüben sitzen hat, sich aber erst mal bitten lassen wollte.

Die Leberkässemmel, die ich mir schnell für zwischendurch beim Metzger Wasner geholt habe, hat nicht lang vorgehalten. Wie ich mich auf dem Parkplatz vorm Kellerwirt vom Lechner verabschiede, knurrt mein Magen wie eine brunftige Wildsau. Freilich hätte mir der Pauli schnell einen Wurstsalat gemacht, aber ich bin immer noch beleidigt wegen der Schinkennudeln. Außerdem winkt da ein Schweinsbraten, der bei der Mama im Rohr steht. Und wie der winkt … Beim Gedanken daran siegt der Hunger endgültig über die Vernunft. Ich setze mich in mein Auto und rase aus dem Ort Richtung Breitenberg, dorthin, wo die Landstraßen noch frei sind und allenfalls eine überbreite Landmaschine für ein paar Meter das Vorankommen hemmt, bevor sie überholt werden kann. Zumindest außerhalb der Feriensaison. In besagter Zeit haben wir eine Unmenge von Preiß'n hier und dazu ein paar Holländer. Ich weiß nicht, wer schlimmer ist, aber wie die Landwirte den Regen brauchen, brauchen unsere Gastronomen halt die Feriengäste. Indirekt profitiere ich demnach auch vom Tourismus, denn ohne Touristen keine Hotellerie und Bewirtung, und ohne Bewirtung keine Verstöße gegen die Hygienevorschrift. Unter diesen Gesichtspunkten lässt es sich fast schon ertragen. Zumal man immer die sichere Gewissheit hat, dass sie ja allesamt auch wieder abreisen.

Fünfzehn gedankenversunkene Autominuten später biege ich auf den Hof meiner Eltern ein. Das Haus mit dem angebauten Stall und dem Stadel hinten raus ist weit über zweihundert Jahre alt und ebenso lang in Familienbesitz. Die Geranien unter den Fenstern stehen in voller Blüte. Der Grand, in dem traditionell immer zwei Milchkannen und eine Kiste Bier kalt gehalten werden, plätschert vor sich hin. Der Hanomag, der gut zehn Jahre älter ist als ich, parkt direkt vor der in Granit gefassten Haustür. Der Alte schraubt dran herum. Wie immer. Er blickt nicht einmal auf. Dafür streckt mir, kaum dass ich die Autotür aufgemacht habe, der Wacki seine feuchte Schnauze entgegen. Ich kraule die Promenadenmischung unterm Kinn und erzähl ihm viermal, was für ein feiner Wachhund er ist, bevor er mich aussteigen lässt. Dieses Vertrauensverhältnis mit dem Hofhund meiner Eltern macht mir nochmals bewusst, dass bei der Poschingerin was zum Himmel stinkt, wenn man bedenkt, wie vernarrt die in ihren Beaver war. Nie wäre die in den Urlaub geflogen, wenn der Hund verschwunden ist.

»Schnell, sperr die Kuchl zu, 's Amt kommt!«, höre ich meinen Vater unter der Motorhaube hervorbrummen. »Hast du den Schweinsbraten bis zu dir raus gerochen?«

Mir ist es zu blöd, darauf was zu erwidern. Seit über einem Jahr ist er mir beleidigt, weil ich mich finanziell nicht an dem neuen Kreiselheuer beteiligt habe, den er angeschafft hat. Für die paar Wiesen, die er noch mäht, hätte es der alte Deutz alleweil noch getan. Aber stur, wie der Alte eben ist, war er nicht davon abzubringen. Wegen der einmaligen Konditionen, die ihm der Landmaschinenheini eingeredet hat. Und dann wollte er es mir als Investition in meine Zukunft verkaufen. Uneinsichtig wie eh und je, spekuliert er weiterhin darauf, dass ich später mal den Hof übernehme.

»Jetzt streit halt nicht schon wieder mit dem Buben rum«, höre ich die Mama sagen. In Stallschürze und Kopftuch kommt sie aus der Milchküche, mit einer Blechschüssel voller Eier unterm Arm. Ihre nackten Füße stecken in abgeschnittenen Gummistiefeln.

»Auf jetzt, das Essen wartet! Krautsalat ist auch noch da.«

»Na, dann lohnt es sich zweimal!«

»Der kommt doch eh nur noch zum Fressen vorbei«, zetert der Alte hinter uns her.

Ich folge der Mama in die Stube und laufe dort gleich mal in eine Fliegenfalle, die wie eine Korkenzieherlocke von der Decke baumelt. Zu Hunderten kleben die lästigen Viecher dran – und ich jetzt auch. Angewidert befreie ich mich. Ich spare mir den Hinweis wegen Fliegengitter vor den Fenstern, weil ich nicht jedes Mal mit demselben Zeug daherkommen möchte. Das Ungeziefer ist mit ein Grund, warum ich den Hof nicht will. Von Berufs wegen stecke ich da zu tief in dem Wissen um Bakterien, Viren, Streptokokken, Mikroben und so fort. Das bekomme ich einfach nicht aus dem Kopf. Auch jetzt muss ich eine immense Energie daransetzen, diese Gedanken zu verdrängen, sonst könnte ich mich rein gar nicht auf den Schweinsbraten freuen.

»Was grantelt er denn wieder rum?«, frage ich die Mama, während ich auf die Eckbank rutsche.

»Mei, kennst ihn doch«, sagt sie und trägt ihre Eier in die Kuchl.

Wasch dir die Hände, liegt mir auf den Lippen, aber ich spreche es nicht aus. Nicht darüber nachdenken!, mahne ich mich. Der Schweinsbraten ist heiß und durchgegart, und die Knödel kommen aus dem kochenden Wasser. Okay, der Krautsalat ist die Schwachstelle, aber ich gehe davon aus, sie nimmt einen Löffel, um mir was auf den Teller zu schöpfen. Ansonsten sind die Hühner ja auch gesund, beruhige ich mich.

Es dauert keine drei Minuten, dann steht das Essen auf dem Tisch. Selbst der Mehlknödel ist perfekt, obwohl die Mama nicht wissen konnte, wann genau ich aufkreuze. Mutterliebe birgt einfach einen sechsten Sinn.

Ich haue ordentlich rein. Vor dem zweiten Nachschlag öffne ich den Knopf meiner Jeans. Die Mama sitzt neben mir und schaut mir beim Essen zu. Ich zögere es raus, tunke mit dem vierten Knödel sauber die Soße auf, bis der Teller blitzblank ist. Nicht beim Essen, habe ich mir einmal recht lautstark erbeten, seither hält sie sich zurück. Aber ich weiß, was kommt, sobald ich fertig bin.

»Du Berti, sagamal, wann bringst du die Maria mal wieder mit?«

Wie ich das hasse. Das Berti nicht weniger als die Fragerei.

»Das ist so eine Nette.«

»Ja, eben, nett! Nett reicht halt nicht.« Maria. Maria? Kann mich nicht erinnern, jemals eine Maria mit auf den Hof geschleppt zu haben. Mir scheint, sie verwechselt da was oder wen. Aber ich frage nicht nach.

»Du stellst dich aber auch an. Froh müsstest sein, wenn dich so eine nimmt wie die Maria.«

Ich sag nichts, suche stattdessen mit der Zunge meine Zähne ab, ob ich noch was finde, um darauf herumzukauen.

»Die war fei Anfang der Woche da und wollt zehn Eier kaufen.« Sie legte ihre raue Hand auf die meine. »Aber ich hab sie ihr geschenkt«, fügt sie leise an und zieht verschwörerisch ihre Brauen hoch.

»Wer war da?«

»Geh, Berti, die Maria.«

Mir fällt endlich ein, wen sie meint, und prompt stellt sich so ein Drücken unter dem Zwerchfell ein, das nicht von den Knödeln herrührt. Die Bechtl Marina. Zefix! Bruchstückhaft trudeln die Erinnerungen an die letzte Nikolausfeier von den Eisstockschützen ein, von denen ich eigentlich gehofft hatte, dass ich sie nie wieder zutage fördere. Ich behalte für mich, dass die Marina verheiratet ist und unsere kurze Liaison nicht einmal bis Weihnachten gehalten hat, weil sie noch vor den Feiertagen wieder reumütig zu ihrem Mann zurück ist. Worüber ich letztlich sakrisch froh war, weil sie sich schon innerhalb der wenigen Tage zu einer anhänglichen Klette sondergleichen entwickelt hat. Nachdem ich in diese Richtung deutlich geworden bin, hat sie beleidigt beschlossen, das O Tannenbaum lieber im

Kreise ihrer Familie zu singen statt in meiner Junggesellenbude. Zumal ich nicht bereit war, mir ein Nadelgewächs in die Wohnung zu stellen.

»Und die war da?«, frage ich irritiert.

Die Mama nickt. »So eine Nette«, wiederholt sie und bekommt einen wunderlichen Gesichtsausdruck. Gleich kullern die Tränen, ich weiß es. Wie lang soll ich denn noch auf meinen Enkel warten?

»Wie lang soll ich denn noch auf meinen Enkel warten?«

Zumindest ist sie mittlerweile beim Singular angekommen. Bis vor drei Jahren hat sie um eine ganze Schar Enkel gebettelt. Kinder sind nicht nur ein Segen, aber mit so was kann ich nicht argumentieren. Abgesehen davon, dass ich es schon beizeiten aufgegeben habe. Ich lobe sie für das Essen, das besänftigt sie ein wenig.

»Magst noch ein Bier?«

Ich schau auf die Uhr und schüttle den Kopf.

»Ich hätt auch Holunderwein angesetzt, da könnten wir mal ein Glaserl probieren.«

Meine Gedanken sind schon wieder bei der Poschinger Helga. »Sag mal, Mama, wenn du demnächst ganz spontan und allein nach Indien reisen müsstest, da würdest du doch versuchen, den Papa vorher irgendwo unterzubringen, oder? Damit er versorgt ist und so?«

»Indien!«, schreit der Alte, und der penetrante Geruch von Maschinenfett und Diesel fliegt mir entgegen. Wie aus dem Boden gewachsen, steht er in der Tür, und alles, was er trägt, ist eine Latzhose. Seine dürren, sehnigen Oberarme sind ölverschmiert. »Indien! Das tät euch so passen!«

ALCATRAZ

Es ist schon kurz nach halb neun, als ich den Wagen auf dem geschotterten Platz vor dem Gehöft abstelle. Jenseits des Gebäudekomplexes ragen hohe Tannen auf, hinter denen eben die Sonne in kräftigem Rot versinkt. An der Hauptstraße steht ein Schild, das mir bisher nie aufgefallen ist, obwohl ich die Strecke über Büchlberg und Hutthurm in der Regel fahre, wenn ich auf die A3 muss.

Hundepension Bamberger steht über dem Eingang, genau wie auf dem Schild beim Abzweig von der Bundesstraße. Es ist das einzige Etablissement dieser Art, das ich im Internet gefunden habe. Sofern mir die Veronika keinen Hühnerdreck erzählt hat, was die Unterbringung vom Beaver angeht, gibt es nur diese Hundepension in der näheren Umgebung. Die nächste wäre dann in Passau.

Kaum aus dem Auto, höre ich das Gekläffe. Dass man das aushält, den lieben langen Tag. Und nachts, schließlich werden die Viecher da kaum ruhiger sein. Weg von zu Hause. In der Ungewissheit, ob Herrchen oder Frauchen je wiederkommen. Gut vorstellbar, dass das einen Hund ganz narrisch macht.

Ein hoch aufgeschossener Mann in den Fünfzigern kommt um die Ecke. Er trägt einen grünen Overall, der ihm lose um die Hüften schlackert, und eine verratzte

Schirmmütze auf seinem eckigen Schädel. Seine Hände lässt er in den Taschen. Vielleicht bin ich verdächtig, weil ich keinen Hund dabeihabe.

»Fellinger«, stelle ich mich vor. »Ich hab das Schild gesehen.«

Der Bamberger – ich nehme an, dass ich dem Herrn Bamberger persönlich gegenüberstehe – erwidert nichts, sondern wartet darauf, dass ich fortfahre. »Ich suche einen Platz für meinen Wacki, solange ich im Urlaub bin.«

»Ich bin voll«, erklärte mir der Bamberger mit Bruce-Willis-Stimme. Tatsächlich kann man den Alkohol riechen, aber ich gehe davon aus, er meint sein Hundehotel. Wenn er die Pension nicht grundsätzlich überbucht, müsste eigentlich derzeit ein Zwinger frei sein. »Es wäre eh erst in drei Wochen«, versuche ich mein Glück.

Der Bamberger behält sein misstrauisches Gesicht und kratzt sich unter der Mütze. »Und der Wacki, was wär das für einer?«

»So ein brauner«, sage ich und deute seine Größe an, indem ich meine Hand mittig an meinen Oberschenkel drücke.

»Ein brauner?«

»Dunkel und hell, beides, wie Strähnchen. Rasse hat er keine«, erkläre ich. »Ein Mischling. Jetzt kann ich es ja sagen, weil er nicht dabei ist.«

Der Bamberger findet den Witz in meiner Bemerkung nicht.

»Ich wollte mir nur mal so ein Bild machen von der *accommodation*, bevor ich eine Entscheidung treffe.«

»Hä?«

»Die Unterbringung, der Service, die Betreuung«, helfe ich ihm.

Er schaut hoch zum Mond, und für eine Sekunde befällt mich der Gedanke, dass er gleich anfängt zu jaulen, wie seine vierbeinigen Gäste hinterm Haus. Haare genug hätte er ja im Gesicht.

»Der Wacki, in drei Wochen«, wiederholt er und deutet mir an, ihm zu folgen. Er führt mich zu einem Gebäude mit Flachdach, das von einer ungemähten Wiese umgeben ist. Ein schmaler, mit Rindenmulch bestreuter Trampelpfad verbindet die Zwinger mit dem Wohnhaus. Rein optisch kann ich keinen Unterschied zu einem Tierheim feststellen, aber vielleicht ist das den Hunden, die sich hier einmieten, ja egal. Der Mensch hat da natürlich andere Ansprüche an sein Urlaubsdomizil. »Wo ist der Pool?«

Bamberger verzieht das Gesicht. »Ich hab zwei Angestellte, die gehen tagsüber mit den Hunden«, erklärt er mir, bevor ich nach dem Spa-Bereich und dem Fitnessraum fragen kann.

Die Tiere sind nervös, und als wir das Gebäude betreten, wird es ohrenbetäubend. Eine Reihe von Neonröhren springt an und taucht die dustere Halle in grelles Licht. Die Zellen sind trist. Betonboden, Ablaufrinne. Komfort sieht anders aus. Ich kann nachvollziehen, dass die Frau Poschinger da ins Zweifeln gekommen ist. Der Beaver war ja schon einen gewissen Luxus gewöhnt. Vielleicht bin ich bei der falschen Adresse gelandet?

»Ist ihnen schon mal einer ausgekommen?«, schreie ich gegen das Kläffen an.

Statt zu antworten, rüttelt er an einer der Gittertüren,

was so viel heißen mag wie: Alcatraz ist ein Dreck dagegen. Dieser maulfaule Hundesitter macht mich verrückt. Dann probier ich's halt direkt. »Eine Bekannte hat mich hierher empfohlen. Helga Poschinger. Ich meine, der ihr Beaver müsste auch gerade die Ferien bei Ihnen verbringen.« Ich recke meinen Hals und tu so, als würde ich nach dem Hund Ausschau halten.

»Poschinger!«, brummt der Bamberger.

»Ja, ein Schwarzweißer … Ein … Entledings«, sage ich.

Er fährt sich mit seiner schwieligen Hand übers unrasierte Kinn. »Nein!«

»Nein heißt, der Hund hat nicht eingecheckt?«

»Besser, Sie gehen jetzt!«

Wir sind vor einem Zwinger angekommen, in dem ein Ungetüm von einem Rottweiler hockt, der seine rot unterlaufenen Augen nicht von mir lassen kann. Bamberger legt seine Pranke auf die Entriegelung.

»Also, ich denke, der Wacki würde sich hier eh nicht sonderlich wohlfühlen«, werfe ich ihm noch hin, bevor ich mich schleunigst aus dem Staub mache.

STRAHLENWOLKE

Verstochen wache ich auf. Es juckt mich quasi aus meinem Traum raus. Ich hätte über Nacht das Fenster nicht auflassen sollen. Bevor die nächsten Mücken zum Frühstück kommen, schwinge ich mich aus dem Bett.

Hotel Čáp, Kájovská 46, hat mir der Lechner in einer SMS geschrieben, und ich frage mich, wie er das mit den Sonderzeichen gemacht hat. Womöglich habe ich ihn da unterschätzt? Darunter hat er geschrieben: Fährst du wirklich?

Ich bin drauf und dran zurückzufragen, ob ich ihm einen Gartenzwerg oder lieber eine Flasche Becherovka mitbringen soll. Außerdem überlege ich, was ich mit dem Hotel anfange. Übernachten werd ich dort sicher nicht. Grübelnd begebe ich mich in die Küche, nur um festzustellen, dass keine Kaffeebohnen mehr da sind. Ich muss mal ein ernstes Wort mit dem Personal reden. Nach einer erquickenden Dusche und ohne was im Magen breche ich um kurz nach acht Uhr auf. Hinter Wegscheid fahre ich über die Grenze nach Österreich. Eine Weile beobachte ich im Rückspiegel einen Motorradfahrer, der mich auf unangenehme Weise an den Einschüchterungsversuch von gestern erinnert. Wie ich in Ulrichsberg dann links abbiege, wo es durch den Wald rüber nach Tschechien geht, ist er verschwunden, und mein Puls geht wieder runter.

Dabei steuere ich bereits auf die nächste, wesentlich subtilere Bedrohung zu. Die Straße wird schmal, der Asphalt löchrig. Selbst wenn man das Schild übersieht, das auf die Überquerung der Landesgrenze hinweist, man ahnt es. Es ist noch mal was anderes, als nach Österreich rüberzufahren. Das ist bei den günstigeren Benzinpreisen dort ja gewissermaßen Routine. Aber zu den Tschechen? Da fährt man allenfalls zum Bumsen rüber, wenn man es nötig hat. Und das würde ich jetzt nicht direkt als Routine bezeichnen. Vor allem, weil es da jetzt auch nicht mehr so billig sein soll, hab ich gehört.

Was ich sagen will, ich tu mich da immer noch schwer. Plötzlich ist man im Osten. Hinter dem einst eisernen Vorhang. Auch wenn alle so weltoffen tun, meine Generation hat das halt noch so drin. Diese Befangenheit. Wir sind damit aufgewachsen, dass hier Feindesland ist. Der Russ – vor dem habe ich immer noch Angst, das kann ich drehen und wenden, wie ich will. Und wenn ich mir den Putin so anschaue, zu Recht.

Ich lasse das Fenster runter. Die Luft ist lau. Das hilft gegen die Beklemmung und dazu, dass die Kremlführung aus meinen Gedanken verschwindet. Ich steuere direkt auf den Moldaustausee zu. Landschaftlich reizvoll, da haben sie viel gemacht in den letzten zwanzig Jahren. Obwohl ich davor nie herüben war. Aber der Papa mal, zusammen mit der Mama. Tagesausflug nach Prag. Ich glaube, es hat ihnen nicht gefallen, und die Kekse, die sie mir mitgebracht haben, haben echt scheiße geschmeckt.

Die nächste Fähre von Lhota nach Horní Planá kommt in zwanzig Minuten, sofern der Fahrplan stimmt. Am See bläst ein frischer Wind, und gleich geht's mir noch besser. Für ein paar Sekunden mache ich die Augen zu und stelle mir vor, ich bin am Meer. Ich bin gern am Meer. Leider ist es von mir daheim sakrisch weit weg. Egal in welche Richtung. Acht Stunden Minimum. Und der Moldaustausee ist leider auch keine Alternative, selbst wenn ich die Augen noch so fest zusammenzwicke.

Weit im Osten braut sich dafür was anderes zusammen. Dort türmen sich Wolken auf, die nach unten hin grau und grauer werden. Vielleicht ist Temelín hochgegangen, und es weiß noch niemand? Die wenigen Leute, die hier rumstehen und auf die Fähre warten, wirken in keiner Weise beunruhigt. Was nichts heißen muss. Ob sich die Informationspolitik im Osten durch die Perestroika verbessert hat, stelle ich ernsthaft infrage. Aber mei, solang keine Sirenen heulen, bleibe ich entspannt.

Ich lasse den Wagen bei der Anlegestelle stehen und begebe mich ins nahe Wirtshaus. Sollte die Strahlenwolke wider Erwarten doch kommen, fühle ich mich drinnen sicherer. Freilich könnte ich einfach um den See rumfahren. Bis zum nördlichen Zipfel ist es nicht weit. Aber durch die Fähre bekommt die Reise mehr Ausflugscharakter.

Die Kellnerin schaut müde drein. Ungekämmt wie sie ist, kann sie noch nicht lange wach sein. Ich bestelle einen Espresso. Die Wurstsemmeln in der Auslage sind vom Vortag, weshalb ich lieber hungrig bleibe. Vielleicht hat die Helga hier auch ihren Kaffee getrunken, während sie auf die Fähre gewartet hat. Ich hätte ein Foto mitnehmen sollen, eins von ihr und eins von ihrem 911er.

Mit drei Autos ist die Fähre voll. Der Wind tut gut; falls er verstrahlt ist, merke ich es nicht. Und gegen Sonnenbrand bin ich generell unempfindlich. Der See ist ein vierundvierzig Kilometer langer Schlauch, mit einer Staumauer am Ende. Aufgestaut, wie bei uns daheim der Freudensee, wobei das kein Vergleich ist. Schon allein von der Dimension her. Beim Lipno, wie das Gewässer hier heißt, holen sie Strom raus. Beim Freudensee allenfalls Fische. Weiter südlich entdecke ich ein paar Surfer. Sonst ist es ruhig. Die Badegäste sind noch beim Frühstück. Leider dauert die Überfahrt kaum fünf Minuten. Von Horní Planá aus ist es nicht mehr weit, ich schaffe die Strecke in einer Viertelstunde. Obwohl es noch früh ist, ist der Parkplatz für die Besucher schon ordentlich voll. Es ist Samstag. Das wird ein Gedränge in den Gassen geben. Zum Glück weiß ich, wo ich hinmuss. Nach der SMS vom Lechner habe ich mir auf Google schnell noch einen Überblick verschafft.

Vor mir ragt das Schloss auf. Seit dem Mauerfall war ich ein paarmal da, aber egal, wie oft ich hierherkomme, das Bauwerk ist immer wieder beeindruckend. Auch wenn sie geschummelt haben. Von hier unten ist es schwer zu erkennen – eigentlich nur, wenn man es weiß –, aber man kann erahnen, dass die Steinquader der Fassaden nur aufgemalt sind. Mei, die Tschechen. Tricksen halt, wo es geht. Da sind sie wie alle Ostler.

Ich schlendere unter dem imposanten Viadukt hindurch, das den Fürstensitz und das Château Český Krumlov verbindet. Auf der Fußgängerbrücke über die Flussschleife der Moldau wird es eng. Durch eine Horde Franzosen drängle ich mich hinein, direkt ins Mittelalter. Zumindest, was die

Bausubstanz angeht. Sehr wahrscheinlich hatten sie aber vor achthundert Jahren weniger Asiaten in der Stadt. Wie zu erwarten, stürmen die meisten internationalen Touristen den Schlossberg, weshalb ich dem großen Trubel auskomme. In den gepflasterten Gassen der Innenstadt steht die Hitze der letzten Tage. Von dem Unwetter, falls es uns denn erwischt, ist noch nichts zu spüren. Essensdüfte schlagen mir entgegen. Mein Magen knurrt, aber ich bleibe stur auf Kurs, überquere den Marktplatz und finde die richtige Gasse. Es schaut anders aus als auf Street View, weil viel gebaut und renoviert wird. Die EU-Fördergelder müssen ja schließlich irgendwie verbraten werden.

Ich merke erst, dass ich vorbeigedackelt bin, als ich wieder unten am Fluss stehe. Beim Zurückgehen wird mir klar, warum. Auch das Hotel Čáp in der Kájovská ist eingerüstet und zu zwei Drittel mit Planen verhängt. Ein handgeschriebenes Schild weist Herbergssuchende darauf hin, dass trotz der Baumaßnahmen Zimmer vermietet werden. Die Frage ist, wer es sich antun will, auf einer Baustelle zu wohnen. Pikiert teile ich die Plastikabdeckung und schlüpfe durch den Eingang. Es riecht nach frischem Beton und Farbe. Baustaub hängt in der Luft. Obwohl ich knapp eineinhalb Stunden unterwegs war, habe ich mir keine Gedanken darüber gemacht, wie ich die Sache angehen soll. Ich tu mich schwer, was das Zurechtlegen von Strategien angeht. Bei mir muss das aus der Situation heraus passieren oder gar nicht. Vielleicht hätte ich vorher doch noch was essen sollen.

Dem Lechner seine Nachricht habe ich so interpretiert, dass der Hlavac zum Personal dieses Etablissements gehört. Kellner, Koch, Housekeeping? Oder ist er gar der

Chef? Rein gefühlsmäßig passt so einer besser zur Helga. Die Witwe und der Hotelier.

Die Rezeption wurde wegen der Umbauarbeiten verlegt und nimmt jetzt einen Teil der Gaststube ein. Das Frühstück scheint bereits beendet, alle Tische sind leer. Die junge Frau hinter dem provisorischen Empfang lächelt erwartungsvoll zwischen ihren hohen Wangenknochen. Am Schlüsselbrett hinter ihr ist kein einziger Haken leer. Alle Gäste sind bereits ausgeflogen oder, wie ich eher vermute, haben niemals eingecheckt. Die mineralhaltige Luft knirscht zwischen meinen Zähnen. Eigentlich müsste die Dame eine Staubmaske tragen. Was natürlich schade für ihr Lächeln wäre, das sie dem potenziellen Hotelgast entgegenwirft. Es tut mir fast leid, dass ich sie enttäuschen muss.

»Ist der Herr Hlavac zu sprechen?«

Sie mustert mich, als käme ich vom Inkassobüro, und greift zögernd zum Hörer. Ich behalte die Beamtenmimik bei und nicke auffordernd.

»Was ist der Grund Ihres Besuchs?«, fragt sie vorsichtig.

»Sagen Sie dem Frantisek, es ist wegen dem Hund.« Ich hätte wirklich vorher was essen sollen.

»Hund«, wiederholt die Dame und tippt dann stirnrunzelnd auf dem Apparat herum. Bei dem knappen Telefonat in ihrer Muttersprache, das schon allein aufgrund der Tonalität ihre Verwirrung transportiert, wird sie offensichtlich damit beauftragt, mich durchs Haus zu begleiten. Wir umkurven ein paar Mörteleimer und diverses Maurerzubehör und gelangen in ein Treppenhaus, in dem noch der Verputz fehlt.

»Baustelle«, kommentiert sie überflüssigerweise. Ich

entdecke nirgendwo Handwerker, aber heute ist ja auch Samstag. Das historische Gebäude ist verwinkelt, dennoch wird schnell klar, dass wir nicht in die Küche steuern. Die Chefetage macht allerdings auch nicht viel her. Über einen schmalen Gang, der mit vom Betonstaub ergrautem Teppich ausgelegt ist, gelangen wir an eine Tür. *Generální ředitel* steht auf einem Messingschild. Das klingt wichtig.

Die Empfangsdame klopft für mich, lässt mich ein und schließt von außen die Tür. Das Büro ist klein, hat aber ein Fenster auf den Fluss hinaus. Frantisek Hlavac ist auch kein Schlechter, hat mir die Tschechin versprochen. Wenn ich eine Frau wäre, würde ich dieser Äußerung wohl beistimmen. Schlecht schaut er nicht aus, der Herr *Generální ředitel*. Natürlich würde mich das affektiert zurückgekämmte Haar stören, pomadig und schwarz im Grundton, dabei von feinen, grauen Strähnen durchzogen, welche die Attraktivität betonen. Definitiv zu jung für die Poschingerin. Er hockt an seinem Schreibtisch und blickt mir einigermaßen respektlos entgegen. Ich weiß nicht, was er erwartet hat? Mich sicher nicht.

»Sie wünschen?« Der Staub auf der linken Schulter seines Anzugs sagt mir, dass er sich kurz zuvor noch durch seine Baustelle bewegt hat. Auch das schwarze Leder seiner Schuhe ist von einer mehligen Schicht überzogen. Er kommt mir arg gestresst vor.

»Es ist wegen dem Hund!«

»Hund? Wer?«

»Bamberger. Von der Hundepension. Die Frau Poschinger hat gemeint, wenn was mit dem Beaver wäre, soll ich mich an Sie wenden.«

»Poschinger?«

Offensichtlich sind wir auf dem Telegrafenamt, wo jedes Wort fünfzig Pfennig kostet. »Sie sind doch der Herr Hlavac?«

»Ja, und?« Er bekommt so ein komisches Zucken unter dem rechten Auge.

»Sehen Sie, die Frau Poschinger hat Sie als Kontaktperson angegeben, wenn sie selber nicht erreichbar ist. Nur für den Fall, dass was mit dem Hund wär.«

»Wie kommt sie da drauf?«

»Das muss jetzt in unserem Aufnahmebogen nicht explizit erklärt werden, warum wer als Pate aufgeführt wird. Das obliegt alleinig dem Hundehalter. Wir reden da niemandem drein. Sehen Sie es als Beweis uneingeschränkten Vertrauens in Ihre Person.«

»Pate? Hören Sie, das muss ein Missverständnis sein.«

»Sie sind also keine Vertrauensperson für die Frau Poschinger?«

»Ich … ja, doch, ja!«

»Und Sie kennen den Beaver?«

Er wedelt mit den Händen. »Auch … aber … ich habe dafür wirklich keine Zeit! Sie sind doch nicht nur wegen dem Hund hier rübergefahren?«

Ich nicke kräftig. »Wir kümmern uns intensiv um unsere Gäste.« Ich erwarte, dass er sagt: »Wir auch«, aber wie mir scheint, ist er zu verstört. Und zu perplex, um sich zu erkundigen, was mit dem Beaver los ist.

»Haben Sie denn mit der Frau Poschinger nicht darüber gesprochen, bevor sie verreist ist?«

»Also, ich habe die Frau Poschinger … Warum erzähle ich Ihnen das überhaupt?«

»Vielleicht können Sie mir ja mit einer Nummer aushelfen, unter der ich die Frau Poschinger erreiche.«

»Sie weilt meines Wissens in Indien.«

Aha, zumindest so weit ist er informiert.

»Hören Sie, die Helga … also die Frau Poschinger … Wir haben keinen so engen Kontakt mehr, weshalb ich nicht verstehe, warum sie mich in Ihrem …«

»Aufnahmebogen!«

»Ja, wie auch immer, vermerkt hat …« Er macht eine Pause, ich höre es förmlich rattern in seinem Hirnkastl. »Bin ich der Einzige, der da eingetragen ist?«

Obacht, Fellinger, sag jetzt nichts Verkehrtes! »Ähm, nein! Da ist noch ein zweiter Name … Zefix, den Zettel habe ich jetzt im Auto liegen lassen, aber vielleicht kennen Sie … ?«

»Nein! Den Herrn kenne ich sicher nicht!«

»Den Herrn? Schade!«

Wir mustern uns eine Weile schweigend. Ich weiß, dass er lügt. Ich habe nicht schlecht improvisiert, und es kommt mir so vor, als ob das umgekehrt ebenso der Fall ist. Er hat mir den Bamberger nicht so ganz abgekauft. Die Frage ist nur, warum? Was belastet den Hlavac, dass er so ein Misstrauen hegt? Er schwitzt auch recht arg aus seinem Hemdkragen heraus. »Sie waren letzten Dienstag nicht zufällig drüben bei der Frau Poschinger?«

Er springt auf. Sein Stuhl hat so viel Schwung, dass er laut gegen die Wand hinter ihm fährt. »Sie, das reicht! Sie gehen jetzt, Herr Bamberger!«

POWIDLDATSCHGERL

Es passiert selten, dass ich aus einem Hotel rauslaufe, ohne die Küche inspiziert zu haben. Ich will mir nicht ausmalen, was ich da an Kalk und Zement in den Lebensmitteln fände. Sofern überhaupt noch gekocht wird in dem Laden. Ich bin hin und her gerissen, ob ich jetzt enttäuscht oder erfreut sein soll, was die Reaktion von Herrn Hlavac angeht.

Die atomare Wolke hat sich über die Stadt geschoben. Die Sonne ist weg, die Hitze nicht. Nicht gut für meinen Kreislauf. Schräg gegenüber vom Hotel Čáp ist ein Café. Ich setzte mich so hin, dass ich den verhängten Eingang und die Zufahrt zum Innenhof im Blick habe.

Die Speisekarte ist übersichtlich. Ich bin nicht so der Mehlspeisentyp, aber das Loch im Magen nötigt mich dazu. Ich bestelle Powidldatschgerl und einen Milchkaffee. Ein Bier passt einfach nicht zu den mit Pflaumenmus gefüllten Teigtaschen. Ich hätte ja gerne ein fleischlastigeres Restaurant aufgesucht, aber jetzt geht es primär um die Aussicht. Der Kaffee ist noch nicht mal serviert, da schießt der Frantisek in einem silbergrauen SLK aus der Einfahrt. Das Dach ist offen, doch der Fahrtwind müht sich vergebens. Die festgegelte Frisur hält. Auch ein Cabriofahrer. Wie die Helga. Kurz bin ich geneigt zu glauben, dass der Mercedes ein Geschenk von der Poschingerin sein könnte.

Ein Geschenk, das ihm ähnlich gut steht wie der Anzug, den er da aufträgt.

Er bemerkt mich nicht, obwohl er keinen halben Meter an mir vorbei die Kopfsteinpflastergasse runterrauscht. Es pressiert ihm, wie es scheint, und es stellt sich die berechtigte Frage, ob mein Besuch der Grund für seinen überstürzten Aufbruch ist. Vielleicht spinne ich mir ja nur was zusammen, und er ist auf dem Weg zum Baumarkt, um Zementnachschub für die Maurer zu kaufen, aber ich notiere mir für alle Fälle das Kennzeichen. Wo ich den Stift eh gerade in der Hand habe, schreibe ich auf die Serviette auch die Nummer von dem Geländewagen, dessen Heck ich von meinem Beobachtungsposten aus im Innenhof erspähen kann. Bis sich das automatische Tor wieder schließt, habe ich auch den verschnörkelten Aufkleber auf der Heckklappe entziffert. Kyūdō. Ein Begriff, mit dem ich nichts anfangen kann. Könnte was Finnisches sein. Vielleicht hat der Hlavac in seinem Restaurant ja Elch auf der Karte; ich hätte nachschauen sollen. Oder es ist was Asiatisches. So ein martialischer Kampfsport? Womöglich muss man sich auch in dieser Richtung vor dem Tschechen in Acht nehmen.

Dann kommt meine Bestellung. Der untere Teil der Kájovská scheint für Touristen weniger interessant zu sein, weshalb es hier beschaulich ruhig ist. Zu ruhig. Nachdem er mich bedient hat, gönnt sich der alte Kellner eine Pause am Nebentisch. Ich verschlinge das erste Powidldatschgerl, bevor ich mich ihm zuwende. »Ihr Nachbar, der Herr Hlavac, kommt man mit dem aus?«

Die Frage reißt ihn aus seiner Lethargie. Er drückt seinen krummen Rücken durch und zupft sein weißes Hemd zurecht. »Warum Sie fragen?«

Mir kommt ein Geistesblitz. »Nun, er sucht doch einen Investor für das Hotel«, lasse ich ganz unaufgeregt fallen und schiebe mir die nächste Gabel puderzuckrigen Kartoffelteig in den Mund.

Der Alte grinst. Im Unterkiefer fehlt ihm ein Eckzahn.

»Lage und Bausubstanz sind nicht schlecht«, bemerke ich anerkennend.

Er nestelt ein Taschentuch aus seiner Hose und tupft sich den Schweiß von der Stirn. »Eine Schande, dass sich der Hlavac hat so lang Zeit gelasst mit Renovierung. Hat gewartet, bis Amt für Denkmalschutz auf die Tisch haut, bevor zu spät. Das hat den Hlavac zum Schwitzen gebracht.« Er reibt Daumen und Zeigefinger gegeneinander. »Fehlt Diridari, Sie verstehen?«

»Aber er hat Auflagen bekommen und musste mit der Restaurierung beginnen, nehme ich an?«

Er nickt. »War Kontrolle, also er hat anfangen müssen mit Umbau … bis Geld weg. Seit Vierteljahr nix mehr passiert. Jetzt ist schlimmer als vorher. Auch für uns. Welcher Gast will bei gemütlich Kaffeetrinken gucken auf Baustelle? Dazu der Dreck.« Er schüttelt den Kopf.

»Drinnen steht eine Menge Baumaterial herum. Und es riecht nach frischem Beton«, sinniere ich laut.

»Keine Handwerker! Drahý Bože! Der Hlavac wurschtelt selber rum. Dabei ist Bürohengst, kann keine Nagel gerade schlagen.« Er schaut mich an. Schätzt ab, ob ich die nötigen Voraussetzungen mitbringe, um den Frantisek und auch ihn aus der Misere zu befreien. »Falls Sie gehen in Investition, ich hoffe, Sie haben mehr Geduld als Landsmännin von Ihnen.«

»Ach, die Frau Poschinger kennen Sie auch?«

Der Kellner wirkt nicht überrascht. »Sehr nette Frau … und hibsch! War leider schon länger nicht mehr hier. Hat, wie mir scheint, Bettel hingeschmissen.« Er beugt sich mir entgegen, um die Stimme senken zu können. »Beziehung zu hibsche Frau Helga war nicht allein geschäftlich, Sie verstehen?«

»Beim Geld hört die Freundschaft auf, und das gilt auch für die Liebe«, philosophiere ich.

Er zuckt mit den Schultern. In meinem Hirn kreiseln die Erkenntnisse, die mir mein Ausflug nach Krumau beschert hat, doch weil der Alte weiterplaudert, kriege ich keine brauchbare Sortierung hin.

»Bei Ihnen ich muss machen mir nix Sorgen, dass geschäftlich mit privat mischen, oder?«

Bevor ich antworten kann, fällt der erste Regentropfen auf meinen Süßspeisenteller und sprengt die Puderzuckerdekoration.

PREISKEGELN

Ich entkomme knapp der tschechischen Gewitterfront. Auf der deutschen Seite scheint die Sonne. Die Wolken sind vorerst an den Gipfeln des Böhmerwalds hängen geblieben, die dort immerhin bis zu tausendvierhundert Meter in den Himmel ragen. Um halb drei passiere ich das Ortsschild und biege nahtlos zum Kellerwirt ab. Mehlspeisen halten bei mir nicht lang vor. Ein Dickmacher ohne Nährwert, und wenn ich so an mir runterschaue, wäre es besser gewesen, darauf zu verzichten. Ich sollte mehr Sport machen. Vielleicht versuche ich es doch einmal mit dem Selbstverteidigungskurs. Der käme mir nicht nur in meinem Job zugute.

Leider ist es noch zu früh für die Abendkarte. Aber nachdem gerade das Preiskegeln läuft, sollte es heute Nachmittag wenigstens einen Wurstsalat oder einen Brotzeitteller geben. Mit einem Magen, der bis in die Kniekehlen hängt, kann keiner eine ruhige Kugel schieben. Das weiß auch der Pauli, der nie am Salz in seinen Speisen spart, damit der Bierumsatz stimmt. Wogegen aus lebensmittelhygienischer Sicht nichts spricht, denn Salz tötet bedingt auch Erreger, und dem Bier erkenne ich durchaus eine heilende Wirkung zu.

Unten bei den Kegelbahnen steht die Hitze. Die Ausdünstungen von den gut dreißig Männern machen mich ganz schwindelig. Dazu mischt sich eine süßliche Kopfnote, die vermutlich von den fünf Frauen stammt, die sich hierher verirrt haben. Mitglieder des Frauenbunds, alle jenseits der Sechzig, die der Werbebotschaft »Mit Tosca kommt die Zärtlichkeit« immer noch Glauben schenken. Ich reiße gleich mal die Fenster auf. Ein paar maulen mich an. Die meisten männlichen Teilnehmer sind von der Freiwilligen Feuerwehr, die das Preiskegeln veranstaltet. Dazu ein paar Fußballer von der AH. Die Schafkopfrunde vom Pauli. Der halbe Kirchengemeinderat. Und natürlich die Polizei. Geschlossen. Sogar der Kronawitter ist dabei, und ich frage mich, was sie dem gegeben haben, dass er mitkommt.

Gerade ist der Lechner an der Reihe und schiebt einen Stich, woraufhin alle, die um ihn herumstehen, spöttisch losgrölen. Damit hat er sich seine Serie verhauen, in der er vorher zwei Volle und zwei Kränze gekegelt hat. Womit er so gut wie eine Arschbacke auf der Granitgartenbank hatte. Und nun so ein Aussetzer. Natürlich gibt er mir die Schuld. Ich hätte seine Konzentration gestört mit meinem Frischluftwahn.

»Bei wem gehen jetzt eigentlich die Notrufe ein, wenn keiner von euch auf dem Revier ist?«, frage ich.

Er schaut sich um, als würde ihm erst jetzt auffallen, dass seine Kollegen auch mit von der Partie sind.

»Heut passiert nix mehr«, erklärt er, und aus seinen hellgrauen Augen leuchtet das Gottvertrauen. »Ich hab gemeint, du bist in Tschechien?«

Ich nehme ihn beiseite, weil die Umstehenden sofort

große Ohren kriegen. Es ist fast, als hätte meine Mission, die Poschingerin aufzuspüren, schon ihren Weg in die Passauer Neue Presse gefunden.

»War ich.«

»Aber die Frau Poschinger hast du nicht vorgefunden«, folgert er.

»Dafür ihren Stecher. Ex-Stecher«, korrigiere ich mich. »Die Helga hat den Hlavac abserviert, nachdem sie draufgekommen ist, dass der nur hinter ihrem Geld her war, das er dringend für die Renovierung von seinem Hotel braucht.«

»Verdachtsmomente, aber keine echte Spur.«

»Keine, die uns momentan weiterbringt«, gestehe ich.

»Und was hast jetzt vor?«

»Jetzt ess ich einen Wurstsalat«, erkläre ich und lasse den Lechner stehen.

Dass ich die Veronika Allmannseder ausgerechnet vor der Sparkasse treffe, wo sie, genau wie ich, Geld aus dem Automaten ziehen will, ist schon ein rechter Zufall. Mit dem Automaten habe ich mehr Glück als sie, offensichtlich ist ihr Dispo schon ausgeschöpft. Es ist ihr peinlich, dass ich das mitkriege. Vielleicht ist ja bald die Erbschaft auf dem Konto, liegt mir auf der Zunge. Laut aussprechen tue ich das selbstverständlich nicht. Ihre roten Wangen können aber auch daherkommen, weil sie mir generell nicht über den Weg laufen wollte. Das sagt mir zumindest mein Gefühl, weshalb ich mich erst recht dazu berufen fühle, sie anzusprechen. »Haben Sie Ihre Mutter erreicht?«, frage ich scheinheilig.

»Sie ist in einem Ashram, so nennt man das doch dort? Die haben da keinen Empfang.«

»Aber doch Festnetz. Ich mein, selbst in Indien. Rein digitaltechnisch sind uns die Inder ja weiter voraus, als man manchmal denken könnte, wenn sie so auf ihren bemalten Elefanten daherreiten.«

»Na ja, auf jeden Fall, ihr Handy ist aus.«

»Das würde beim Meditieren auch stören, stellen Sie sich mal vor! Alles tief versunken. Homm! Und dann, so kurz vor der totalen Erkenntnis, schrillt es … Aber das mit dem Ashram, das wissen Sie ganz sicher?«, bohre ich nach. »Ich meine, dass sie dort angekommen ist?«

»Ja, so hat sie das halt angekündigt«, fertigt sie mich ab und drängt an mir vorbei aus der Sparkasse. Ich hänge mich dran, weil man einen dermaßen verzweifelt zappelnden Fisch ja nicht so einfach wieder von der Leine lässt. Für den Moment weiß sie nicht, in welche Richtung sie flüchten soll. Eigentlich wollte ich das Gespräch zwar auf den Frantisek bringen, doch da kommt mir ein anderer Gedanke. »So esoterisch ist mir Ihre Mutter gar nicht vorgekommen. Hat sie das schon länger?«

Damit scheine ich einen Nerv getroffen zu haben. Ihre Augen, die noch vor einer Sekunde das Kopfsteinpflaster vor der Bank nach Ameisenstraßen abgesucht haben, rucken zu mir herum, und sie starrt mich herausfordernd an.

»Das liegt nur an diesem Ganske, diesem Kasperlkopf von den Gröning-Jüngern. Der hat ihr nichts als Flausen eingepflanzt, seit sie ihn kennt. Den sollten Sie mal fragen, warum die Mama vergessen hat, ihren Hund in die Tierpension zu bringen!«

»Ganske? Klingt nach Preiß!«

»Der kommt auch von dort oben.« Jetzt ist sie richtig in Fahrt, und ihre Wangen werden noch einen Hauch röter.

»Und wer ist dieser Göring? Ich kenn nur den Reichsmarschall.«

»Gröning«, korrigiert sie mich. »Sie wissen ja gar nix. Gehen Sie einfach rüber in die Apotheke. Da liegen eine ganze Menge Prospekte, und dann sehen Sie schon, wo Sie die ganze Sippschaft auf einem Haufen finden. Servus, Herr Fellinger!«

Sie rauscht ab, und ich kann nur staunen. Was hätte die Veronika jetzt gemacht, wenn der Zufall uns nicht zusammengeführt hätte? Was hätte sie dann mit der ganzen überschüssigen Energie gemacht?

Gröning? Apotheke? Da brennt da Huat!

Ich kann mich erinnern, dass hier im Ort die Apotheke der erste Laden war mit einer Tür, die sich automatisch öffnete. Vor vierzig Jahren war das eine Sensation, auch wenn die damals durch eine Druckplatte im Boden funktioniert hat und nicht mit Sensoren, die dich schon von weiter weg erfassen. Mein lieber Herr Gesangverein, da haben wir geglaubt, jetzt beginnt die Zukunft. Diese Euphorie ist längst verpufft. Die Apotheke hat nämlich heute immer noch den Druckschalter, und manchmal knirscht die Mechanik wirklich besorgniserregend. Jetzt könnte man sagen, deutsche Wertarbeit, das hält halt für die Ewigkeit. Mir kommt's allerdings vielmehr so vor, als hätte sich bei uns nicht viel weiterentwickelt. Das muss man einmal klar sagen. Freilich, wir haben Glasfaserkabel. Aber sonst? Stillstand, wenn nicht sogar Rückschritt.

Selbst den barocken Marktbrunnen haben sie vor ein paar Jahren wieder an seinen ursprünglichen Standort zurückversetzt, nachdem man ihn in einem Anfall von Fortschritt und städtebaulicher Innovation in den 1970ern runter an die Hauptstraße verbracht hat, wo ihn jeder im Vorbeifahren bewundern konnte. Der Brunnen hat das nicht besonders gut vertragen. Rein emissionstechnisch und der Erschütterungen durch die Holzlaster wegen, die ihre schwere Ladung aus dem Bayerischen Wald runter zur Donau gekarrt haben. Dazu täglich tonnenweise Granit auf noch mächtigeren Transportern. Über diesen langen Zeitraum hinweg jede Menge Vibrationen für so einen historischen Brunnen.

Heute muss man wieder ins Zentrum, vor den Kirchplatz, wenn man sich an seinem Plätschern erfreuen will. Das hat was Nostalgisches.

Aber machen wir uns nichts vor, alles in allem hinken wir schwer hinter den Indern her.

Revolutionär für unseren Ort ist jedoch, dass die Apotheke samstags bis 16 Uhr aufhat. Nur gut, dass ich mich nicht habe überreden lassen, auf der Stelle ins Preiskegeln einzusteigen. Stattdessen trete ich um zwei Minuten vor vier auf die knirschende Druckplatte.

Drinnen ist es befremdlich dunkel, und weil ich direkt aus der Sonne komme, sehe ich erst mal gar nichts. Als sich von rechts etwas an mich heranschiebt, was mich für eine Sekunde an Nosferatu erinnert, zucke ich heftig zusammen.

»Grüß Gott, Herr Fellinger!«

Ich brauche eine weitere Sekunde, um mich zu fangen

und zu verhindern, dass ich aus einem Reflex heraus ein Kreuzzeichen schlage. »Oh, der Chef höchstpersönlich. Habe die Ehre!«, grüße ich zurück, wobei ich darum bemüht bin, wieder Kraft hinter meine Stimme zu bringen. Ich sehe dem Herrn Zangenfein an, dass er gerade abschließen wollte und sich ein wenig ärgert, nicht schnell genug vor mir an seiner Automatiktür gewesen zu sein. Der Apotheker ist noch gut dreißig Jahre älter als seine hochtechnisierte Pforte und gehört zu den vermeintlich wichtigen Leuten, die glauben, dass ohne sie das komplette Gesellschaftssystem zusammenbricht. Deshalb geistert er immer noch durch seinen Laden, auch wenn der Sohn das Geschäft längst hätte übernehmen können. Ich will nicht wissen, welche Elixiere der sich zusammenbraut, um sein Leben zu verlängern. Schöner macht ihn das Zeug jedenfalls nicht. Sein Apothekermantel hängt an ihm wie ein Sack. »Wie kann ich Ihnen weiterhelfen?«

»Ach, heut mal nix für die Potenz. Ich such nur diesen Prospekt über den Göring.«

Er steckt den Schlüsselbund zurück in seine Kitteltasche und legt seinen kahlen Eierkopf in eine leicht schräge Position. Die Lesebrille hängt ihm an der Nasenspitze. Sein Gesicht unterscheidet sich farblich kaum vom Weiß seines Mantels, es hat nur wesentlich mehr Falten.

»Muss irgendwas Esoterisches sein«, helfe ich ihm auf die Sprünge. Der Zwölf-Grad-Winkel, in dem er seinen Hals abknickt, hilft wahrscheinlich dabei, dass sein Hirn zusammenläuft, denn jetzt kommt er drauf, was ich will.

»Sie meinen den Bruno-Gröning-Freundeskreis!«

»Der Bruno! Genau!«

Er dreht sich um, watschelt zurück hinter seinen Tresen und inspiziert einen Prospektständer gleich neben der Kasse. Gezielt zieht er ein schmales, blassgrünes Faltblatt heraus. »Hätte nicht gedacht, dass Sie sich für den Heilstrom interessieren, Herr Fellinger!«

HEILSTROM

Der Heilstrom, Heilung auf geistigem Weg. Da bin ich ja auf was gestoßen.

Der Wunderheiler Bruno Gröning schaut mich durchdringend an. Ich krieg schon fast Respekt bei diesem Blick. Noch so eine Bram-Stoker-Ausgeburt. Grausiger wie sein G'schau ist nur noch sein von Gott gegebener Kropf, eine unansehnliche Schwellung, entstanden durch die Kraft des Heilstroms. Zitat Ende. Na ja, wenn's schön macht?

Wenn ich bedenke, was schon sein Foto auf dem Prospekt für eine Wirkung hat, kann ich mir vorstellen, wie der Bruno zu seinen Lebzeiten rübergekommen ist. Einschüchterung durch Ehrfurcht. Weil ich dem Verfasser des Pamphlets nicht so recht über den Weg traue – womöglich war es dieser ominöse Ganske, von dem die Veronika gesprochen hat –, recherchiere ich nebenbei im Internet und stelle fest, dass der Bruno da nicht ganz so gut dasteht wie in seinem eigenen Werbemedium. Der Mann hat in den 1950er Jahren offensichtlich eine nicht unerhebliche Zahl von Siechen mit der ihn durchströmenden göttlichen Kraft von ihren Leiden befreit. Überwiegend Frauen und ältere Leute. Bei den Alten kann ich es verstehen, die waren damals ja noch leichtgläubiger, als sie es heutzutage sind. Nicht nur die Oma. Mein Opa war auch nicht besser. Wie oft der mir die Geschichte erzählt hat, wie er durch ein Versehen in die Hölle gekommen ist. Was, laut seiner Beschreibung, nichts weiter als ein zwielichtiges Wirtshaus war, in dem noch zwielichtigere Gesellen beim Kartenspiel zusammenhockten. So gesehen kommt damit praktisch jedes Wirtshaus in der Umgebung infrage, weshalb er wohl auch nicht sofort erkannt hat, an welchem verrufenen Ort er sich tatsächlich befand.

Dort hat man ihn dann eingeladen, eine Runde mitzuspielen, wozu er selbstredend nicht hat nein sagen können. Im Lauf des Spiels, bei dem – er musste es eigentlich nicht explizit erwähnen, weil es mir selbst als Siebenjährigem schon klar war – ordentlich gesoffen wurde, flutscht ihm eine Karte aus den Fingern. Als er sich danach unter den Tisch bückt, fällt ihm auf, dass einer der fragwürdigen Zecher aus seiner Schafkopfrunde einen Pferdehuf hat. Da geht ihm nicht nur auf, wohin er geraten ist, sondern er wird auch schlagartig wieder nüchtern. Diese Stelle der Geschichte erschien mir von jeher als die unglaubwürdigste.

Auf jeden Fall ist ihm ab diesem Zeitpunkt bewusst, dass er um seine Seele spielt. Glück oder auch Können verhelfen ihm unerwartet zum Sieg, weshalb er zurück zu seinen Liebsten darf. Dieses mitreißende Ende seiner Geschichte wusste die Oma stets mit den Worten zu kommentieren: »Wär besser g'wesen, du hätt'st verloren.«

Damit will ich andeuten: Die Inbrunst, mit der mein Opa diese Geschichte zum Besten gegeben hat, ließ keinen Zweifel daran, dass sie sich für ihn genau so zugetragen hat.

Dass alte Leute also auf den Bruno hereinfallen konnten, der auf den grobkörnigen Schwarz-Weiß-Aufnahmen mehr was von einem Teufel als von einem Engel hat, erscheint mir deshalb absolut nicht abwegig. Aber mit welcher Erwartung kamen wohl die Frauen zu ihm? So ein Bombentyp war der Bruno ja nun auch wieder nicht.

Na ja, wie auch immer es gelaufen ist, der Gröning hat dann bei entsprechendem Zahlungseingang Heilstrom und Kugeln aus Stanniolpapier verteilt. In die Alufolie hat er Haare, Blutstropfen oder Fußnägel von sich eingewickelt und sie dann »besprochen«. Allein wenn ich mir das vorstelle, graust es mir. Doch die Leute haben die Gröningkugeln in ihrer Verzweiflung mitgenommen. Heilung *to go*, sozusagen, für unters Kopfkissen.

Da war abzusehen, dass gegen die Methoden dieses Quacksalbers irgendwann nicht nur die Schulmediziner Sturm liefen. Bald wurde auch die Staatsanwaltschaft aufmerksam, weil zum Beispiel Leute im Vertrauen auf Brunos Heilkraft ihr Insulin abgesetzt haben. Wobei in den Ermittlungsakten der bayerischen Landesregierung auch Fallberichte über die Genesung oder Besserung bei chronischen Schmerzen vermerkt sind. Ich würde da mal auf Zufall tippen. Auch ein Huhn mit Kropf kriegt Körner ab.

Dass der Wunderheiler mit dreiundfünfzig selber an Magenkrebs gestorben ist, hätte ich jetzt rein aus Marketingsicht nicht in den Prospekt geschrieben. Aber da ich ja komplett esoterikfremd veranlagt bin, verstehe ich die Zusammenhänge wohl einfach falsch. Nach dessen Ableben hat eine Gruppe seiner Anhänger diesen dubiosen Freundeskreis aus der Taufe gehoben und vertreibt nun die Lehre Grönings einschließlich Heilstromerfahrungen unter Interessierten. Oder vielmehr unter Kranken, die alternative

Heilmethoden suchen, weil die Schulmedizin ihnen nicht helfen kann.

Dass die Poschingerin sich auf so eine Sekte einlässt, ist mindestens genauso kurios wie der gefrorene Hund. Obwohl, es ist ja keine Sekte, das wird mehrmals in dem Werbeblatt betont. Ich kann mir da jetzt keinen Reim drauf machen, aber das lässt sich glücklicherweise ändern. Der Bruno-Gröning-Freundeskreis veranstaltet heute einen Infoabend in der Linde. Eintritt frei. Spenden erwünscht.

An der alten Kastanie vor dem Gasthof rüttelt der Wind. Wolken ziehen heran. Das Unwetter hat es also über die Grenze geschafft.

Der Zangenfein ist auch da. Er trägt einen Anzug und eine Fliege. Im Prospekt steht, dass dem Freundeskreis einige Tausend Ärzte und Heilberufler anhängig sind. Unseren Apotheker hätte ich hier trotzdem nicht erwartet. »Wollen Sie schauen, was die Konkurrenz macht?«, frage ich. Er gibt sich leicht irritiert.

»Falls der Heilstrom sich bei uns durchsetzt, wird Ihr Medikamentenverkauf drastisch einbrechen«, prognostiziere ich. Kopfschüttelnd lässt er mich stehen und trottet zu einer Gruppe pausbäckiger Rentnerinnen, die ihn sogleich umringen. Untote haben eine magnetische Wirkung auf Frauen, das kennt man ja aus diversen Vampirfilmen. Nicht, dass ich neidisch bin. Im Pulk erklimmen sie die Steintreppe hoch zum Eingang. Vielleicht dienen diese Treffen gewissen Leuten im fortgeschrittenen Alter schlichtweg als Datingplattform?

Der Lindenwirt zuckt zusammen, als er mich hinter dem

Seniorentross in die Gaststube treten sieht. Bei dieser heftigen Reaktion juckt es mich unverzüglich in den Fingern, schnell einen Blick in die Küche zu werfen. Da unterscheide ich mich nicht vom 007. Im Auftrag der Hygiene gibt es keinen Feierabend!

Ich lasse ihn drei Sekunden leiden, dann winke ich großzügig ab und folge der Krampfaderndelegation in den abgetrennten Saal, in dem für gewöhnlich Kommunionfeiern, Hochzeiten oder Christbaumversteigerungen abgehalten werden. Am Eingang stehen zwei ältere Damen, konservativ in weiße Blusen und dunkelblaue Röcke gewandet. Türsteher der anderen Art. Nickend und freundlich lächelnd begrüßen sie die Gäste. Die Blicke hinter den Goldrandbrillen nötigen mir Respekt ab. Äußerlich lächle ich zurück, innerlich fröstelt es mich, und ich bekomme ein Drücken im Magen. Das Jucken ist von meinen Fingerkuppen an besagte, schwer erreichbare Stelle zwischen die Schulterblätter gewandert. Unerlaubt oder gar unerwünscht habe ich mich wo eingeschlichen, wo ich nicht sein dürfte, vermittelt mir mein Gefahrenradar. Wir wissen alle, wie das in Filmen und Büchern gewöhnlich ausgeht. Früher oder später tue ich etwas Unüberlegtes, das mich entlarvt. Und sobald sie mich als Eindringling erkennen, werden sie sich auf mich stürzen und mir meine Seele entreißen. Oder was auch immer in diesem Zirkel Ungläubigen entrissen wird. Portemonnaies, Wertpapierobligationen, Haus und Hof?

Während ich durch den kleinen Saal schreite, nicke ich dem ein oder anderem bekannten Gesicht zu. Identifiziere die, die wie ich zum ersten Mal hier sind, an ihrem ebenso unsicheren Auftreten und registriere den Unterschied zu den routinierten Gröning-Freunden, die in kleinen Grüppchen lächelnd und plaudernd zusammenstehen.

Wem kannst du trauen?

Niemandem!

Die Tische sind zur Seite geschoben, es herrscht Bestuhlung wie im Theater. Großzügig, als würde man den halben Ort erwarten. Ich setze mich weitab aller Gruppierungen und Bekanntschaften in die letzte Reihe und direkt ans Fenster. Wir sind im ersten Stock, und unter mir ist gleich der Parkplatz. Womöglich meine einzige Chance? Nur nichts falsch machen jetzt, mit der Umgebung verschmelzen. Wobei ich allein durch meine schiere Anwesenheit auffalle. Der Hygieneinspektor Fellinger unter Bruno-Anhängern, auf der Suche nach dem Heilstrom. Das nimmt mir von den paar, die mich persönlich kennen, keiner ab. Und die anderen? Die Fremden? Der innere Zirkel des Freundeskreises? Die mit den vermeintlich verständnisvollen, aber durchaus kritischen Blicken?

Ganz dünnes Eis, Fellinger! Ganz dünn!

Wie bei der Jahreshauptversammlung vom Eisstockschützenverein die Vorstände und der Kassenwart sitzen hier die Veranstalter frontal zu den Zuhörern. Drei Frauen, ein Mann. Das Tribunal der Geweihten, das mit milder Miene ausharrt und die Besucher zur Ruhe kommen lässt. Damit wir auch nicht vergessen, weswegen wir uns alle hier versammelt haben, hängt rechts neben der Vorstandschaft ein Bild vom kropferten Bruno. Die gleiche grobkörnige Aufnahme, die ich schon aus dem Prospekt kenne und die aufgrund der extremen Vergrößerung noch erdrückender wirkt. Er blickt auf mich herab, als hätte er zwei Achter-Bohrer auf den Augäpfeln, die sich direkt in meine Gedanken fräsen.

Nachdem um Punkt sieben Uhr das Gemurmel und Getuschel abebbt und seit mehreren Minuten niemand Neues mehr in den Saal gekommen ist, steht eine der Damen auf, tritt vor den Tisch und stellt sich als Dr. Wagner vor. Sofern sie enttäuscht ist, dass nicht einmal die Hälfte der Sitzreihen voll sind, lässt sie sich das nicht anmerken. Auf ein Nicken von ihr schließt eine der Helferinnen die Tür zur Gaststube, gerade als die Kellnerin hereinkommen will. Wie mir scheint, ist es nicht erwünscht, sich Essen und Trinken zu bestellen. Das hat sich der Linden-Wirt sicher anders vorgestellt. Ich will gar nicht wissen, wie viele Schnitzel er schon in der Pfanne hat.

Noch während ich mich darüber ärgere, nicht noch schnell eine Halbe draußen am Tresen bestellt zu haben, eröffnet Frau Dr. Wagner den Informationsabend, indem sie mit geröteten Wangen über ihren Guru berichtet. Dabei himmelt sie in Richtung seines Konterfeis, als wäre er derjenige gewesen, der sie entjungfert hat. Nicht physisch, sie ist zu jung, als dass sie den Bruno noch persönlich gekannt hätte. Aber eine Penetration auf geistiger Ebene traue ich dem alten Stecher ohne Weiteres zu. Und da ist sie nicht die Einzige unter den leichtgläubigen Weibern, wenn ich mich so umschaue.

Frau Dr. Wagners Schilderung ist geprägt von viel Pathos und zeitweise wenig Konzept. Wahrscheinlich ist sie aufgeregt – oder auch erregt, weil der Geist von Bruno Gröning anwesend ist, wie sie uns versichert und dafür nickende Zustimmung aus dem Publikum erhält. Ich nicke mit, auch wenn ich keinerlei spirituelle Aura empfange.

Schnell wird mir das Sitzen zur Plage. Schlimmer als beim Heimatabend, wenn die Landfrauen ihr Theaterstück aufführen. Bei so einem zünftigen Schwank in drei Akten hat man wenigstens in etwa eine Ahnung, wann die Tragödie vorbei ist, und kann nebenher was essen.

Größtenteils ist es sterbenslangweilig, auch wenn die darauffolgenden, hanebüchenen Erfahrungsberichte von Betroffenen, die durch den Heilstrom von chronischen oder gar todbringenden Krankheiten geheilt wurden, durchaus zur Erheiterung beitragen. Skurrile Leute, die schwerfällig ihre Krankengeschichte vortragen und trotz ihrer vermeintlichen Wundergenesung irgendwie krank aussehen. Nicht nur optisch sind das Hartz-IV-Typen, wie man sie sonst vor allem aus mittäglichen Talkshows im Unterschichtenfernsehen kennt.

Man muss bloß wissen, wie man sich einstellt, heißt es mehrmals, dann kommt die Rettung von oben. Nicht fragen, glauben!

Glauben ist gut, aber Wissen ist besser. Schöner und schlanker wirst du zumindest nicht, wenn der Heilstrom dich trifft, stelle ich im Verlauf der Vorträge fest. Während ich dahocke und zuhöre, studiere ich so diskret wie möglich die Gesichter der Anwesenden. Nicht wenige kommen mir wahrlich entrückt vor, als stünde Bruno direkt hinter ihnen, seine Hände auf ihren Schultern. Freilich konzentriere ich mich in erster Linie auf die Besetzung des Podiums. Neben Dr. Wagner, die sich weiterhin als fragwürdige Moderatorin hervortut, und jenen zwei Damen vom Begrüßungskomitee interessiert mich speziell der Herr Mitte, Ende fünfzig mit den grauen Locken und der Nickelbrille. So ein scheinbarer Achtundsechziger, der für die Revoluzzergeneration jedoch zu jung ist. Er trägt ein Namensschild, wie alle anderen Hardcore-Jünger, aber ich kann es auf die Entfernung nicht lesen. Der Nachteil, wenn man in der hintersten Bank hockt. Das war schon in der Schule so, wobei ich nicht beschwören könnte, dass das der Grund für meinen mittelmäßigen Notendurchschnitt war.

Aber das gehört jetzt nicht hierher. Ich bin mir ziemlich sicher, das ist dieser Ganske, über den die Allmannsederin so abgeledert hat. Teilnahmslos hockt er da, mit gütigem Augenaufschlag, sanft lächelnd, die Finger ineinander verschränkt. Er trägt einen Anzug, dunkelblau. Darunter ein hellblaues Hemd, die Krawatte in gedecktem Grau. Die Ärmel seines Sakkos glänzen an den Ellbogen. Der Zwirn hat seine besten Tage hinter sich.

Zwischen den Referaten ertönen sphärische Klänge aus einem Lautsprecher neben dem Podium. Wir werden angehalten, die Augen zu schließen und die Kraft Gottes zu empfangen. Die Hände mit den Handflächen nach oben auf den Oberschenkeln ablegen, heißt es, damit der optimale Durchfluss da ist. Leise, ehrfurchtsgeschwängerte Euphorie macht sich breit. Zeitweise komme ich mir vor, als wäre ich in Altötting und würde jeden Moment Zeuge einer Spontanheilung. Doch nichts dergleichen tut sich, und mir erscheinen auch nach wie vor nicht die transzendenten Umrisse vom Bruno. Kurz gesagt, meine Erwartungen werden nicht erfüllt. Stattdessen erhebt sich Häuptling Graue Locke, stellt sich als Frieder Ganske vor und spricht abschließende Worte. Er bedankt sich für das große Interesse und betont, wie schon seine Vorrednerin mehrmals, dass die Aufnahme in die Ortsgruppe des Bruno-Gröning-Freundeskreises mit keinerlei Kosten verbunden ist. Anmeldeformulare liegen aus, es geht auch online. Freilich freut er sich über Spenden und verweist auf die Holzbox, die am Saalausgang platziert ist.

Ich bin froh, dass ich, ohne Aufsehen zu erregen, aufstehen darf, bevor der Krampf in der linken Wade schlimmer wird. Unauffällig drücke ich mich ein bisschen herum und gebe vor, mich für die ausgelegten Prospekte zu interessieren. Wieder bilden sich Grüppchen. Die meisten wirken voll infiziert. Von Andacht und Ehrfurcht befallen. Vor allem die Damen zeigen offen ihre Hingabe. Bei unserem Pfarrer Saveri, der vor drei Jahren aus Sri Lanka hierher strafversetzt wurde, hat es bei den meisten Ortsansässigen wesentlich länger gedauert, bis sie mit ihm warm geworden sind. Dem Saveri, schmächtig und von kleiner Gestalt, fehlt halt auch komplett dieses Animalische, was der Bruno so ausstrahlt. Da tut man sich schon schwerer. Was sich unser exotischer Priester in langen Monaten mühevoll und geduldig in seiner neuen Gemeinde erarbeitet hat, ist dem Gröning innerhalb von zwei Stunden gelungen. Und das, obwohl er nur als Geist anwesend war.

Der Zangenfein unterhält sich angeregt mit dem Ganske. Sie lächeln und gestikulieren. Überhaupt wird viel gelächelt, auch wenn mir kein Gesicht entgegenstrahlt, bei dem das aus dem Herzen kommt. Man lächelt vielmehr geschäftsmäßig und gestikuliert verhalten, auf die weiche Art, damit ja keine heftigen Bewegungen den transzendenten Bruno aus dem Fenster wehen.

Ich rutsch unauffällig an die beiden heran, stoße dabei

aber an den Stehtisch mit der Spendenkasse, die ich gerade noch auffangen kann, bevor sie auf den Boden knallt.

»Ah, der Herr Fellinger«, sagt der Zangenfein im Tonfall eines Bond-Bösewichts, der in dieser Sekunde die Tarnung des Agenten entlarvt hat.

»Trockene Luft hier drin«, stammle ich und flüchte mich zum Linden-Wirt an die Theke, um ein rettendes Bier zu bestellen.

Es dauert noch gut eine Stunde, bis der Ganske endlich aus dem Wirtshaus kommt und im Tross seiner weiblichen Gefolgschaft zu einem alten Volvo Kombi marschiert. Ich habe in meinem Auto gewartet und mir die Zeit damit vertrieben, die Helga Poschinger gedanklich mit dem Gröning-Freundeskreis in Verbindung zu bringen. Meines Erachtens gibt es nur eine sinnvolle Erklärung für das Fehlverhalten der reichen Witwe.

Ich steige aus. Es hat leicht zu nieseln angefangen. Der Ganske schaut zu mir herüber, überlegt einen Moment und entschuldigt sich dann bei seinen Damen. Der Kies knirscht unter den Sohlen, als wir uns einander annähern. Der Wind, der heftig über den Parkplatz bläst, zerzaust ihm die grauen Locken.

»Herr Fellinger, nicht wahr?«

»Gut aufgepasst, Herr Ganske!«

»Sie waren so schnell verschwunden vorhin.«

»Bei so viel Spiritualität auf so engem Raum bekomme ich leicht mal Herzrasen. Wahrscheinlich habe ich eine Überdosis Heilstrom erwischt.«

Ganske schluckt meinen Sarkasmus und behält sein beseeltes Lächeln bei. Er wird derartige Häme gewohnt sein, weshalb ich auch gar nicht länger herumplänkle. »Ich bin auf der Suche nach Helga Poschinger.«

Überrascht runzelt er die Stirn. »Der Jakob – also der Herr Zangenfein – meint, Sie wären von der Hygienekontrolle. Was wollen Sie da von unserer lieben Helga?«

»Den Zusammenhang kann ich Ihnen aus ermittlungstechnischen Gründen nicht nennen. Aber seien Sie versichert, es hat alles seine Berechtigung.«

Er nickt. Es fällt mir schwer zu glauben, dass die Poschingerin sich auf so einen Hallodri eingelassen hat.

»Wieso glauben Sie, dass ausgerechnet ich darüber Auskunft geben kann?«

»Ich gehe gewissen Hinweisen nach.«

»Hinweise, aha. Ich sehe das aber schon richtig, dass ich nicht mit Ihnen reden muss, selbst wenn ich was zum Verbleib der lieben Helga zu sagen hätte?«

Sauhund, denke ich! Der lügt mir direkt ins Gesicht. »Die liebe Helga hat sich doch sicherlich finanziell recht großzügig gegenüber Ihrem Freundeskreis gezeigt, nachdem Sie ihr mit dem Heilstrom ausgeholfen haben. Da könnten Sie jetzt ruhig etwas kooperativer sein.«

Er mahlt einmal kurz mit dem Unterkiefer und zwingt sich dann erneut zu einem Lächeln. »Ich wünsche Ihnen noch einen schönen Abend, Herr Fellinger!«, sagt er und lässt mich stehen.

EINSKOMMASECHS

Es regnet immer noch, Wetter zum Daheimbleiben. Die Kirchenglocken läuten zur Sonntagsmesse.

Beim Frühschoppen treffe ich den Lechner. Der hat eine Laune, wie wenn er morgen in die Karibik fliegen würde.

»Hast du die Gartenbank doch noch gewonnen?«

»Zweiter Platz«, sagt er. »Ein Reisegutschein im Wert von 750 Euro.«

»Du fährst doch eh nie weg.«

»Ich nicht, aber meine Alte«, sagt er. »Gefreut hat sie sich, ich kann's dir nicht sagen. Und ich mich mit ihr, denn jetzt bin ich sie mindestens für eine Woche los.«

»Und die Kinder?«

»Geh'n zur Oma, die freut sich auch. Zwei Fliegen mit einer Klappe, verstehst?«

»Sogar drei«, korrigiere ich ihn, was er wiederum nicht versteht.

Der Lechner hat seinen Nachwuchs spät gekriegt. Beide, Bub wie Mädel, sind noch nicht schulpflichtig. Da lassen sie sich noch unkompliziert abschieben, wenn man als Elternteil mal seine Freiheit braucht. Bei einem der Kinder bin ich sogar Pate, wobei ich nicht mehr genau weiß, bei welchem. Was vor allem daher kommt, dass ich immer beiden gleichzeitig was schenke, wenn es einen Anlass gibt, um eine Streiterei gleich im Ansatz auszumerzen.

Auf die allgegenwärtige Freude in der Familie Lechner bestellen wir eine Runde Bier.

»Du, wenn du da jetzt mit deiner Holden ins Reisebüro gehst, da könntest du dich doch mal wegen der Indienreise von der Frau Poschinger erkundigen.«

»Fängst jetzt schon wieder damit an, zefix! Solang niemand eine Vermisstenanzeige aufgibt, rühr ich in dieser Sache keinen Finger mehr.«

»Dann geb ich eben eine auf«, drohe ich ihm, und er lacht mich aus.

Das Bier schmeckt mir heut nicht. Was definitiv daran liegt, dass ich im Fall Poschinger beim Polizeihauptmeister nur auf Unverständnis stoße. Ich kann ihm schlecht sagen, dass mich ein schlimmes Unheil-Jucken quält, ohne zu riskieren, dass er mich dann noch mehr auslacht. Daher verabschiede ich mich nach der zweiten Halben. Soll er seinen Reisegutschein doch allein feiern.

Aus einer Laune heraus und weil es nicht mehr regnet, fahre ich runter zum See. Dunstfahnen ziehen übers spiegelglatte Wasser. Es ist dunkel und unergründlich. Früher sind wir viel drin geschwommen. Beim Tauchen sieht man keinen Meter weit, daran hat sich in dem fischreichen Gewässer nichts geändert.

Wegen des miesen Wetters ist heute nichts mit Badegästen. Dementsprechend leer ist der geschotterte Parkplatz an der südlichen Seeseite. Ich parke neben einem mir bekannten Geländewagen. In meinem Kofferraum liegen die

Laufschuhe, und wahrscheinlich würde ich auch eine alte Jogginghose finden. Einskommasechs Kilometer ist eine Runde um den See. Der Regen hat den Weg bestimmt sauber aufgeweicht, und die zwei Holzbrücken über den Zuläufen hinten im Naturschutzgebiet rutschig gemacht. Nein, ich kann mich nicht dazu durchringen, also warte ich.

Sie kommt nach rund fünf Minuten bei der kleinen Kapelle am Wehr um die Ecke geschossen. Es wäre nicht ihre letzte Runde gewesen, aber sie sieht mich bei ihrem Auto stehen und bremst. Sie hat ganz rote Wangen, und ihre kastanienbraunen Haare sind zum Pferdeschwanz gebunden. Die enge Laufhose betont ihre Hüften. Jetzt bin ich erst recht froh, nicht in meine gammligen Sportklamotten geschlüpft zu sein. Ich ziehe den Bauch ein.

»Der Fellinger«, sagt sie und schnauft schwer. »Läufst eine Runde mit?«

Ich schüttle den Kopf und zeige auf mein Knie. »Zu feucht für mein Kriegsleiden«, witzle ich.

»Manchmal bin ich mir nicht sicher, ob das mit deinem Knie nicht psychosomatisch ist«, sagt die Höllmüllerin. Frau Doktor Franziska Höllmüller, um genau zu sein. Selbst abgekämpft nach einer, wahrscheinlich sogar schon zwei Runden um den Freudensee, schaut sie immer noch bestechend aus. Das war schon immer so. Schon im Gymnasium. Sie ging in die Parallelklasse. Damals hat sie sich leider für die unmöglichsten Typen interessiert. Ältere Männer, langhaarige Grattler oder so Schleimscheißer, die tiefergelegte VW Golf fuhren. Oder auch mal einen Opel. Kadett oder Manta, Hauptsache Spoiler, Koni-Stoßdämpfer und Hosenträgergurte. Keine Chance für einen Bauernbuben wie mich, der allenfalls mit dem Moped und später dann mit dem PS-schwachen, tannengrünen 4x4-Panda vom Papa vorfahren durfte. Nach dem Abitur ist sie zum Studieren nach Heidelberg gegangen und kam nach gescheiterter, kinderloser Ehe als promovierte Allgemeinärztin zurück in ihre alte Heimat, um die Praxis vom Garhammer zu übernehmen, der altersbedingt in Ruhestand gegangen ist. Das ist jetzt schon gut vier Jahre her, und sie hat in der Zeit auch wieder zu ihrem bayerischen Dialekt zurückgefunden.

»Zieh nicht mein Knie in Zweifel«, mahne ich und stelle mich intuitiv ein wenig krumm hin.

»Also, wenn's nichts weiter gibt, dann drehe ich noch eine Runde.«

»Eine Frage hätte ich da schon«, sage ich, bevor sie wieder losrennt, die Frau Doktor. »War die Poschinger Helga deine Patientin?«

»Fellinger, Fellinger! Selbst wenn, ich würde es dir nicht sagen.«

»Also ja.«

Sie schaut verärgert. Ihre langen Beine zucken nervös.

»Was Schlimmes?«

»Jetzt hör auf!«

»So schlimm!«

»Fellinger, du Aff'!«

Sie dreht sich um und läuft davon. Einfach klasse, ihr Arsch.

»Ich schau morgen mal in der Praxis vorbei«, rufe ich ihr hinterher.

»Untersteh dich!«, schimpft sie noch, ehe der Kiesweg sie verschluckt, der um den See führt. Ein paar Sekunden lausche ich noch ihren federnden Schritten. Dann ist es still. Nicht einmal Vögel zwitschern.

Ich drehe mich um, gehe zu meinem Wagen und will gerade am Türgriff ziehen, da zersplittert die Seitenscheibe.

Mein Herz setzt aus. Zu Tode erschrocken, lasse ich mich auf den groben Schotter fallen. Den Aufprall spüre ich nicht. In meinen Ohren höre ich das Blut rauschen. Die Pumpe kommt wieder in Gang und hämmert heftig gegen den Brustkorb. Ich richte mich auf, lehne mich mit dem Rücken gegen die Autotür und schiele nach oben. Das Fenster hat ein etwa centstückgroßes Loch und ist von Rissen durchzogen.

Vom See fliegen drei Wildenten auf, und ihr empörtes Quaken lässt mich erneut zusammenfahren.

Ich weiß nicht, wie lange ich noch so dahocke, bevor ich die Kraft finde, mich auf die Beine zu stemmen. Heftig schnaufend stütze ich mich auf den Wagen, während ich das gegenüberliegende Ufer und den Waldsaum absuche. Kein Mensch weit und breit. Mir bleibt nicht mehr viel Zeit, bis die Höllmüllerin mit ihrer nächsten Runde fertig ist. Ich will nicht, dass sie mich so sieht.

Vorsichtig öffne ich die Tür. Auf dem Sitz liegen ein paar Glassplitter. Ich beuge mich hinein, um sie wegzuwischen, da stockt mir erneut der Atem. Oberhalb des Griffs der Beifahrertür steckt ein Pfeil in der Verkleidung.

HAUTKREBSRISIKO

Laut einer Studie fühlen sich Männer mit geringem Einkommen zu Frauen mit großen Brüsten hingezogen. Ein üppiger Busen vermittelt dem Mann, dass der Besitzerin ein Zugang zu reichen Nahrungsquellen offensteht. Das muss irgend so ein Urinstinkt sein, der bis heute unterbewusst durchschlägt. Die Allmannseder Veronika hat einen ordentlichen Busen. Und ihr Gatte eine schmale Lohntüte, wie ich vom Lechner weiß. Neben dem mäßigen Einkommen hat der Allmannseder Lothar auch noch ein schweres, zum größten Teil selbst verschuldetes Schicksal. Bis vor zwei Jahren hat er in einem Metallbetrieb in Jahrdorf gearbeitet. Und zwar zu oft mit zu viel Promille im Blut, sagt die Gerüchteküche, weshalb die Präzision bei den von ihm fabrizierten Werkstücken mehr und mehr gelitten hat. Woraufhin man den Allmannseder vor die Wahl gestellt hat: Entzug oder Entlassung.

Der Schnaps hat gewonnen. Seit ein paar Monaten arbeitet er jetzt für die Stadt. Wiedereingliederungsmaßnahme, was so viel heißt, dass er für einen Euro die Stunde die städtischen Papierkörbe leert. Davor hat er wohl noch einiges anderes probiert, um wieder auf die Beine zu kommen, doch nichts hat geholfen.

Ich weiß jetzt natürlich nicht, ob der Allmannsederin ihr

Busen erst so angewachsen ist, seit der Lothar unterbezahlt nach Hause kommt. Wie ich zudem raushören konnte, arbeitet die Veronika halbtags im Altersheim. Pflegeberufe versprechen so gesehen auch nicht gerade lohnende Einkünfte. Folglich muss es wirklich deprimierend ausschauen bei den beiden. Vor dem dringend nach einem neuen Verputz schreienden Mehrfamilienhaus steht ein durchgerosteter Ford Fiesta, der im Prinzip nur noch von ein paar Fußball-Aufklebern zusammengehalten wird. Die Trostlosigkeit bestätigt die Busenstudie. Wobei ich gehört habe, dass die Allmannseders auch schon vor Lothars Kündigung hier gewohnt haben. Was bei einem Vollverdiener und einem halben Gehalt von der Gattin schon sehr ungewöhnlich ist in unserer Gegend. Bei so einem Haushaltsbudget lebt man in dieser Region für gewöhnlich im Eigenheim, was in der Regel ein freistehendes Einfamilienhaus mit Geranienbalkon bedeutet.

Die Familie Allmannseder hier vorzufinden stimmt mich bedenklich. Wenn es bei uns im Ansatz so was wie ein Ghetto im Ort gibt, dann befinde ich mich nämlich gerade mittendrin. Die Sauferei ist nicht gut fürs Konto, und wer kann schon wissen, was sonst noch alles im Argen liegt.

Nachdem ich mich wegen des Anschlags wieder einigermaßen gefangen und das Loch in der Seitenscheibe notdürftig mit Tesafilm zugeklebt habe, bin ich hierhergefahren. Vorerst halte ich es für besser, in Bewegung zu bleiben, damit ich nicht so viel über den Pfeil nachdenken muss, der immer noch in der Türverkleidung steckt. Die Beweissicherung überlasse ich dem Lechner, der wie gewöhnlich nicht zu erreichen ist.

Aus der Gegensprechanlage dringt nur ein Knacken, und

bevor ich darauf reagieren kann, summt schon der Türöffner. Beim Hinaufsteigen in den zweiten Stock höre ich schon, wie die Veronika irgendjemanden anscheißt. »Du sollst nicht einfach die Tür aufmachen!« Zeter, zeter, zeter. Danach Geheul und Türschlagen, dass die Fenster wackeln. Das Kind weint weiter, jedoch gedämpft. Die Veronika erwartet mich mit mürrischem Blick an der Wohnungstür. »Sie schon wieder!«

»Es tut mir leid, dass ich Sie noch mal belästigen muss«, lüge ich, weil es mir eben nicht leidtut. »Aber wegen dem Hund sind noch ein paar Fragen offen.«

»Am Sonntag?«

Ich zucke mit den Schultern und mache ein aufmunterndes Gesicht. »Haben Sie was von Ihrer Mutter gehört?«

»Nein, Himmelherrgott!«

»Sehen Sie, ich auch nicht. Deshalb komm ich zu Ihnen.« In meinem Rücken scharrt es hinter der Tür zur Nachbarwohnung. Die Veronika hört es auch und bittet mich widerwillig rein, bevor ich im Treppenhaus noch mehr Aufsehen errege. Spielzeug liegt herum, aber das allein sorgt nicht für die allgemeine Unordnung im Flur und im Wohnzimmer, wo es jetzt hingeht. Gut, dass ich hier nicht die Küche inspizieren muss.

Das Mobiliar ist schwedisch, bunt zusammengewürfelt und abgewohnt. Der bemitleidenswerte Gesamtzustand der Familie Allmannseder wirft nicht zum ersten Mal die Frage auf, warum die Helga ihre Tochter aus erster Ehe nicht an ihrem Geldsegen teilhaben lässt. Auch interessant wäre zu erfahren, wo der erste Mann von der Helga abgeblieben ist. Apropos Mann.

»Ist Ihr Gatte nicht da?«

»Fußball.«

Schade. Sonntagnachmittag. Das hätte ich mir denken können, dass der FC Sturm ein Spiel hat. Ich meine zwar, dass ich ihn vom Sehen her kenne, aber ich hätte mir den Lothar gerne mal genau angeschaut. Da muss ich wohl im Anschluss die Wirtshäuser abklappern, wobei ich davon ausgehe, dass ich am ehesten in der Vereinsgaststätte vom hiesigen Fußballklub fündig werde.

Sie bietet mir keinen Platz an. Auf der Couch liegen Legosteine, ein Wäschestapel, bei dem ich nicht erkennen kann, ob er frisch gewaschen ist oder noch in die Maschine muss. Auf dem Wohnzimmertisch stehen vier Bierdosen. Der Fernseher läuft. Irgendeine Kindersendung ohne pädagogischen Wert. Der Schraz im Nebenzimmer hat sich anscheinend beruhigt. Den Klamotten und dem Spielzeug nach zu urteilen, dürfte das Kind noch im Vorschulalter sein.

»Hatte Ihre Mutter nach dem Tod Ihres Stiefvaters eigentlich eine neue Liebschaft?«

Sie schaut ein bisschen verdutzt, dann geht sie rüber zur Balkontür und zupft an den Gardinen rum. »Kann ich mir nicht vorstellen.«

»Ich hab gehört, sie war öfter in Krumau.«

»In der Tschechei?«

»So was soll vorkommen. Sie wissen nichts davon?«

Immer noch widmet sie sich den angegrauten Vorhängen. »Was hat denn das jetzt überhaupt mit dem Beaver zu tun? Ist der bei den Tschechen drüben überfahren worden, oder was? Fühlen Sie lieber dem Ganske von dieser Sekte auf den Zahn!« Sie dreht sich zu mir um. Jetzt, wo wir bei ihrem Lieblingsthema angekommen sind, kann sie mich wieder anschauen.

»Sekte ist zu hoch gegriffen.«

»Ach, waren Sie schon bei denen?«

»Sie ja offensichtlich auch, wenn man Sie so reden hört.«

»Glauben Sie, ich geb mich mit solchen Leuten ab?«

»Was denken Sie, warum hat sich Ihre Mutter für diese Leute interessiert? War sie vielleicht krank?«

»Krank! Vom Cabriofahren oder Sonnenbaden auf der Terrasse?«

»Na ja, das klingt schon mal nach erhöhtem Hautkrebsrisiko.«

Sie pustet sich eine Haarsträhne aus der Stirn.

»Warum haben Sie mich eigentlich zu Frieder Ganske geschickt, wo Sie doch so fest davon überzeugt sind, dass Ihre Mutter in Indien weilt?«

»Na, weil … weil Sie ständig nach ihr fragen, und das bringt mich ganz durcheinander.« Für den Moment bekommt sie feuchte Augen, doch sie blinzelt die Tränen weg.

»Sie sollten zur Polizei und Ihre Mutter als vermisst melden!«, fordere ich sie auf.

»Besser, Sie gehen jetzt. Sie hören ja, ich kann Ihnen nicht helfen. Meine Mutter wird sich schon um ihren Köter kümmern, wenn sie wieder da ist.«

»Da wäre ich mir nicht so sicher«, sage ich und verabschiede mich.

ABSEITS

Es wäre jetzt schon sehr indiskret gewesen, auch noch nach der Erbfolge zu fragen. Aber nach allem, was ich so zusammengetragen habe in den letzten Tagen, bleiben da nicht gar so viele Möglichkeiten. Der Poschinger Franz hat keine eigenen Kinder hinterlassen, weder mit seiner ersten Frau noch mit der Helga. Bleiben also nur die Veronika und der Lothar. Außer es gäbe da ein Testament, das jemanden begünstigt, den ich noch nicht auf dem Schirm habe.

Ich fahre runter zum Adler. Bei uns fährt man grundsätzlich. Da sind wir wie die Amis. Von den umliegenden Dörfern in den Ort zu hatschen, zum Beispiel zu den Supermärkten, die mittlerweile alle dezentral verteilt sind – wir haben da seit ein paar Jahren einen regelrechten Konsumgürtel um uns herum –, wäre auch sehr zeitintensiv. Bei uns gibt es noch Entfernungen, und der Bus kommt allenfalls zweimal am Tag, wenn überhaupt. Wir fahren also selbst, zu jedem Anlass, bei jeder Witterung. Zur Kirche, auch wenn es kaum mehr Parkplätze rund um den Friedhof gibt. Zum Joggen runter an den See. Und zum Frühschoppen, obwohl danach die meisten eigentlich nicht mehr fahrtüchtig sind. Wer bei uns nicht daheim stirbt, stirbt auf der Landstraße. Auch bei jeder Witterung.

Der FC Sturm hat den Adler zu seiner Vereinsgaststätte

erkoren. Pragmatisch gesehen, weil es das erste Wirtshaus ist, das vom Fußballplatz her auf dem Weg liegt, und Fußballer grundsätzlich durstig sind, wenn sie vom Spiel oder Training kommen.

Die Rosi, die Wirtin vom Adler, verliert ein bisschen Farbe im Gesicht, als ich eintrete. Die übliche Reaktion auf meine Person im Hotel- und Gaststättengewerbe. Sie steht da in ihrer Kittelschürze, die sie immer anhat, tagein, tagaus, seit ich sie kenne. Das mittlerweile graue Haar geflochten und hochgesteckt. Ungeschminkt. Die pure Frau ohne kosmetische Unterstützung. Optisch wie auch olfaktorisch kaschiert die Rosi nichts an ihrem rundlichen Körper. *Treat me like the pig that I am!*

»Was machen die Motten?«

»Alles desinfiziert, alle weg«, behauptet sie.

»Silberfischchen?«

»Nur noch Kupfer oder Edelstahl in der Küche.«

Die Rosi. Lügen kann sie. Wer mag es ihr verdenken; nur so kommt man in der Gastronomie auf einen grünen Zweig, und sie war nach dem frühen Tod ihres Mannes ja immer auf sich allein gestellt. Deshalb bin ich auch nicht so streng, was die Schädlinge angeht. So ein Silberfischchen kann bis zu acht Jahre alt werden, und ich möchte wetten, dass da ein paar bei ihr in der Küche leben, die den letzten Aufstieg vom FC noch mitgefeiert haben.

»Alles picobello!«, unterstreicht sie und fragt dann zögerlich nach, ob ich denn wirklich geschäftlich hier bin. Ich schüttle den Kopf, woraufhin sie mir aus lauter Erleichterung ungefragt eine Halbe zapft und über die Theke reicht. Hinten im Nebenraum hocken die Fußballer.

»Die sind ja so leise«, stelle ich fest. »Haben sie mal wieder verloren?«

Die Rosi nickt. »Null zu vier gegen Thyrnau, und das im Abstiegskampf«, murmelt sie.

Ich habe keine Ahnung, durch welche Kreisklasse sich der FC gerade kämpft, weil mir Fußball ziemlich wurscht ist, solange das Gekicke auf regionaler Ebene stattfindet.

»Ist der Allmannseder auch da?«

»Der Lothar?«

»Genau der.«

»Der ist vor zwei Minuten raus zum Biesln.«

Weil ich keine Lust verspüre, mich im Dunst von Urin und Spülsteinen zu unterhalten, bleibe ich am Tresen stehen.

»Was willst du vom Lothar?«, fragt die Rosi neugierig, wie sie eben ist.

»Ach, nur so«, weiche ich aus und schau mich in der Gaststube um. Nicht nur die Kittelschürze ist dreißig Jahre alt. Zum Glück lassen die Butzenglasfenster nicht allzu viel Tageslicht herein.

Die Rosi kann das Schweigen schlecht ertragen. »Die arme Sau«, sagt sie, »aus dem hätte einer werden können.«

»Einer?«

»Für die Bundesliga.«

Es dauert zwei Sekunden, bis ich weiß, worauf sie hinauswill. »Davon träumen viele.«

»Der Lothar war ein echtes Talent, vor zehn Jahren war er sogar mal zum Auswahltraining bei den Bayern eingeladen. Aber das Bier hat ihm halt immer zu gut geschmeckt«, lamentiert sie, obwohl sie mit dem Bierdurst vom Allmannseder wohl das meiste Geschäft gemacht hat. Der Lothar war also mal ein Ballkünstler, der sich nun mehr recht als schlecht in der Kreisklasse verdingt. Der Frust sitzt vermutlich tief und hat sich in den Jahren bestimmt immer weiter reingefressen in die zermürbte Fußballerseele. Nichts ist es geworden mit der Bundesligakarriere. Dazu kamen dann die Arbeitslosigkeit und der wenig ruhmreiche Abstieg zum Ein-Euro-Jobber. Sehr wahrscheinlich ist er täglichen Vorbehalten der Gattin ausgesetzt, die endlich aus dem Loch rauswill, in dem sie hausen muss. Und das alles unter den Augen der reichen Schwiegermutter, die nichts rüberwachsen lässt. Da könnte man schon auf dumme Gedanken kommen.

»Hat der Lothar ein Motorrad?«

Die Rosi lacht nur, was so viel heißt wie: von was denn? Ich spar mir die Frage, ob der einstige Bundesligaanwärter Pfeil und Bogen hat, vor allem, weil ich keine Lust verspüre, der Wirtin vom Adler zu erklären, warum ich so seltsame Dinge wissen will. Das Biesln dauert länger beim Lothar. Hoffentlich hat er nicht auch noch Prostata. In seinem Alter.

Nach weiteren drei Minuten wird es mir zu blöd. Ich lasse das Bier stehen und suche die Örtlichkeit auf. Wenn ich eine neue Gaststätte auf meine Liste bekomme, dann gehe ich dort zuallererst auf die Toilette. Danach weiß ich in der Regel, wo der Frosch die Locken hat. Bei der Rosi auf dem Männerklo schaut es aus, wie es halt in einem Männerklo sonntagnachmittags ausschaut, wenn seit Freitag keiner mehr durchgewischt hat. Vom Geruch will ich gar nicht reden.

Ich finde den Lothar in der letzten Kabine. Irgendwie hat er vergessen abzuschließen. Die Tür ist nach innen aufgeschwungen, und es bietet sich mir ein befremdlicher Anblick. Der Lothar ist mit dem Kopf gegen die Wand gekippt. Allein der Reibungswiderstand seiner unrasierten Wange an der stumpfen Fliese hält ihn in dieser Stellung. Er hat noch sein Trikot an. Rot-weiß. Ein paar Grasflecken am rechten Ärmel. Nummer dreizehn.

Abergläubisch ist er demnach nicht.

Auf den Fingern stoße ich einen schrillen Pfiff aus und rufe: »Abseits!«

»Ums Verreck'n nicht«, nuschelt er und schlägt kurz die Augen auf. Dann kippt er vom Lokus und bleibt auf eine Art liegen, bei der man auch ohne medizinische Kenntnisse weiß, der steht nie wieder auf.

LUFTRÖHRENSCHNITT

Der Lechner sieht mich so vorwurfsvoll an, als hätte mein Abseitspfiff dem Lothar das Leben genommen. »Gehirnblutung«, erklärt er.

Seit dem Eintreffen des Notarztes sind etwa vierzig Minuten vergangen. Ich bin die ganze Zeit auf der Stützmauer vom Kindergarten gehockt, der dem Adler genau gegenüberliegt. Um mich herum haben sich einige Schaulustige eingefunden. Die Versuche vom Kronawitter, die Zaungäste zu verscheuchen, waren bislang nicht von sonderlichem Erfolg gekrönt. Mittlerweile haben seine Anstrengungen in dieser Richtung nachgelassen, weil er genug damit zu tun hat, dass niemand die Straße blockiert. Immer wieder zuckeln Autos im ersten Gang vorbei oder halten sogar an. Wenn mal was bei uns los ist, dann will man auch dabei sein! Das wird der Rosi in den nächsten Tagen ein saumäßiges Geschäft bescheren, wenn das morgen in der Zeitung steht. FC Sturm verliert nicht nur null zu vier, sondern auch seinen besten Flügelflitzer.

Polizei und Rettung sind zwischenzeitlich mit allem angerückt, was verfügbar war. Was ich für komplett übertrieben erachte, aber ich sehe ein, dass man bei so einem Fußballtalent alles versuchen muss. Vom Kreiseln der Blaulichter bin ich schon ganz deppert im Kopf.

»Gehirnblutung?«, erwidere ich etwas ungläubig.

»Sagt der Notarzt.«

»Und das kann er einfach so erkennen, ohne dass er den Schädel aufmacht?«

»Der Allmannseder hat eine Beule.«

»Er ist vom Klo gefallen«, gebe ich zum x-ten Mal zu bedenken.

»Die Beule war schon vorher da«, klärt mich der Lechner auf. »Ich hab mit dem Trainer gesprochen. Der Lothar ist mit einem Gegenspieler beim Kopfballduell zusammengekracht. Danach musste er sogar auswechselt werden, weil er so einen Käs zusammengespielt hat.«

»Länger wie eine Halbzeit spielt der sowieso nie«, ertönt es aus der Menge der Schaulustigen, was mich dazu nötigt, leiser zu sprechen.

»Sagt der Trainer. Und nach dem Spiel hat keiner aus der Mannschaft gemerkt, dass über dem Lothar schon der Todesengel schwebt und dass der Mann ins Krankenhaus statt ins Wirtshaus gehört?«

Der Lechner nickt und macht schon wieder so ein Gesicht, als wäre der Fall damit abgeschlossen.

»Dass ausgerechnet ich den finde, das kann doch kein Zufall sein. Erst den Hund, dann den Lothar. Gewissermaßen alle aus derselben Familie.«

»Spinnst jetzt komplett?«

Ich hebe den Finger. »Die Helga find ich auch noch«, prophezeie ich düster. Der Lechner schüttelt den Kopf und lässt mich sitzen. Mir ist klar, er muss jetzt zur Allmannsederin rausfahren und ihr die Nachricht überbringen. Ich spiele mit dem Gedanken, dass die Hiobsbotschaft der

Veronika gar nicht so viele Tränen entlockt, wie man meinen könnte. Aber vielleicht tue ich ihr auch unrecht.

Unter den Schaulustigen entdecke ich den Moosbrucker Toni, seines Zeichens Versicherungsmakler und für manchen gewiss genau so unbequem wie ein Hygienekontrolleur. Die Versicherung, die der Toni vertreibt, ist Hauptsponsor vom FC. Möglicherweise muss er jetzt ein wenig Transfergeld lockermachen, damit der Verein einen Ersatz für den Lothar einkaufen kann. Ich springe von der Mauer und schlendere zu dem alten Bauernfänger hin, auch wenn ich befürchten muss, dass er mir gleich wieder eine Berufsunfähigkeitsversicherung aufschwätzen will, die ein Mannsbild im Beamtenstatus so sicher braucht wie Warzen an den Fersen. Wie es sich für einen anständigen Versicherungsvertreter gehört, trägt der Toni auch sonntags einen Anzug. Immer korrekt und seriös, auch wenn er nicht merkt, dass ihm ein Hemdzipfel aus dem Hosenbund hängt. Wahrscheinlich weil er trotz seines Übergewichts wie ein Irrer zum Tatort geeilt ist, was auch seine roten Wangen und den Schweiß auf der Stirn erklärt.

»Servus, Fellinger!«

»Moosbrucker!«

»Du hast ihn gefunden, hab ich gehört?«, platzt es gleich aus ihm heraus. »Und er soll noch gelebt haben?«

War ja klar, dass dieser Umstand schon die Runde gemacht hat, noch bevor der Lothar auskühlen konnte. So wie der Moosbrucker mich anschaut, bekomme ich direkt ein schlechtes Gewissen, dass meine Kenntnisse von Reanimationsmaßnahmen nicht ausgereicht haben, um den Fußballgott wiederzubeleben.

»Ich würd das fei jederzeit machen, so einen Luftröhrenschnitt«, verkündet er. Beiläufig zieht er sein Sackmesser aus der Hosentasche, klappt es auf und schabt damit Dreck unter seinem Daumennagel hervor. »Also, wenn ich die Gelegenheit hätt. Da wär ich eiskalt.« Ich flehe zum Herrn, dass dieser untersetzte, kurzatmige Versicherungsmensch nie als Ersthelfer zu einem Unfall kommt, in den ich verwickelt bin.

»Hast du ihn wenigstens beatmet?«

»War nichts mehr zu machen«, erkläre ich klinisch neutral. Beatmung wie auch Luftröhrenschnitt erscheinen mir bei einer Gehirnblutung ohnehin kein probates Mittel.

Sein tadelnder Blick lastet weiterhin auf mir. Dann grinst er breit. »Hätt ich auch nicht gemacht, der hat bestimmt gestunken wie die Sau, jetzt wo die Jungs nicht mehr duschen können. Seit drei Wochen wurschtelt der Hofer, dieser Gaswasserscheißepfuscher, an den Leitungen im Stadion rum, ohne dass was vorangeht. Kein Wasser in den Klos, keins in den Duschen, Sakrament. Ich sag dir, wenn der so weitermacht, zahl ich ihm die Installation nicht. Und seine Werbetafel unter der Tribüne schraub ich ihm auch ab.«

»Apropos zahlen«, unterbreche ich ihn, »schaut ganz danach aus, als müsstest du jetzt bald eine Lebensversicherung auszahlen.«

»Lebensversicherung!« Sein grollendes Lachen geht nach drei Sekunden in eine Schnappatmung über. Während seine Wampe vom Lachen noch zittert, ist er obenrum schon wieder ernst und schüttelt betroffen den Kopf. »Das wird schwer für die Veronika.«

Wenn er sich da nicht täuscht, der Moosbrucker.

»Ist eigentlich die Helga auch bei dir versichert?«

Für den Moment kriegt er große Augen. »Betriebsgeheimnis«, erklärt er mir und mustert mich misstrauisch.

»Die ist nämlich verschwunden, die Poschingerin. Und ich möchte wetten, wenn sie wieder auftaucht, dann nur noch zu ihrer eigenen Beerdigung.«

»Seit wann ist die weg?«

»Mittwoch.«

Der Toni wird jetzt doch merklich blasser. Er sieht sich um, dann beugt er sich zu mir und spricht auf einmal ganz leise. »Erzähl keinen Scheißdreck!«

»Ich darf nichts sagen, aber der Lechner ermittelt bereits«, flüstere ich. »Und ich geh davon aus, dass er bald bei dir auf der Matte steht, um nach den Begünstigten zu fragen.«

Er packt mich am Oberarm und zieht mich noch zwei Meter weiter von den Schaulustigen weg. »Wenn da was dran ist …«, zischt er.

»Dann …?«

Erneut blickt er über die Schulter. »Die Helga hat am Dienstag einen Notartermin gehabt. Das weiß ich, weil der Notar Filzer noch Unterlagen von mir angefordert hat. Er wollte auf dem aktuellsten Stand sein, was ihre Vermögenswerte angeht. Und jetzt pass auf. Zwei Tage später erzählt er mir beim Schimmelwirt, dass die Poschingerin nicht gekommen ist. Nicht mal abgesagt hat sie. Jetzt sitzt er auf seinen Dokumenten ohne eine Unterschrift.« Plötzlich blitzen dem Moosbrucker seine dunklen Augen. Heftig drückt er seinen Wurstfinger gegen meine Brust, und ich bin froh, dass er sein Messer schon wieder weggesteckt hat. »Was willst du überhaupt? Der Filzer meinte, er muss jetzt weiß Gott wie viele Wochen warten, bis die Alte wieder aus Indien zurück ist.«

»Dort ist sie nie eingetroffen«, erkläre ich in verschwörerischem Tonfall.

BAKTERIENALARM

Am Montagmorgen, nach einer relativ unruhigen Nacht, in der ich nicht viel Schlaf gefunden habe, fahre ich erst mal ins Büro nach Passau. Meine Laune ist mies, was aber nicht als Ausrede dienen darf, daheim zu bleiben. Die Proben haben sich in meinem Kühlschrank relativ wohlgefühlt und sind nur vernachlässigbar ausgeflockt. Jetzt muss ich jemanden bei uns im Amt damit beauftragen, den Hund aus dem Peking zu holen. Wehe für den Luang, wenn der Beaver nicht mehr in der Kühlung hängt. Falls die Chinesen doch auf die Idee gekommen sind, den Hund zu verzehren, steh ich nämlich da wie der letzte Depp. Die Kollegen sind nicht zimperlich, und Häme kann ich nicht ab. Vor allem nicht von Beamten. Beamte, ganz besonders die im Hygienedienst, sind in der Regel humorfrei, immun gegen Ironie und interpretieren Sarkasmus grundsätzlich falsch. Soweit ich das beurteilen kann, bin ich mit meiner Frohnatur eine absolute Ausnahme. Weshalb ich auch innerhalb der Dienststelle Ostbayern keine Freunde habe. Die wenigsten vertragen sich mit meinem sonnigen Charakter. So habe ich allenfalls eine Handvoll wohlwollender Kollegen, die mir mäßige Sympathien entgegenbringen. Was mich ehrlicherweise nicht sonderlich stört. Wir gehen einfach nie nach Feierabend einen trinken oder so. Der Außendienstler ist halt ein einsamer Recke. Aber immerhin grüßt man sich, wenn man sich in den tristen Büroflluren begegnet. Auch wenn das die Arbeit vom Grundsatz her nicht besser macht. Vor allem wegen meines Chefs. Der Hartinger. Dr. Erwin Hartinger. Ein Arschloch vor dem Herrn, aber darüber will ich gar nicht weiter nachdenken, das zieht mich heute nur noch mehr runter.

Angela, eine aufgedunsene Lebensmittelchemikerin, die ich nur mit fettigem Haar und im Laborschurz kenne, nimmt stirnrunzelnd die Proben entgegen. Obwohl sie in einer antiseptischen Atmosphäre zu Hause und der Tag noch jung ist, stinkt sie nach Schweiß. Aber in all den Jahren habe ich gelernt, wie weit ich mich ihr gefahrlos annähern kann, bevor ihre Ausdünstung auf meine Schleimhäute trifft.

Es ist unüblich, dass die Mitarbeiter im Labor am Montagmorgen neues Material reinkriegen, weshalb sie mir mürrisch entgegenblickt. Dienstbeflissen haben alle anderen Kontrolleure ihre sichergestellten Proben wie üblich brav am Freitagnachmittag abgeliefert. Nur der Fellinger muss wieder den Ausreißer geben. So oder so ähnlich interpretiere ich ihr Knurren. »Ist das alles?«, fragt sie mit vorgeschobener Kinnlade, und ich bekomme Angst, dass sie mich gleich anfällt und in den Hals beißt. Zum Wochenbeginn schaut sie immer aus wie ein Zombie. Wahrscheinlich hat sie wieder das ganze Wochenende rumexperimentiert, irgendwelche synthetischen Drogen hergestellt und unverzüglich an sich getestet. Alternativ könnte ich mir vorstellen, sie arbeitet nebenher mit radioaktiven Isotopen und baut Bomben für Terroristen. Ist ja auch wurscht. Ich finde eh keinen gescheiten Grund, warum die Frau immer so fertig wirkt und nicht mal im Ansatz auf ihr Äußeres achtet. Das macht es schon schwer, in irgendeiner Form freundlich zu sein, weshalb es mir auch überhaupt nicht einfällt, ihr zu erklären, warum ich nur so ein bisschen schwarze Soße dabeihabe. Leider kennt sie meinen Einsatzplan und erwartet jetzt, dass ich Proben aus mindestens drei weiteren Gaststätten für sie parat habe.

»Komplizierter Fall«, sage ich und lasse sie stehen, bevor mich noch ein Einwand erreicht. Soll sie doch zum Hartinger rennen und mich anschwärzen; dann kann sie sich gleich in dessen Hals verbeißen.

Auf meinem Schreibtisch liegen die Untersuchungsanweisungen für die nächsten Tage. Ich wage es nicht, einen Blick darauf zu werfen, sondern fahre zuerst den Rechner hoch. Mal schauen, ob die Laborberichte von letzter Woche schon da sind und welchen meiner Wirtsleute ich erneut meine Aufwartung machen muss, um die gesundheitsgefährdende Lokalität zu schließen.

Zu meinem Erstaunen kommen alle Wackelkandidaten der vergangenen Tage noch einmal davon. Mir soll's recht sein, ich hab schließlich haufenweise anderes zu tun. Widerwillig ziehe ich mir den Stapel mit den in dieser Woche zur Hygieneprüfung vorgesehenen Gaststätten heran. Gleich obenauf: der Hendlwirt. Da überkommt mich ein Hauch von Nostalgie. Früher war ich da manchmal mit dem Papa. Und die Hendl waren immer sensationell beim Stadler. Zu jener Zeit war der Misthaufen noch direkt neben dem Eingang. Und der Stadler selbst hat sein Leben lang keinen Kamm besessen, von einer Zahnbürste ganz abgesehen. Das hatte noch was von Ehrlichkeit. Da wurde nichts geschönt, nicht so getan als ob. Wer sich den Hendlwirt antun wollte, der ging hin, wem es gegraut hat, der blieb weg. So einfach war vor dreißig Jahren die Welt. Zumindest bei uns in der Ecke, in der die Welt zu jener Zeit nicht nur einfach, sondern vor allem zu Ende war. Hinter uns kam nichts mehr, nur noch der Eiserne Vorhang. Aber darüber habe ich ja erst kürzlich philosophiert. Bevor ich sentimental werde, tippe ich schnell eine Anweisung für unseren Fahrdienst, damit die endlich den Tiefkühlhund abholen. Es pressiert mir ein bisschen. Schnell packe ich meinen Kram zusammen und verlasse das Büro, bevor der Dr. Hartinger auf die Idee kommt, bei mir anzurufen.

Auf dem Weg zurück in den Wald betrachte ich die Warnung, die mir vom Beifahrersitz her entgegenragt und die ich bei der Herfahrt noch gekonnt ignoriert habe. Ich merke, wie mich schon wieder der Bammel befällt, der mich nicht hat schlafen lassen. Ich tu es nicht aus Verzweiflung, aber ich tu's: Ich ruf den Lechner an. Heute geht er sogar ran.

»Ich hätt einen Notfall zu melden!«

»Stiehl mir nicht meine Zeit, Fellinger!«

»Ist der Leberkäs schlecht, oder warum bist du so unleidig?«

»Im Gegensatz zu dir habe ich eine Menge Arbeit«, raunzt er mich an. »Außerdem schick ich dir jetzt einen Mahnbescheid, weil du beim Autofahren telefonierst.«

»Freisprechanlage«, behaupte ich.

»Lüg mich nicht an, ich bin nämlich grad an dir vorbeigefahren, auf dem Weg nach Passau.«

Ich schau in den Rückspiegel und unterdrücke einen Fluch. Tatsächlich erkenne ich den Karr'n vom Lechner. »Wohin des Wegs?«

»Ins Krankenhaus. Die Moserin ist aufgewacht. Bin gespannt, was sie zu berichten weiß.«

Die Alte aus der Brückenstraße. An die habe ich gar nicht mehr gedacht. Warum auch? Ich habe andere Sorgen.

»Was ist jetzt mit dem Notfall?«, erinnert mich der Lechner.

»Auf mich ist geschossen worden. Das Projektil habe ich sichergestellt. Du müsstest das nur noch auf Fingerabdrücke untersuchen.«

»Projektil … Fingerabdrücke … auf einer Kugel?«

»Einem Pfeil«, korrigiere ich ihn.

»Einem Pfeil?«

Offensichtlich ist es Usus, dass man bei der Niederbayerischen Polizei immer erst alles wiederholt. Vielleicht, damit es besser im Gedächtnis bleibt.

»Von was redest du?«

Ich schildere dem Lechner den gestrigen Vorfall, lasse aber die kurze Panikattacke aus, die mich danach auf den Boden gezwungen hat.

»Warum bist du da nicht gleich zu mir gekommen?«

»Ich wollte dich nicht in deiner Sonntagsruhe stören. Ich weiß ja, du brauchst dringend die Erholung, wo du doch unter der Woche im stressigen Dauereinsatz bist.«

Er brummt was davon, dass ich mir meinen Sarkasmus in den Arsch schieben soll, und bestellt mich für den Nachmittag in die Dienststelle.

»Bevor du auflegst, würde mich noch interessieren, ob

du schon mit den Tschechen gesprochen hast, wegen dem Hlavac.«

»Lass mich bloß damit in Ruh. Ich hab die Sache mit dem Lothar an der Backe und den Überfall auf die Moserin. Für mich ist die Helga Poschinger in Indien, und damit basta!«

Warum der immer gleich auf stur schalten muss? »Sagamal, die Moserin, die ist doch putzen gegangen?«, frage ich, weil mich nicht nur die Sonne blendet, sondern plötzlich auch eine Eingebung in mir aufblitzt, die meinen Pulsschlag erhöht.

»Was willst denn damit schon wieder andeuten? Ich bin drauf und dran, den Kronawitter zu instruieren, dass er dich am Ortsschild abfängt und einen Alkoholtest mit dir macht. Wenn er dann deinen Führerschein kassiert, kannst du ihm bei der Gelegenheit auch gleich den Pfeil mitgeben, sofern das überhaupt stimmt, was du mir da grad aufgetischt hast.«

»Du, jetzt bin ich aber gleich beleidigt!«, drohe ich. Wie kann man nur so ignorant sein? »Ich sag dir, das hängt alles zusammen, und du wirst es noch bereuen, dass du nicht auf mich gehört hast.«

Der Lechner legt einfach auf. Immer das Gleiche. Kaum bin ich ihm einen Schritt voraus, mimt er die Leberwurst. Jetzt erst recht, denke ich und rufe mir die Liste mit den Gaststätten ins Gedächtnis, die für eine Inspektion anstehen. Allesamt werden sie froh sein, wenn ich mir damit noch ein bisschen Zeit lasse.

Das Wartezimmer bei der Höllmüllerin ist voll. Rentner. Wie beim Bruno. Oder an der Supermarktkasse. Überall sind sie vor dir und rauben dir die Zeit, die sie selber nicht mehr haben.

Die Sprechstundenhilfe kennt mich. »Wir sind voll«, ruft sie mir entgegen. Genau wie der Bamberger. Und das Husten aus dem Behandlungszimmer klingt auch kaum anders als das Gebell in der Hundepension. Komisch, dass mir dieser seltsame Mensch ausgerechnet jetzt in den Sinn kommt.

Ich beuge mich über ihren Empfangstresen. »Dann hauch mich mal an, damit ich beurteilen kann, ob ich dich trotzdem auf die Patienten loslassen kann!«

Es dauert ein bisschen, dann lacht sie. »Die Frau Doktor hat keine Zeit«, wiederholt sie, resistent gegen meinen Charme.

»Es ist ein Notfall«, versuche ich erneut die Phrase, mit der ich schon beim Lechner abgeblitzt bin. Sie mustert mich von Kopf bis Fuß, auf der Suche nach dem Grund für die Dringlichkeit.

»Was Innerliches«, sage ich und setze mich gegen ihren Protest auf den Stuhl gleich an der Tür, die in das Sprechzimmer führt. Hektisches Geraschel von Lesezirkelmagazinen dringt vom Wartebereich herüber. Ein paar der Alten recken ihre Hälse wie Schafe, die von Nervosität befallen sind, weil es jeden Augenblick zur Schur geht. Oder in den Schlachthof. Aber ich bleibe hart. Das Telefon klingelt und bindet die Arzthelferin hinter ihrem Schreibtisch. Idealerweise verlässt im selben Moment eine keuchhustende Patientin das Behandlungszimmer und gibt mir die Klinke in die Hand. Bakterienalarm, aber da kann ich jetzt keine Rücksicht walten lassen. Ich verstehe eh nicht, wie man bei diesen Temperaturen eine Erkältung kriegen kann. Vielleicht hätte ich fragen sollen, wo die Dame zuletzt beim Essen war?

Das Getuschel über mein unverschämtes Vordrängeln würge ich ab, indem ich die Tür hinter mir schließe. Die Höllmüllerin ist in ein Krankenblatt vertieft.

»Soll ich mich freimachen?«

Sie fährt ein bisschen zusammen. »Nie und nimmer hast du einen Termin.«

Ich zieh ein wehleidiges Gesicht, aber es hilft nichts. Zwischen ihren Brauen wächst eine vertikale Zornesfalte. »Fellinger, schleich dich.«

»Aber es geht um Leben und Tod … wobei ich glaub, es ist eh schon zu spät.«

»Für Tote bin ich nur dann zuständig, wenn die Polizei mich ruft. Wir haben da also keine gemeinsame Basis.«

»Der Lechner hat sie nur noch nicht gefunden, weil er ein Esel ist.«

»Wen?«, fragt sie nun mit dem Hauch von Zurückhaltung.

»Helga Poschinger.«

»Die ist in Indien. Auch wenn ich ihr davon abgeraten habe.«

Der lapidar dahingesagte Satz macht mich hellhörig. »Wusste ich's doch. In ihrem Zustand in so eine tropische Region zu reisen. Ich kann verstehen, dass du sie davon abbringen wolltest. Dann wird's dich ja beruhigen, dass sie sich an deinen ärztlichen Rat gehalten hat. Wobei, das hat ihr leider auch nichts mehr genutzt.«

»Was redest du? Außerdem, woher willst du wissen, wie schlecht es um die Frau Poschinger steht?«

Hinter ihr leuchtet die Sonne durch die Lamellenvorhänge und verleiht ihrem Kastanienhaar einen intensiven Glanz. Jetzt bin ich es, der sich gleich auf sie stürzen könnte, um sie in den Hals zu beißen. »Da sie es alternativ bei den Bruno-Jüngern versucht hat, muss die Verzweiflung schon sehr groß gewesen sein«, stelle ich stattdessen fest.

»Davon weiß ich nichts.«

»Ich würde meiner Hausärztin auch nicht auf die Nase binden, dass ich zur esoterischen Konkurrenz gewechselt bin. Das rückt das Vertrauen in deine Heilkunst irgendwie in ein scheeles Licht.«

»Sie war letzte Woche bei mir, nur damit du's weißt!«

»Wohl nicht in freudiger Erwartung, nehme ich an. Es dürfte sich eher um das Gegenteil gehandelt haben. Für mich stellt sich die Situation wie folgt dar. Die Helga hat sich mit der Kohle vom Franz noch ein unbeschwertes und vor allem langes Leben ausgerechnet. Aber plötzlich, grad als sich alles so vortrefflich entwickelt hat, will ihr der eigene Körper das Dolce Vita nicht mehr vergönnen. Sie kommt zu dir, und du eröffnest ihr nach der Untersuchung, dass ihre Zukunft eher kurz und womöglich sogar leidvoll aussieht. Trotz ihres beträchtlichen Kontostands lässt sich nichts daran deuteln. Ich könnte mir sogar vorstellen, sie hat nach dir noch eine Koryphäe in den USA konsultiert, aber auch die hatte keine besseren Aussichten für sie. Diese Grausamkeit treibt sie schließlich hin zur Esoterik und in die Arme des Bruno-Gröning-Freundeskreises e.V., weil sie partout nicht aufs Cabriofahren verzichten will.«

»Das hast du dir ja schön ausgedacht, Fellinger. Du bist zwar für deine rege Fantasie bekannt, aber selbst wenn auch nur im Ansatz was dran wäre, warum engagierst du dich so sehr dafür?«

»Weil ich glaube, dass der Helga nicht mal die kurze Zeit, die ihr noch geblieben wäre, vergönnt war.«

Die Höllmüllerin betrachtet mich nachdenklich. Sie schaut jetzt auch gar nicht mehr sauer drein, weil ich so unverfroren hereingeschneit bin.

»Der Heilstrom hat auch nichts geholfen. Das hast du ihr doch bei ihrem letzten Besuch unterbreitet. Hab ich recht?«

Sie sagt nichts, weil sie es eben nicht darf, aber mir reicht ihr Gesichtausdruck völlig aus. Ebenso stumm überlasse ich sie wieder ihren Patienten.

ERSTVERSORGUNG

Der Misthaufen vor dem Eingang gehört der Vergangenheit an. Heute stehen da Gartenstühle, beschattet von den Sonnenschirmen der Innstadt Brauerei, auch wenn dort heute keiner sitzt, weil das Wetter halt nicht danach ist. Als der Sohn vom Stadler das Wirtshaus übernommen hat, wollte er den Gästen den Gestank nicht mehr zumuten. Wobei, aus Sicht der Hygienevorschrift sähe ich da nach wie vor keine Bedenken. Küche und Lieferanteneingang befinden sich schließlich auf der anderen Seite des Gebäudes. Der Misthaufen dürfte eher als Sicherheitsrisiko beanstandet worden sein. Heutzutage, wo uns Gesetze und Bestimmungen vor uns selber schützen, ist es nicht mehr vertretbar, dass einer, der besoffen aus dem Wirtshaus stolpert, sich in die Gülle legt. Lustig wäre es zwar nach wie vor, aber schon recht unangenehm, sofern er danach wieder zurück in die Gaststube torkelt.

Dort hinein torkle nun ich, weil mein Knie mal wieder klemmt, gerade als ich durch die Tür trete. Kein sehr respekteinflößender Auftritt. Ich merke dem Stadler Fonsi auch sofort an, dass er mich in der ersten Sekunde für angetrunken hält. Ein Anblick, der ihn als Wirt selbst am späten Vormittag nicht irritieren dürfte. Ein anständiger Maurer zum Beispiel, der seit sieben Uhr früh auf der Baustelle gearbeitet hat, hat um diese Zeit im Schnitt einen halben Kasten Bier intus. Je nach Außentemperatur und Physiologie geht besagter Maurer dann noch aufrecht – oder eben leicht beschwingt – in seine Mittagspause, die er selbstverständlich im nächstgelegenen Wirtshaus verbringt. Bei ein, zwei Bier zum Essen.

Ich komme allerdings nicht wie ein Maurer daher, der eine vorgezogene Mittagspause einlegt, was der Stadler Fonsi auf den zweiten Blick auch gleich registriert. Da ist ihm aber schon ein amüsiertes Grinsen ausgekommen, das er nicht mehr zurücknehmen kann. Was er natürlich gerne möchte, weil er mich in dem Moment erkennt. Ich halte ihm trotzdem meinen Ausweis unter die Nase, einfach damit er sich noch ein bisserl schlechter fühlt, wegen seiner dreckigen Lache.

»Prüfung?«, stammelt er in der Hoffnung, dass ich nur so tue und stattdessen gleich ein Bier bestelle. Was ihm zweifelsfrei lieber wäre.

»Ich kenn den Weg«, lasse ich knapp verlauten und marschiere schnurstracks in die Küche. Dort erwarten mich die Frau Stadler und ein Lehrling, der seinen neumodischen, völlig verfetteten Undercut nicht unter einer Papierhaube versteckt. Ich schau ihn nur an, und er schneidet prompt nicht in den Schnittlauch, sondern sich die Fingerkuppe ab.

Es folgt ein Geschrei und Gezeter, das sich in den nächsten Minuten gewaltig hochschaukelt. Der Lehrling plärrt und blutet. Der Chef flucht, die Chefin kreischt. Wer soll jetzt den Schnittlauch schneiden, den Beilagensalat anrichten, den Knödelteig kneten?

So ein Scheißdreck! Früher beim alten Stadler gab es ein Hendl und sonst allenfalls einen Kanten Brot dazu, wenn jemand das Fett nicht verkommen lassen wollte, was aus dem halben Gockel herausgetropft war. Heute stehen Hendl mit Pommes, mit Salat, mit zweierlei Knödel oder mit Kartoffelrösti auf der Speisekarte. Es wird mit Messer und Gabel gegessen und davor ein geschäumtes Linsensüppchen gereicht. Bluadige Hennakrepf, sind wir hier beim Schuhbeck?, möchte ich laut durch die Küche brüllen, aber ich zwinge mich dazu, die Contenance zu wahren. Ich kann mir bei Gott nicht vorstellen, dass die kulinarischen Ansprüche der Landbevölkerung in den letzten Jahren so gewachsen sind. Draußen sitzen dieselben Bauern wie eh und je, und keiner von denen hat sich seit heute Morgen die Hände gewaschen. A Bier und an Gockl, mehr wollen die Leute doch gar nicht.

Mit kühlem Kopf reiße ich die verfahrene Situation an mich und bestimme, dass Frau Stadler die Erstversorgung des pickligen Teenagers übernimmt und ihn dann heimschickt. Heute kann der ohnehin nichts mehr kleinhacken und auch sonst nichts mehr anrichten. Den Wirt schicke ich zurück hinter seinen Schanktisch, mit dem Versprechen, nichts anzurühren, bevor nicht seine Frau wieder da ist. Und so halte ich es dann auch. Ich begebe mich ebenfalls in die Gaststube, greife mir die Tageszeitung, die in vertrauter Weise auf einem Holzbügel an der Garderobe hinter der Tür hängt, und setze mich an einen freien Tisch.

Ich bestelle einen Kaffee, den ich umgehend und vor Zeugen bezahle, damit ich in jede erdenkliche Richtung in meiner Funktion als Hygieneinspektor unangreifbar bin. Dann blättere ich mich desinteressiert an der Weltpolitik vorbei durch den Regionalteil. Gerade will ich zum Sportteil wechseln, da stoße ich auf einen unscheinbaren Artikel in der Marginalspalte. Beim Lesen setzt das Jucken am Rücken wieder ein.

Unglück in Hundepension
Unter noch ungeklärten Umständen kam es bereits in der Nacht auf Sonntag zu einem Unglücksfall mit tragischem Ausgang. In einer Hundepension in der Nähe von Büchlberg wurde der Besitzer Manfred B. gestern Mittag von einem seiner Mitarbeiter tot in einem der Hundezwinger aufgefunden. Alle Anzeichen sprechen dafür, dass er dort in der Nacht zuvor aus noch ungeklärten Ursachen zusammengebrochen war. Einer unbestätigten Quelle zufolge sind danach Teile des Mannes von den dort untergestellten Hunden verzehrt worden. Nähere Untersuchungen sind im Gange.

Leck mich am Arsch, der Bamberger. Ich lese den Artikel dreimal, ohne dass sich ein zusätzlicher Erkenntnisgewinn einstellt. Zusammengebrochen! Aus noch ungeklärten Ursachen.

Aber ungeklärt hin oder her: Es passiert nicht einfach, dass dich deine Gäste auffressen. Mir war von Anfang an klar, dass der Bamberger Dreck am Stecken hat. Wie sich der Artikel liest, klingt mir das schwer nach Hundehotel-Mafia. Das ist zwar ein Schmarrn, aber trotzdem bekomme ich plötzlich ein furchtbar schlechtes Gewissen. Ich habe den Mann bei meinem Besuch in Krumau mutwillig ins Spiel gebracht. Und jetzt ist er tot?

Nein, das kann nicht sein, sage ich mir. Meine Fantasie geht mit mir durch. Hat sie nicht eben vor einer Stunde noch die Höllmüllerin verteufelt? Selbst wenn der Hlavac sich nach dem Hundehotelbetreiber erkundigt hätte, der ihm am Samstag einen Besuch abgestattet hat, wäre ihm doch spätestens beim Aufeinandertreffen mit dem echten Bamberger ein Licht aufgegangen.

Nur langsam beruhige ich mich wieder. Gesund hat er ja schon bei meinem Besuch nicht ausgesehen, der Bamberger. Und wer weiß, was man sich so alles einfangen kann, wenn man ständig mit fremden Hunden zusammenkommt? Nein, also das kann nur ein dummer Zufall sein, selbst wenn mir der Mann noch vor Kurzem – einer bösen Vorahnung gleich – in der Praxis von der Franziska in den Sinn gekommen ist.

Der Stadler signalisiert mir, dass seine Frau zurück in der Küche ist. Die Tasse Kaffee vor mir bleibt unberührt. Stattdessen mache ich mich mit Verzögerung daran, mein Programm abzuspulen. Mit der Arbeitsroutine kehrt die Ruhe zurück. Die Beanstandungen halten sich in Grenzen. Ich muss die verfettete Dunstabzugshaube über den Hähnchenfritteusen monieren. Bei einem der Kühlschränke ist die Gummidichtung porös. Der Spender für die Einmalhandtücher ist leer. Weil mich der Fonsi so geärgert hat, lasse ich ihn das Frittierfett wechseln, auch wenn es noch nicht nötig wäre. Zu guter Letzt nehme ich Proben und mache Abstriche. Nach einer Stunde bin ich durch und hätte jetzt Durst. Aber den

Gefallen tue ich dem Stadler nicht. Gleich gegenüber ist auch noch ein Wirtshaus. Während er das Prüfprotokoll gegenzeichnet, sehe ich ihm an, dass er froh darüber ist, dass der Betrieb heute weiterlaufen kann. Auch ohne Lehrling.

Beim Rausgehen vermisse ich den Gestank vom Misthaufen. Wobei ich dazusagen muss, dass hier in der Gegend immer ein leichter Hauch von Jauche in der Luft hängt. Das ergibt sich ganz zwangsläufig. Irgendwo düngt immer einer. Mit geschlossenen Augen sauge ich die niederbayerische Frische in mich hinein. Es ist nicht der Lavendelduft der Provence, nicht das Rosmarinbouquet der Toskana, aber es ist Heimat und erfüllt mein Herz mit einem wunderbaren Gefühl.

Wie ich die Augen wieder aufmache und zufällig rüber zur Bushaltestelle auf der anderen Seite der Dorfstraße schaue, ist der Schreck mit dem Bamberger endgültig vergessen. An der windschiefen Holzhütte, vor der ein rostiges Haltestellenschild den Fahrplan der Ostbayernbusse prophezeit, steht der Ganske und drückt gerade seinen Daumen gegen die verwitterten Bretter. Er ist dabei, mithilfe von Reißzwecken ein Plakat aufzuhängen. Man muss kein Hellseher sein, um zu wissen, was er da so umständlich an die Bushütte pinnt. Ich stelle meinen Laborkoffer ins Auto und warte den Mähdrescher ab, der vorbeidonnert und eine Fahne von Spreu und Staub hinter sich herzieht, bevor ich, so laut ich kann, »Fremdplakatieren verboten!« über die Straße schreie.

Dem Ganske fällt die Schachtel mit den Reißzwecken aus der Hand, und das Plakat rollt sich über seinem Kopf zusammen. Er schafft es, sich den Fluch zu verkneifen, und glotzt in meine Richtung, während er die Nickelbrille auf seinem krummen Zinken zurechtrückt. Da ich nicht weiß, wie gut seine Dioptrienwerte sind, komme ich ihm entgegen.

»Herr Fellinger?«

»Herr Ganske! Wieder auf der Jagd nach frischen Seelen für Ihren Meister?«, frage ich und deute auf das Plakat, das zu einem Treffen des Bruno-Gröning-Freundeskreises morgen ins Schützenhaus nach Meßnerschlag einlädt.

»Wir wollen auch den einfachen Leuten vom Land die Möglichkeit auf Heilung von Körper und Geist nicht verwehren. Uns sind alle willkommen«, verkündet er in missionarischer Arroganz.

»Vor allem die mit einem großen Geldbeutel.«

Mir fällt gar nicht ein, ihm zu helfen, als er sich bückt und beginnt, die Reißzwecken aufzusammeln.

»Sie provozieren gern, Herr Fellinger. Aber sehen Sie doch einfach ein, dass Sie damit bei mir keine Reaktion auslösen. Weder in die eine noch in die andere Richtung. Ich bin mit mir, mit meinen Mitmenschen und mit unserem Schöpfer im Reinen.«

»Aber auf die Helga, da hegen Sie schon einen Groll, das müssen Sie mir doch zugestehen!«

Er schaut zu mir auf, und seine grauen Locken verstärken den Eindruck, als schielt mir ein Schaf entgegen. »Wieso um alles in der Welt sollte ich mit der lieben Helga böse sein?«

»Weil Ihr gottgegebener Heilstrom bei ihr nicht die gewünschte Wirkung erzielen konnte und sie Ihnen deshalb die Tantiemen gestrichen hat.« Gewagte Behauptung, aber für mich durchaus plausibel, auch wenn ich Haus und Hof darauf verwette, dass der Ganske ein Versagen seines Gurus niemals zugibt.

Er lässt von den Reißzwecken ab und erhebt sich, um mir auf Augenhöhe zu begegnen. »Reden Sie keinen Unsinn! Helga ist geheilt und dem Herrn, dem großartigen Bruno und dem Heilstrom in höchstem Maße dankbar dafür. Deshalb ist sie ja auch nach Indien gereist, um etwas von der Güte weiterzugeben, die ihr widerfahren ist. Sie wird sich dort in den nächsten Wochen hingebungsvoll in einer von uns finanzierten Mission um Hilfsbedürftige kümmern. Ich lade Sie gerne ein, Herr Fellinger, mich zu begleiten, wenn ich Ende der Woche ebenfalls dorthin reise. Dann können Sie sich nicht nur von einer vor Gesundheit und Tatkraft strotzenden Helga überzeugen, sondern auch Ihrerseits einen Beitrag der Barmherzigkeit leisten. Ihre Seele wird es Ihnen danken.«

»Was mir meine Seele dankt, das überlassen Sie besser mir, Herr Ganske. Abgesehen davon glaube ich Ihnen kein Wort. Frau Poschinger ist nicht in Indien. Und Sie, Sie kommen da auch nicht hin. Zumindest nicht auf Kosten von der Helga. Nachdem Frau Poschingers Tochter seit Tagen kein Lebenszeichen von ihrer Mutter erhalten hat, hat sie alle Finanztransaktionen stoppen lassen. Jetzt können Sie bestenfalls auf Ihrem Heilstrom übers Meer reiten.« Das ist jetzt schon arg hoch gepokert, aber ich kann das überhebliche Grinsen von dem alten Bock einfach nicht mehr ertragen. Für den Moment sacken seine Mundwinkel tatsächlich nach unten.

Diesmal bin ich es, der sich umdreht und geht. Nicht dass dem noch irgendein Blödsinn einfällt. Erst als ich im Auto sitze, wage ich einen Blick zurück und sehe, dass er sich wieder mit seinem Plakat abmüht. Auf die Entfernung kommt er mir dabei arg zornig vor.

KARIBIKTRÄUME

Weil es zu spät ist, um beim Kellerwirt ein Mittagessen zu bekommen, hole ich mir diesmal gleich zwei Leberkässemmeln beim Wasner. Der Wasner selber ist nicht da, erfahre ich von seiner neuen, mir noch nicht bekannten Fleischfachverkäuferin, ohne dass sie näher darauf eingehen will, wo ihr Chef sich rumtreibt. Golf spielen wahrscheinlich. Was diesen eigenwilligen Sport angeht, sind die Metzger die neuen Ärzte. Morgens zeigt er's den armen Schweinen im Schlachthaus, mittags denen auf dem Rasen. Kein Unterschied zu einem Chirurgen; und protzige SUVs fahren heutzutage auch beide Berufsgruppen. Die Chirurgen machen vielleicht noch die elegantere Figur, aber sicher gibt es auch unter denen schroffe Gestalten.

Egal, wie unpoliert der Wasner auch daherkommt, eins muss ich ihm lassen: Der Metzger hat immer ein gutes Händchen bei der Auswahl seiner Thekenkräfte. Da ist er in puncto Marketing der Konkurrenz aus der Supermarktmetzgerei weit voraus. Dort werden die Kunden nur von übergewichtigen Weibern mit Bluthochdruck und Dauerwelle bedient. Der Wasner hingegen kriegt immer die adretten, und ich frage mich seit Jahren, mit was er die ködert. Auch die Neue besitzt neben verkäuferischem Talent einen nicht zu übersehenden Charme. Derf's a bisserl mehrer sei? *Sex sells* funktioniert nach wie vor, da ist es ganz wurscht, was Frauenrechtlerinnen oder linke Politikerinnen uns einreden wollen.

Um diese Uhrzeit bin ich der einzige Kunde. Bei uns ist das vergleichbar mit der spanischen Siesta, da siehst du keinen Menschen auf der Straße. Allerdings arbeiten wir in der Zeit hinter den geschlossenen Türen, während die Spanier … Aber lassen wir das. Im Grunde genommen ist im Ortskern nie viel los, seit die grüne Wiese die Konsumenten nach außerhalb lockt. Bedingt durch die Kundendürre nach der Mittagszeit, zwingt mir die Fleischfachverkäuferin einen Ratsch auf. Dagegen habe ich nichts, weshalb ich die Semmeln an Ort und Stelle verzehre und hin und wieder nicke, um zu signalisieren, dass ich gedanklich bei ihr bin.

»… und dann habe ich noch gehört, dass man den Hund von der Frau Poschinger überfahren hat.«

Sofort merke ich auf. Während die junge Frau ohne Atempause weiterredet, muss ich ein klein wenig würgen, um die Semmelbrösel wieder aus der Luftröhre zu kriegen.

»Mei, das war ja so ein Süßer. Wissen'S, bis vor sechs Wochen, also bevor ich hier angefangen habe, da bin ich mit dem Beaver manchmal Gassi gegangen, wenn die Frau Poschinger keine Zeit hatte. Ich wohn nämlich gleich bei ihr ums Eck, hinten raus, in der Bayerwaldstraße. Und irgendwie sind wir uns da mal begegnet, und weil mich der Beaver anscheinend auf Anhieb sympathisch fand, hat mich die Frau Poschinger halt gefragt. Bei so einem knuffigen Hunderl konnte ich natürlich nicht nein sagen … Und jetzt so was. Ich kann mir gar nicht vorstellen, was da passiert ist. Der Beaver hat ja aufs Wort gefolgt, und dass der so mir nichts dir nichts auf die Straße läuft, nein, das kann ich mir überhaupt nicht vorstellen. Das arme Viecherl muss jemand ganz bös erschreckt haben. Wissen'S, der Mann, den ich zuletzt manchmal bei der Frau Poschinger gesehen habe, wenn ich den Beaver abgeholt habe, also der Mann … wie soll ich das jetzt sagen? Der Beaver mochte den nicht, das hab ich dem Hund angemerkt. Und soll ich Ihnen was verraten?«

»Nur zu!«, fordere ich sie mit vollem Mund auf, dass der Leberkässemmelbatz nur so davonfliegt.

»Ich hab den auch nicht gemocht – ohne dass ich jetzt genau sagen könnt, warum.«

Ich schlinge den Rest vom Leberkäs runter. »Wie sah er denn aus, der Mann, den Sie und der Beaver nicht mochten?«

»Alt! Na ja, also vom Alter hat es schon gepasst mit der Frau Poschinger. Alt halt aus meiner Sicht«, sagt sie, und mir wird klar, dass mich diese naive Zwanzigjährige aus ihrer Sicht ebenfalls für alt hält, was mich für eine Sekunde schwermütig macht. Dann bin ich wieder ganz bei der Sache. »Alt, und wie noch?«

»So ein Dürrer ist das, mit Locken. Ich hab ihn zwar nie was sagen hören, aber wenn Sie mich fragen, eindeutig ein Preiß.«

Mehr muss ich nicht wissen, was die Identifikation angeht. »Und bei diesem Dürren mit den Locken … da hatten Sie den Eindruck, der war mit der Frau Poschinger liiert?«

»Also, er hat mir jetzt nicht im Schlafanzug die Tür aufgemacht, und ich hab die beiden nie rumknutschen sehen oder so was.« Sie schaut mich an, und mich überkommt die Angst, dass sie mich gleich fragt, ob Leute in meinem Alter überhaupt noch rumknutschen. Doch sie hält sich zurück, vielleicht auch weil in dem Moment ein Mann in Latzhose, mit Cordhut und Gummistiefeln die Metzgerei betritt. Draußen vor dem Laden hat er seinen Traktor abgestellt, ohne den Motor auszumachen. Dieseldunst und das laute Hämmern der Kolben folgen ihm bis vor die Verkaufstheke.

»Na ja«, sagt sie, »benommen hat der Preiß sich auf jeden Fall, als tät ihm das Haus gehören. Sie wissen, was ich meine?«, fügt sie an und zwinkert mir zu.

Ich nicke und schenke ihr ein Lächeln, das nicht mehr bei ihr ankommt, weil sie sich bereits dem Landwirt zugewandt hat. Ohne dass sie es wissen konnte, hat sie mir diesen trüben Tag gerettet. Es zahlt sich immer wieder aus, die Leute reden zu lassen, wenn sie das Bedürfnis dazu verspüren. Gestärkt und mit neuem Schwung verlasse ich die Metzgerei.

Und was ich dann sehe, erweckt in mir den Eindruck, mal wieder zur rechten Zeit am rechten Ort zu sein. Vor dem Reisebüro gegenüber parkt nämlich ein Streifenwagen. So viel Zufall kann es nicht geben.

Wie ich in den Laden komme, stapelt der Lechner sich gerade den fünften Reisekatalog auf den Arm. Karibik, Südostasien. »Willst du deinen Drachen gleich so weit weg schicken? Da musst du aber ordentlich draufzahlen auf deinen Gutschein.«

Er dreht sich nach mir um, und sein Fernwehgesicht löst sich in Luft auf. »Meine liebste Gattin ist mir das allemal wert, und du kommst mir grad recht!«, raunzt er mir entgegen.

»Du mir auch!«, antworte ich, denn ganz offensichtlich bin ich es, der die brandneuen Asse im Ärmel hat.

»Grüß Gott, die Herr'n!«, ruft der Reiseverkehrskaufmann, der eben mit einem Kaffeebecher aus einem versteckten Kämmerchen kommt. Mir fällt sein Name nicht ein, wobei ich mich generell schwertue, mir Namen zu merken, besonders wenn mir die Person nicht sympathisch ist. Wie sich bei uns im Ort überhaupt ein Reisebüro halten kann, wo doch alles andere mangels Kundschaft zumacht, ist mir ohnehin schleierhaft. Alle, die ich kenne, buchen mittlerweile übers Internet, und die anderen bleiben zu Hause, weil es da eh am schönsten ist. Der Laden hier stinkt verdächtig nach Geldwäsche.

»Kann ich Ihnen helfen?«, fragt er und pflanzt sich hinter seinen Beratungstisch.

»Mir nicht, ich schau nur«, sagt der Lechner und hält den Stapel Kataloge schützend vor sich.

»Mir schon«, sage ich. »Hat die Frau Poschinger ihre Indienreise eigentlich bei Ihnen gebucht?«

Im Gegensatz zu dem Kraut, was dem Lechner ums Kinn wächst, trägt der blonde Endzwanziger einen präzise gestutzten Vollbart und kommt sich damit garantiert unwiderstehlich vor. Es kann einfach nicht gesund sein, jeden Tag von tropischen Sonnen auf Hochglanzplakaten beschienen zu werden, die über weißsandigen Traumstränden leuchten. Da muss man ja auf Dauer einen Hau kriegen.

»Sie müssen dem Herrn keine Auskunft erteilen!«, belehrt ihn der Herr Wachtmeister.

»Lass ihn doch, wenn er will!«

»Aber ich will doch gar nicht«, sagt der Vollbart. Er redet so ein Großstadtbayerisch, und das ist mir zuwider, dieses Münchner G'schaftelhubertum. Dabei kommt er aus Heindlschlag … und wenn man weiß, wo das liegt, muss man sich wahrhaftig wundern.

»Falls ja, hat sie ein oder zwei Flugtickets gebucht?«

»Du, Fellinger, jetzt langt's aber«, droht mir die Exekutive.

»Helga Poschinger, allein oder zu zweit?«

Der Blonde schaut zwischen mir und dem Lechner hin und her. Er wirkt plötzlich ein wenig gehetzt. Das Dauerurlaubsgehabe ist verflogen. Vielleicht macht ihn einfach die Uniform nervös. Ich habe da auch lang gebraucht, bis ich mich an diesen Anblick gewöhnt hatte.

»Konzentrieren Sie sich auf die Antwort!«, dränge ich ihn.

»Jetzt lass den Herrn in Ruhe, sonst nehme ich dich in Gewahrsam.« Ich denke an brutale Polizeigewalt und stelle mir vor, wie der Lechner mit einem Reisekatalog auf mich einprügelt. So betrachtet, kann ich weiteren Widerstand riskieren. Also wedle ich in Richtung Lechner, als würde ich eine lästige Fliege vertreiben, während ich eindringlich den Touristiker fixiere.

Derart in die Enge gedrängt, würgt er heraus: »Ja … also, zuerst hat sie zwei Flüge gebucht.«

»Aber …?«

»… einen hat sie wieder storniert.«

»Wann?«

»Fellinger!«, zischt der Lechner.

»Montag, meine ich! Und den anderen hat sie umgebucht. Bali statt Bengaluru.«

Geht doch!

Der Lechner schleudert seine Karibikträume von sich, packt mich am Hemd und schiebt mich mit rotem Kopf aus dem Reisebüro. Wir torkeln bis zur Straßenmitte. Jemand hupt, obwohl er noch dreißig Meter entfernt ist und wir uns im verkehrsberuhigten Bereich befinden.

»Jetzt horch halt mal zu!«, protestiere ich. »Das zweite Flugticket war für den Ganske! Und dass sie plötzlich nicht mehr nach Indien wollte, das sagt doch schon alles!«

»Das sagt nur, dass sie jetzt auf Bali hockt, weshalb sie in Bengadingsbums nie angekommen ist. Fall geklärt!«, schreit der Lechner und zerrt mich zur Seite, bevor wir im Schneckentempo überfahren werden. »Und deshalb hörst du jetzt auf, diesen Frieder Ganske zu belästigen!« Er brüllt so laut, dass die Leute, die nebenan in der Bäckerei auf ihre Semmeln gewartet haben, neugierig aus der Tür kommen.

»Ach, hat der Preiß sich etwa beschwert?«, brülle ich zurück.

»Massiv, mein Lieber, massiv!«

»Dann würd ich mich mal fragen, warum?«

»Das interessiert mich nicht, was ihr zwei da am Laufen habt. Der Scheißdreck hat hier und jetzt ein Ende!«

»Scheißdreck!?«, rufe ich empört. »Ich ermittle in einem Mordfall.«

»Mordfall! Ich glaub, du hast den Schuss nicht g'hört! Es gibt keinen Mord. Es gibt nämlich keine Leiche. Nicht einmal einen hinreichenden Verdacht, dass der Frau Poschinger etwas zugestoßen ist, also ein für alle Mal, hör auf, Fellinger!«

»Wer redet denn von der Helga Poschinger?« Ich lasse eine Unschuldsmiene an die Stelle der Empörung treten. »Ich ermittle wegen dem Hund, und der ist zweifelsfrei tot. Und bedenkt man die mutwillige Fahrerflucht, dann könnte durchaus eine Tötungsabsicht dahinterstecken. Ja, ich bin mir ziemlich sicher, das mit dem Beaver, das war Mord!«

PLAYSTATION

Dass die Helga jetzt auf Bali sein soll, ändert an meinen Verdachtsmomenten kaum etwas. Im Gegenteil. Das zeugt doch lediglich davon, dass die Veronika nie in diesem Ashram angerufen hat. Und was den Ganske angeht, da warten seine Hilfsbedürftigen in Indien jetzt wohl vergebens auf die barmherzige Unterstützung durch die Poschingerin. Wobei ich nach wie vor nicht glaube, dass die Helga auch nur irgendwo hingereist ist. Da kann er sich noch so wehren, der Lechner. Es liegt doch auf der Hand. Wie so oft geht es mal wieder ums Geld.

In Sachen Geld gibt es meines Erachtens nur eine Anlaufstelle, die mir jetzt noch helfen kann. Ich muss dringend mit dem Gustl reden.

Der Gustl war mal Filialleiter von der Volksbank. Bis er abgesägt wurde. Was da im Detail vorgefallen ist, das hat die Bank gekonnt vertuscht. Dazu ist selbst die Volksbank in der Lage, da muss man keine börsennotierte Investmentbank an der Wall Street sein.

Auch wenn sie es nicht so astrein unter den Teppich gekehrt haben, dass nicht ein Kopf hätte rollen müssen. Darum ist der Gustl jetzt halt nur noch dritter Chef, was so viel bedeutet, wie der Ersatztorwart vom Ersatztorwart zu sein. Einer, den keiner kennt und der die ganze Saison auf der

Bank hockt. Der Gustl hockt auch den ganzen Tag auf der Bank, genau genommen im Keller, dort, wo das Vermögen lagert. Behauptet er zumindest. Als wäre er dazu abgestellt, sich vor der Tresortür aufzubauen und Obacht zu geben, dass keiner sie unberechtigt öffnet. Also, wenn die von der Volksbank irgendwas aus dem Vorfall gelernt haben, der den Gustl seine Position gekostet hat, dann ja wohl, dass man besagten Herrn auf keinen Fall dazu abstellen sollte, auf die Wertanlagen der Kundschaft aufzupassen. So gesehen, kommt mir dieser regionale Bankenskandal noch nicht ganz ausgestanden vor.

Nachdem der Lechner wutentbrannt und uneinsichtig abgezogen ist und sich die Ansammlung von Neugierigen, die unser lautstarker Disput verursacht hat, so langsam verläuft, schlendere ich die Marktstraße hoch, die inzwischen wieder ziemlich ausgestorben wirkt. Daher fällt es auch nicht schwer, den Herrn Ex-Filialleiter auszumachen, der in gewohnter Manier um diese Zeit seine Nachmittagspause im Café Brenner verbringt. Besonders gern bei Sonnenschein, weil man es da gut aushalten kann, unter den Sonnenschirmen und mit Blick auf den idyllisch plätschernden Marktbrunnen. Warum die von der Volksbank überhaupt eine Nachmittagspause benötigen, darüber will ich erst gar nicht nachdenken. Mit so etwas sind nicht mal wir Beamte begünstigt.

Als er mich kommen sieht, versteckt sich der Gustl hinter einer Finanzzeitung. Weil ich ihm aber nicht abnehme, dass er die wirklich liest, setze ich mich einfach zu ihm an seinen Tisch. Die restlichen Plätze sind ohnehin belegt von Rentnern, die sich mit zugekrümelten Mundwinkeln durch die Sahneberge auf ihren Zwetschgendatschis graben, und von Vollzeitmüttern, die bei einem Latte macchiato darauf warten, dass sie ihren verzogenen Nachwuchs endlich aus dem Kindergarten abholen können.

»Fellinger!«, stößt der Gustl hervor, nachdem er die Zeitung gesenkt hat und für zwei Sekunden so überrascht tut, als hätte er mich jetzt erst registriert.

»Gustl! Wie stehen die Aktien?«

In aller Ruhe faltet er die Zeitung zusammen und trinkt einen Schluck von seinem Pils. Egal, wann ich den Gustl hier im Café habe sitzen sehen, er hat noch nie was anderes als ein Pils getrunken. Was bereits an sich eine Strafe ist.

»Der Lechner hat mich schon vorgewarnt, dass du mich unter Umständen über die Finanzwerte einer gewissen Dame ausfragen willst. In dem Fall soll ich dich daran erinnern, dass besagte Person in Indien weilt.«

»Bali«, kläre ich ihn auf. »So, so, der Lechner, sag bloß? Und wann genau hat er dich darauf hingewiesen?«

»Ich hab ihn gestern zufällig bei der Rosi getroffen. Er war elendig erschöpft, nachdem er den Einsatz wegen dem Lothar hat koordinieren müssen; da war es recht praktisch, dass der Lothar direkt im Wirtshaus gestorben ist. So brauchte sich der Lechner nur von den Toiletten in die Gaststube schleppen, um sich ein isotonisches Getränk zuzuführen, das ihn wieder aufbaut.«

Auf eine Weise mag ich den Gustl, weil er nämlich ein ähnlicher Zyniker ist wie ich. Ja, den Lothar – oder besser gesagt dessen Ableben – darf ich nicht aus dem Auge verlieren. Ich hoffe inständig, die von der Staatsanwaltschaft in Passau haben eine Autopsie angeordnet. Es trifft sich gut, dass ich noch kondolieren muss.

»Du warst also auch bei der Rosi gesessen, gestern Nachmittag«, stelle ich fest. Nachvollziehbar, nachdem bekannt ist, dass der Ex-Filialleiter in seiner Eigenschaft als Sportfunktionär gelegentlich auch beim FC auf der Bank sitzt. »Das ist ja interessant. Und dir ist genauso wenig wie den anderen aufgefallen, dass mit dem Lothar was nicht stimmt?«

»Du, der war doch topfit. Zumindest für eine Halbzeit. Mei, und nach dem Kopfballduell, bei dem er leider nur den Schädel seines Gegners getroffen hat, statt den Ball ins Tor zu köpfen, war es ihm halt ein bisserl schwummrig. Aber später bei der Rosi … falls ihm da schlecht war, hat er's sich nicht anmerken lassen. Er kam mir eher aufgedreht vor. Schon während des Spiels war er agiler als sonst. Den Trainer hab ich spaßeshalber noch gefragt, ob er ihm Kokain gegeben hat … Jedenfalls danach, bei der Rosi, hat er wie immer seine drei Halbe getrunken – und dann ist er raus zum Brunz'n und nicht wieder zurückgekehrt.«

»Bier hilft halt nicht immer«, kommentiere ich nach ein paar in uns gekehrten Schweigesekunden und versuche die Andeutung hinsichtlich der ungewohnten Agilität einzuordnen. Dass der Linksaußen vom FC topfit war, das gibt mir jetzt schon zu denken. Aber vielleicht kann man ja trotz einer aufgeschwemmten Leber gut Fußball spielen?

»Alle haben immer gemeint, der Lothar hätte ein Alkoholproblem«, plauscht der Gustl weiter, als könnte er Gedanken lesen. »Aber, Fellinger, du musst doch zugeben, dass man mit solchen Andeutungen nur von sich selber ablenkt. Wenn wir es genau nehmen, kennen wir keinen, der bei uns hier ohne auskommt.«

Es drängt mich arg, ihm zu widersprechen, aber wo der Gustl gerade so schön am Philosophieren ist, halte ich mal lieber die Klappe.

»Dem Lothar sein wahres Problem war die Wetterei.«

»Sportwetten?«, rufe ich ungläubig. Die Leute an den Nachbartischen, zumindest alle, die nicht schwerhörig sind, unterbrechen ihre Gespräche und das Kuchenessen. Was den Gustl aber nicht stört. »Ganz schlimm ist es geworden, nachdem er den Job verloren hat. Obwohl er da ja eigentlich kaum mehr Geld für Wetteinsätze hatte. Wie zum Trotz hat er es dann erst recht drauf angelegt. Irgendwo braucht halt jeder sein Ventil.«

»Das heißt, es sind auch Wettschulden da?«

Er greift zum Pils und gönnt sich einen weiteren Schluck. »Über Tote soll man nicht schlecht reden«, erinnert er sich, nachdem er den Schaum aus seinem Oberlippenbart gewischt hat. »Was willst du jetzt eigentlich von der Frau Poschinger?«

»Du, nix! Ich kann mir auch gar nicht vorstellen, warum der Lechner dir so einen Schmarrn erzählt«, erkläre ich mit Unschuldsmiene und beuge mich etwas weiter über den Tisch. »Es würde mich im Prinzip nur interessieren, ob die Helga in letzter Zeit vermehrt Geld an einen bestimmten Verein überwiesen hat.«

»Verein?«

So wie er fragt, weiß er sofort, was ich meine, aber im Bankwesen lernt man gleich als Erstes, sich blöd zu stellen.

»Bruno Gröning e.V.«

»Ach komm! Da soll die Helga …?«

»Und nicht wenig!«

»Sagt wer?«

»Mein Instinkt.«

Er betrachtet mich eine Weile aus seinen Schweinsäuglein, nickt kaum merklich, dann trinkt er aus. »Du zahlst!«, stellt er fest.

»Nicht für so eine vage Andeutung«, protestiere ich.

Jetzt ist er es, der näher an den Tisch rückt. »Fellinger, ich habe nicht die geringste Ahnung, was du willst. Außerdem hat mir die Polizei untersagt, Auskünfte zu erteilen.«

»Aber nicht, dich hypothetisch zu äußern!«

Der Gustl späht auf die Uhr und dann rüber zur Volksbank, wie wenn er gleich erwartet werden würde, um eine millionenschwere Baufinanzierung abzusegnen. Weil er trotzdem sitzen bleibt, unterbreite ich ihm meine Hypothese. »Wegen dem Lothar seiner freigebigen Lebensweise fehlt es bei den Allmannsedern hinten und vorne. Doch die Helga, die nach dem Tod ihres zweiten Ehemanns Geld in rauen Mengen besitzt, verschleudert es lieber an eine Pseudosekte. Da könnte schon so ein nicht zu verleugnender Neid in einem aufkommen. Ein ganz hässlicher Neid sogar!«

»Da will ich jetzt gar nicht dagegenreden. Nur, wie du schon gesagt hast, du stellst Spekulationen an, und nüchtern betrachtet ist der Einzige, der nachweisbar tot ist, der Lothar, und die Helga macht Urlaub in Indonesien, soweit ich's verstanden hab.«

Mir liegt wieder der Tod vom Beaver auf der Zunge, aber

ich halte mich zurück. Offensichtlich arbeiten die ausführenden Organe in unserem Polizeistaat mit effektiv funktionierender Gehirnwäsche, um Arbeit möglichst zu vermeiden. Ich muss also weitere Umwege nehmen. »Was weißt du über den ersten Mann von der Helga?«

»Ein Choleriker sondergleichen, bis ihm die Pumpe den Dienst verweigert hat, weil er sich immer so aufregen musste, über seine Weiber daheim. Und bevor du fragst, der hat alles mit ins Grab genommen, was er besaß. Den Rest hat er vorab verprasst, als hätte er geahnt, dass er fürs Alter nichts zurücklegen muss.«

»Auch tot also«, rekapituliere ich. »Die Männer in dieser Familie sterben ja wie die Fliegen.«

»Wobei die Frauen nicht immer was davon haben. Genau genommen ist nur die Helga gut aus der Sache rausgekommen. Und seit die eine Poschinger geworden ist, will sie von ihrem alten Leben nichts mehr wissen.«

»Da frag ich mich doch, warum sich diese Ignoranz auch auf die Tochter bezieht?«

»So wie ich gehört hab, hat die Veronika Anschuldigungen in Richtung ihrer Mutter verlauten lassen, was den Tod ihres Vaters angeht. So, mein Lieber, und jede weitere Auskunft kostet ein frisches Pils. Für heute hab ich allerdings genug. Danke für die Einladung!« Er steht auf und trottet mit seinem Finanzblatt unter Arm davon.

Der Helga ihre Ehemänner sterben an Herzversagen. Ich nehme mal an, über den Verlust ihres ersten Gatten wird sie schnell hinweggekommen sein. Und beim Franz Poschinger? Nun, da ist das Fragezeichen schon um einiges größer.

Außerdem interessiert mich sakrisch, warum sie der Veronika während ihres Urlaubs das Haus anvertraut, wo die beiden doch so über Kreuz sind. Um mir weitere Antworten zu besorgen, verschiebe ich meine letzte Gaststätteninspektion und fahre auf ein Neues ins Brennpunktviertel. An der tristen Wohnlage hat sich nichts geändert. Der Fiesta mit den FC-Sturm-Aufklebern steht vor der Tür. Ein Mädchen im Alter von etwa acht Jahren mustert mich kritisch. Sie wartet mit ihrem rosafarbenen Prinzessinenfahrrad auf dem Gehweg vor dem Eingang. Ihr Haar ist so weizenblond wie das vom Lothar und zu einem Zopf geflochten.

»Der Papa ist tot«, erklärt sie mir, bevor ich zum Klingeln komme.

Ich werde ein wenig verlegen. »Ja, hab ich gehört. Tut mir sehr leid.«

»Er spielt jetzt in der Mannschaft vom Jesus, hat der Pfarrer gesagt.«

Oder bei denen im Untergeschoss. »Und deine Mama, was sagt die?«, frage ich, und meine Pietätlosigkeit drückt arg gegen mein Gewissen, aber da kann ich jetzt keine Rücksicht drauf nehmen.

»Die will den Papa verkaufen, damit sie nicht so viel Geld für die Beerdigung zahlen muss.«

Verkaufen? Das wird ja immer bunter. Offensichtlich hat die Kleine da was falsch verstanden oder die Veronika ist tatsächlich so geschäftstüchtig. Hirntote sind bekanntlich gefragte Organspender. Da wir so nett am Ratschen sind und sie vermutlich mittels eindringlicher psychologischer Betreuung durch unser katholisches Oberhaupt bestens in ihrer Trauerbewältigung eingestellt ist, kommt mir ungeniert eine weitere Frage über die Lippen. »Du, wann warst du denn eigentlich zuletzt bei deiner Oma Helga?«

Das Mädchen schaut auf ihr Fahrrad, für das sie, genau betrachtet, schon zu groß ist. Ich interpretiere ihren Blick so, dass der Drahtesel wohl ein Geschenk der Poschingerin war.

»Die Oma hat vergessen, dem Christkindl auszurichten, dass es mir eine Playstation mit My-little-Pony-Spiel bringen soll. Jetzt mag die Mama nicht mehr hin und ich auch nicht.«

»Hallo! Sie von der Hygiene! Lassen Sie meine Tochter in Ruh«, schreit es plötzlich hinter mir. Zu schade, dass das Timing nicht passt, jetzt wo es gerade interessant geworden wäre. Ich drehe mich um. Die Veronika kommt auf mich zugeschossen, und jetzt ergeht es mir wie dem Kronawitter vor vier Tagen. Ich würde die Dienstpistole ziehen, wenn ich eine hätte. So bleibt mir nur, abwehrend die Hände zu heben.

»Mein herzliches Beileid, Frau Allmannseder!«

»G'schenkt! Verschwinden Sie!«

»Ich weiß nicht, ob Sie es wissen, aber ich war's, der den Lothar gefunden hat«, sage ich, obwohl ich davon ausgehe, dass diese Fakten längst bei ihr angekommen sind. Tatsächlich scheint die Information sie nicht zu besänftigen. Vielleicht, weil ich ihren Gatten nicht retten konnte.

Sie greift sich ihre Tochter und zerrt sie samt Fahrrad Richtung Haustür.

»Das hätt mich auch geärgert, wenn es der reichen Oma nicht einmal für My little Pony langt«, rufe ich ihnen hinterher.

Die Veronika fährt herum. »Lassen Sie mich endlich in Ruh!«

»Was ich nicht versteh, wo Sie doch seit Weihnachten keinen Kontakt mehr zu Ihrer Mutter gepflegt haben: Warum kümmern Sie sich um ihren Garten, während sie weg ist? Und das, obwohl Ihre Mutter sonst einen Gärtner beauftragt und überdies eine Putzfrau hat.«

Vor allem bei dem Wort Putzfrau zuckt sie sichtlich zusammen, wenn auch nur für den Bruchteil einer Sekunde. Dann funkelt sie mich wutentbrannt an. Jetzt habe ich sie da, wo ich sie haben will. »Ehrlich gesagt, ich kann Ihre Aufregung nicht nachvollziehen, jetzt, wo sich für Sie doch noch alles zum Guten wendet. Neben Ihrer Mutter sind Sie schließlich auch Ihren wettsüchtigen Gatten losgeworden, der das Erbe wahrscheinlich schneller durchgebracht hätte, als Sie hätten schauen können. Wie viel an Wettschulden hat Ihnen der Lothar denn hinterlassen?«

Jetzt schlägt die Haustür zu. Wenn sich selbst nach diesem Auftritt nichts tut, dann muss ich dem Herrn Polizeihauptmeister recht geben, und ich war von Anfang an schief gewickelt.

Ich hocke noch keine Viertelstunde beim Kellerwirt, da kommt der Lechner herein. Ich merke ihm an, dass er mit sich ringt, ob er sich an einen anderen Tisch pflanzen soll. Er schaut sich in der Gaststube um, mustert die Leute, die hier außer mir noch ihr Feierabendbier trinken, dann springt er über seinen Schatten. Er wählt das kleinere Übel und raunzt mir einen unverständlichen Gruß entgegen.

Montags isst der Lechner beim Pauli, weil seine Alte keine Zeit zum Kochen hat. Da ist nämlich Yoga und danach Stammtisch vom Frauenbund. Ich warte also geduldig, bis der Pauli daherkommt und dem Lechner seine Bestellung aufgenommen hat. Jägerschnitzel mit Spätzle. Hätte er mich gefragt, meine Empfehlung wäre anders ausgefallen. Abgesehen davon, dass ich es ein Unding finde, schwäbische Eiernudeln statt Knödel anzubieten, hütet sich der Lechner diesbezüglich, weil er weiß, dass es besser ist, nicht zu wissen, wie es beim Kellerwirt in der Küche zugeht. Er will das Zeug schließlich auch essen können, das er bestellt.

Weil es ohnehin zu spät ist, die Ernte meiner heutigen Arbeit noch ins Büro zu fahren, schließe ich mich dem Abendessen an und nehme ein Schnitzel. Möglichst unbehandelt und ohne Soße, um auf Nummer sicher zu gehen.

Damit der Lechner nicht gleich wieder grantig wird, nähere ich mich ganz sanft dem Thema an, das mir unter den Nägeln brennt.

»Was hat eigentlich die Moserin gesagt?«

»Nix. Keine brauchbare Aussage. Sie war unterwegs. Heimatabend. Und weil es tagsüber so heiß war, hat sie die Terrassentür offen gelassen, damit nach Sonnenuntergang die Hitz rausgeht. Als sie dann von ihrem Weiberkränzchen zurückkam, hat sie zwar sofort bemerkt, dass sich mit der Abendkühle noch jemand reingeschlichen hat, aber bevor sie reagieren konnte, hat es auch schon eingeschlagen.«

»Und geklaut wurde nichts?«

»Meiner Ansicht nach hat der Einbrecher Schiss bekommen, als er die Alte so hat daliegen sehen, und ist stiften gegangen. Unter diesen Umständen kriegen wir den nicht, außer er schlägt erneut zu.«

»Das glaub ich nicht«, widerspreche ich und trinke meine Halbe leer. Der Lechner verzieht schon wieder das Gesicht, weil ich mit meiner Äußerung aufs Neue sein kriminalistisches Gespür in Zweifel ziehe.

»Jetzt frag ich dich mal was, Lechner«, kündige ich an und mache eine dramaturgische Atempause. »Hast du mal überprüft, bei wem die Moserin alles eine Putzstelle hat?«

Der Lechner verharrt für Sekunden starr über seinem Bierglas. Dann hebt er oberlehrerhaft den Finger. »Erstens, Fellinger, wo soll es da einen Zusammenhang zu dem Überfall auf die gute Frau geben? Meinst du denn, das war gar kein Einbrecher, sondern ein potenzieller Kunde, der sich bei der Moserin nur mal umschauen wollte, ob bei ihr alles sauber ist, bevor er sie engagiert? Wie die Moserin dann überraschend heimkommt, erschreckt er sich dermaßen, dass er ihr versehentlich eins über den Putzfrauenschädel zieht. Und zweitens! Meinst du, die Moserin hat Buch darüber geführt, bei wem die zum Putzen gegangen ist? Schwarz! Verstehst!«

Jetzt hab ich ihn, den Sauhund. »Ich sag dir, Lechner, ich verwette meinen BMW, die Moserin war die Putzfrau von der Poschinger Helga. Und, was fällt dir jetzt dazu ein?«

Meine Äußerung macht den Lechner sichtlich nervös. Er isst nur das halbe Jägerschnitzel. Noch viel mehr gerät er ins Grübeln, wie ich ihm nach dem Essen und einer weiteren Halben mein Auto zeige.

»Leck mich am Arsch!«

»Ich hab ihn nicht angefasst«, sage ich.

Daraufhin holt er Gummihandschuhe und eine Plastiktüte aus seinem Streifenwagen und stellt den Pfeil sicher, der nach wie vor in der Türverkleidung steckt. Sicher in der Klarsichtfolie verpackt, hält er mir die Stahlspitze vor die Nase. »Das hier, wie passt das in deine Theorie?«

Nicht, dass ich nicht schon darüber nachgedacht hätte – immerhin hätte das Ding genauso gut in meiner Niere stecken können –, aber für mich ergibt sich zwischen diesem handelsüblichen Sportbogenpfeil und dem rätselhaften Verschwinden der Helga Poschinger einfach keine Verbindung. »Ich gehe mal die Liste der Gaststätten durch, die wegen Nichteinhaltung von Hygienevorschriften in den letzten Monaten von mir dichtgemacht wurden. Vielleicht ist da ein Gastronom dabei, der bei den Sportschützen ist.«

»Nur eine Warnung also?«, fragt der Lechner mehr sich selbst.

»Noch sehe ich keine Notwendigkeit für Personenschutz«, beruhige ich ihn, bevor er auf die Idee kommt, den Kronawitter für mich abzustellen.

»Und Zufall? Ich meine, dass so ein Rotzlöffel unten am See ein bisserl übermütig geworden ist, nachdem er mit seinen Pfeilen keine Fische oder Enten erwischt hat?«

Solche Rotzlöffel gibt es bei uns mit Sicherheit, aber ich bin skeptisch. »Seit wann darfst du an Zufälle glauben?«, frage ich provokant. »Ich tu das jedenfalls nicht, weshalb ich auch der Meinung bin, dass du dich besser mal um die Poschingerin kümmern solltest! Oder wie viele Motive und Verdächtige muss ich dir noch liefern??

»Ein für alle Mal, Fellinger. Solange es keinen begründeten Verdacht gibt, niemand die Frau Poschinger als vermisst meldet und keine Leiche von ihr auftaucht, kann ich nichts machen.«

»Und genau darauf spekuliert doch unser …«

»… Mörder? Wolltest du das sagen?«

Ja, zefix, das wollte ich.

»Für mich ist die Frau Poschinger bis auf Weiteres im Urlaub, selbst wenn sie dafür nicht nach Indien gereist ist. Oder nach Bali. Vielleicht hat sie es sich komplett anders überlegt und ist stattdessen ins Allgäu gefahren.«

»Ohne Auto?«

»Es gibt auch Züge!«

Kein Mensch benutzt bei uns einen Zug. »Kennst du einen von hier aus der Gegend, der freiwillig ins Allgäu fährt? Da schaut es doch aus wie bei uns, nur dass die Berge halt höher sind, was besser ist zum Bergsteigen. Aber wie eine Alpinistin ist mir die Helga nicht vorgekommen. Außerdem hätte sie dorthin ihren Hund mitnehmen können.«

Der Lechner legt mir eine Hand auf die Schulter. »Du solltest dich jetzt wieder ausschließlich und allein um deine Wirtshäuser kümmern«, sagt er eindringlich, »und alles andere mir überlassen.« Dabei wedelt er wieder mit dem Pfeil herum. Erst als er sich umdreht und zu seinem Wagen geht, verziehe ich schmerzlich das Gesicht. So eine vertrauliche Ansage vom Lechner, und auch wenn ich weiß, dass er es gut meint, verstärkt das nur meine Ambitionen, die Sache eigenständig zum Abschluss zu bringen.

Nachdem der Lechner weg ist, gehe ich rüber ins Kaufland, um noch ein paar Besorgungen zu machen. Unter anderem erwerbe ich eine Schachtel Schnapspralinen. Wie ich mit meiner Plastiktüte dem Ausgang zustrebe, kommt mir die Bechtl Marina entgegen, als hätte ihre Erwähnung durch meine Mutter neulich diese Begegnung heraufbeschworen. Ich erkenne sie sofort, auch wenn sie die Haare jetzt kurz trägt und irgendwas an der Farbe gemacht hat. Leider besteht keine Möglichkeit, noch irgendwohin auszuweichen. Mit der puren Freude in ihrem runden Gesicht strebt sie direkt auf mich zu, und ich hebe schützend und vorbeugend meine Einkäufe vor mir hoch, sollte sie auf die Idee kommen, mir um den Hals zu fallen.

»Berti, mei, wie schön!«

Ich verkneife mir, sie daran zu erinnern, dass wir während unserer kurzen gemeinsamen Zeit vereinbart hatten, meinen Vornamen nicht auf diese infantile Weise abzukürzen.

»Servus. Das ist ja ein Zufall. Wie haben dir die Eier geschmeckt?«

Für den Moment schaut sie mich verwirrt an, dann geht ihr ein Licht auf. »Ah, die von deiner Mama. Ja, Eier halt«, druckst sie rum.

»Genau, und weil es halt nur Eier waren, frag ich mich, wieso du den weiten Weg auf dich genommen hast, sie bei uns auf dem Hof zu holen, wo du sie doch hier im Ort an jeder Ecke gekriegt hättest.« Nicht umsonst, wohlgemerkt, aber das verkneife ich mir.

»Ja, aber nicht so frisch und von so glücklichen Hühnern, wie sie deine Mama hat«, redet sie sich raus.

Ich behalte die verbissene Miene bei.

»Und … na ja, ich wollte schon auch wissen, wie's dir so geht.«

»Weshalb du lieber meine Leut ausfragst, statt mich persönlich anzusprechen.«

Unsere Unterhaltung führt zu einem Stau im Zugang zum Supermarkt und zu einer Einkaufswagenkollision, die mürrische Kommentare in unsere Richtung nach sich zieht. Die Marina lässt sich davon nicht beirren und lächelt weiter stoisch. »Ich hab bloß gedacht, jetzt, wo ich endlich frei bin …«

»Ach, hat die Familienzusammenführung an Weihnachten nicht den erhofften Erfolg gebracht?« Ich wollte nicht so hart klingen, aber glaubt sie denn wirklich, sie könnte jetzt so mir nichts, dir nichts wieder bei mir landen? Auch das spreche ich nicht laut aus, weil mir der dezente Schimmer der Verzweiflung in ihren blaugrauen Augen nicht entgeht.

»Du, es tut mir leid, aber ich muss jetzt …«, sage ich und drängle mich zwischen zwei älteren Damen hindurch, die ungeschickt darum bemüht sind, ihre voll beladenen Einkaufswägen hinaus auf den Parkplatz zu schieben.

»Wir telefonieren dann, ja?«, ruft sie mir hinterher, und ich bereue es, nicht den Anbieter gewechselt zu haben, als ich die Gelegenheit dazu hatte.

Zu Hause angekommen, mache ich mir ein Bier auf und hocke mich aufs Sofa. Ich verdränge die Begegnung mit der Marina aus meinen Überlegungen und wühle mich durch mein Gedächtnis. Neben dem Tschechen Hlavac und dem Guru Ganske rückt ja wohl eindeutig die Veronika verstärkt in den Kreis der Verdächtigen. Ich glaub, der Grund für die ganze Sache ist Neid – oder von mir aus auch Gier, eine Gier, die ausreicht, um … ja, um was? Je länger ich ermittle, desto mehr schleicht sich bei mir der Verdacht ein, dass ich was übersehe. Da fliegt ab und an was durch mein Hirnkastl, das ich einfach nicht zu fassen kriege. Ich betrachte das Bier in meiner Hand, von dem ich nur einen Schluck getrunken habe, und stelle es weg. Manchmal hilft selbst ein Bier nicht weiter. Vor mir auf dem Tisch steht die Pralinenschachtel. Am besten, ich beginne den morgigen Tag mit einem Krankenbesuch.

NOPPEN

Die Schnapspralinen klemmen unter meinem Arm. Ich verstecke mich hinter dem Blumenstrauß, den ich schnell an der Tankstelle geholt habe, und schiebe mich in das Krankenzimmer. Drei Damen, allesamt um die siebzig, blicken erwartungsvoll zu mir auf. Zum Glück hat die Moserin einen Verband um ihren Kopf, sonst hätte ich sie gar nicht erkannt. Sie liegt am Fenster. Die Morgensonne scheint schön herein. Die warme Luft ist, weniger schön, von Gerüchen erfüllt, die ich im Detail nicht analysieren möchte. War ich vorhin noch am Hadern, ob Pralinen und Blumen nicht übertrieben sind, bin ich jetzt froh um das Nelkensträußchen. Ich halte mir die Blütenkelche direkt unter die Nase und durchquere den Raum.

»Servus, Frau Moser!«

Sie schaut mich an, dann wird ihr Gesichtausdruck panisch. »O mei, jetzt is so weit«, sagt sie und wird mit jedem Wort weinerlicher. »Wie's der Herr Doktor prophezeit hat. Die Amnesie kommt, die Amnesie! Ich erkenn die Leut nicht mehr.«

»Alles in Ordnung«, versuche ich sie zu beruhigen, bevor ihr Zustand in Hysterie umschlägt. »Sie brauchen mich ja gar nicht kennen, will sagen, ich bin kein Sohn oder Neffe, an den Sie sich erinnern müssten. Ich bin vom Amt.«

Die steife Haltung, in die der Schreck sie versetzt hat, löst sich, dafür beäugt sie mich nun kritisch. »Polizei?«

»So in etwa«, nuschle ich, gehe ums Bett herum und lege Blumen und Pralinen auf ihren Nachttisch, gleich neben das Glas, in dem ihre Zahnprothese ein Bad nimmt. Jeder Schritt und jede meiner Bewegungen werden nicht nur von der Moserin, sondern auch von ihren Bettnachbarinnen aufs Genauste verfolgt.

»Vasen gibt's im Schwesternzimmer«, rät die Alte, die das mittlere Bett beansprucht.

»Der Kollege, der gestern da war, hat mir nichts mitgebracht«, stellt die Moserin fest, schnappt sich sofort die Pralinen und deponiert sie auf ihrer Brust.

»Vasen gibt's im Schwesternzimmer«, werde ich erinnert.

»Gleich«, entgegne ich und versuche mein verständnisvolles G'schau beizubehalten. Die Moserin nestelt am Zellophanpapier herum.

»Soll ich helfen?«

Voller Misstrauen umklammert sie die Pralinenschachtel, wägt die Vor- und Nachteile meines Vorschlags ab und reicht sie mir dann.

»Ich hätte da noch so ein paar Fragen zu dem Überfall«, fange ich an, während ich jetzt selber mit der Folienverpackung kämpfe.

»Wo ist Ihre Uniform?«, fragt die Dame, die an der Tür liegt.

»Die wirklich wichtigen Beamten brauchen keine«, erkläre ich.

»Und der Dienstausweis? Erna, frag ihn nach dem Dienstausweis!«, zischt sie zu uns herüber. Aha, ein gebranntes Kind, denke ich. Oder sie schaut zu viel Aktenzeichen XY. Ich öffne erst in aller Ruhe die Pralinen, lege sie zurück auf die Bettdecke und hole dann meinen Ausweis von der Hygieneüberwachung heraus. Ich halte ihn für alle sichtbar in die Höhe, sodass Passfoto und Amtssiegel gut erkennbar sind und der Rest von meinem Daumen überdeckt wird. Der Alten an der Tür merke ich an, dass sie gerne genauer hingeschaut hätte, und wenn sie in der Lage gewesen, wäre, wäre sie wohl aufgestanden. Ich sehe keine Veranlassung, ihr entgegenzukommen.

Die Erna Moser blinzelt bloß und greift sich statt meines Ausweises lieber eine Schnapspraline aus dem Goldpapier. »Ich hab dem in der Uniform schon alles gesagt, was ich noch weiß. Auch wenn er mir nix mitgebracht hat«, fügt sie murmelnd an, bevor sie sich das Schokoladenteil zwischen die zahnlosen Kiefer schiebt.

»Der Kollege ist halt ein Stoffel«, sage ich und zwinkere ihr zu. »Wir haben uns gedacht, dass Ihnen von gestern auf heut noch was eingefallen sein könnte. Wegen der Amnesie, Sie wissen schon.«

Sie steckt ihren Zeigefinger unter den Verband und kratzt sich am Haaransatz, während sie schmatzend auf der Praline herumlutscht. Den Geräuschen nach zu urteilen, zuzelt sie erst mal den Weinbrand aus der Schokoummantelung, bevor sie antwortet. »Das ging alles so schnell, und er ist ja von hinten gekommen.«

»Sie weiß nix mehr«, ergänzt die Dame im Nebenbett.

»Aber, dass es ein Er war, da sind Sie sicher?«

Sie deutet auf ihre Nasenspitze. »Hab ich gerochen.«

Die Aussage verblüfft mich, und weil sie mir das ansieht, muss sie grinsen. »Die Augen sind schlecht, genauso die Ohren, aber riechen tu ich immer noch erstklassig. Und so wie der nach Schweiß gestunken hat, kann's nur ein Mannsbild gewesen sein.«

Gerochen, aber nicht gesehen. Das klingt verzwickt. Das hat der Lechner gar nicht erwähnt. Ich male mir aus, wie in diesem Fall eine Gegenüberstellung ablaufen könnte. Heben Sie bitte alle Ihren rechten Arm, damit das Opfer an Ihrer Achsel schnuppern kann.

»Ja, und sonst?«

»Denken'S fei an die Vase!«, erinnert mich die in der Mitte.

»Sonst war es so schnell finster, dass ich mich nicht mal mehr an den Schmerz erinnern kann.«

»Mit was wurden Sie eigentlich niedergeschlagen?«

»Vase«, insistiert die Bettnachbarin.

»Nein«, sagt die Moserin, »es war was mit Noppen.«

Vielleicht wäre es doch besser, den Arzt zu befragen. Nur würde der wahrscheinlich nicht so einfach auf meine Finte mit dem Dienstausweis hereinfallen.

»Jetzt hätte ich noch eine letzte Frage. Waren Sie die Putzfrau von der Helga Poschinger?«

Sie hört auf zu schmatzen und schielt hilfesuchend Richtung Mitte, aber die Alte dort interessiert sich einzig und allein für die Blumen, die auf dem Nachttisch vor sich hinwelken.

»Keine Angst, das bleibt unter uns. Das geht die Kollegen vom Finanzamt nichts an«, beruhige ich sie, weil mir gleich klar ist, woher das Misstrauen rührt.

»Also, ich … äh …«

»Schwarz«, sage ich hilfreich.

Sie nickt.

»Wie oft?«

»Einmal die Woch, vier Stunden.«

»Und so in letzter Zeit, hat sich die Frau Poschinger da irgendwie anders verhalten?«

»Was hat das jetzt mit dem Überfall auf die Erna zu tun?«, fragt die von der Tür. Sollte es zu einem weiteren Verhör kommen, zerre ich die Alte gleich in irgendeine Besenkammer, in der wir ungestört sind, denke ich. Revidiere die Besenkammer sogleich, weil das selbst gedanklich schon irgendwie verfänglich klingt.

»Der Poschingerin, der ist doch nicht auch was passiert?«, fragt die Moserin. »Hat er da auch zugeschlagen, der schwitzende Krüppel?«

Jack the Schwitzer. »Nein, nein«, wiegle ich ab, »alles nur Routinefragen. Also, war jetzt was mit der Frau Poschinger?«

»Mei, ich hab dort schon sauber gemacht, als ihr Mann noch gelebt hat. Gut, wenn ich so überleg, früher, da war sie lustiger. Vor allem, wie der Franz dann tot war. Da hat sie mir ab und zu auch ein Glaserl Sekt eingeschenkt.«

»Aber in letzter Zeit nicht mehr so?«, suggeriere ich.

»Ich bin ihr gar nicht mehr so oft begegnet. Laufend war sie unterwegs. Sie hat ja wieder einen gehabt … Eigentlich nicht nur einen«, korrigiert sie sich. »Sie, das bleibt aber unter uns, nicht dass die Frau Poschinger mitkriegt, wie ich über sie red. Gezahlt hat sie nämlich immer gut, und zu Weihnachten gab's immer einen Cognac, einen richtig teuren, nicht so einen billigen Fusel vom Aldi.«

»Und … die neuen Männer im Leben von der Frau Poschinger? Ich meine, kennen Sie da einen von denen?«

Sie schaut mich an. Fummelt eine weitere Praline aus der Verpackung. »Nur das, was die Mannsbilder so hinterlassen haben.«

»Flecken auf dem Spannbetttuch«, ergänzt die von der Tür.

So genau wollte ich es jetzt gar nicht wissen.

»Warum fragen Sie die Frau da, diese Poschinger, warum fragen Sie die denn nicht selbst?«, hakt die von der Tür nach.

Ich öffne schon den Mund, um zu antworten, als das neurologische Wunder geschieht. »Jetzt fällt's mir wieder ein«, stößt die Moserin hervor, wobei ihr Schokolade aus dem Mund spritzt und unschöne braune Flecken auf der Zudecke hinterlässt. »Die ist doch im Urlaub! Unten, bei den Schwarzen.«

»Bali«, kläre ich sie auf.

»Genau. Ich musste ihr deswegen noch ein paar Sachen aufbügeln, die mit in den Koffer sollten. Das war am …« Sie schnalzt mit der Zunge.

»Letzte Woche, Dienstag«, helfe ich aus.

»Ja, freilich, einen Tag bevor mich der Sauhund …« Plötzlich setzt sie sich auf. »Sauhund … Mei, der Hund, geht's dem gut?«

»Dem Beaver?«

»Um Gottes willen, ja.«

Was soll man einer Siebzigjährigen sagen, die mit einer Beule am Hinterkopf und Gedächtnislücken im Krankenhaus liegt? »Ja, freilich, alles in Ordnung mit dem Beaver«, lüge ich. »Aber noch mal zurück zu letzten Dienstag.«

»Dienstag?«

»Bei der Frau Poschinger.«

»Ah ja, g'stritten hat sie. Und wie die sich aufgeregt hat! Jetzt weiß ich's wieder. Da war nämlich noch einer da, so ein schwindsüchtiger Lackl. Ich mein', das war sogar ein Preiß!«

Krankenhäuser machen mich depressiv, weshalb ich froh bin, wieder draußen zu sein. Auch wenn der Besuch um einiges aufschlussreicher war, als ich mir erhofft hatte. Der Einbruch, der stinkt für mich mittlerweile sogar gegen den Wind. Die Moserin hat ihre Nichte damit beauftragt, die Wohnung zu inspizieren, nachdem sie selbst ja immer noch bettlägerig ist. Doch wie die Nichte zu berichten wusste, gibt es keine Anzeichen, das etwas weggekommen ist. Sogar das Geld unter der Matratze sei noch da, hat mir die Moserin hinter vorgehaltener Hand anvertraut, wieder sichtlich beruhigt. Dabei hat sie weiter ihre Pralinen gelutscht, ohne den beiden Damen in ihrem Zimmer auch nur eine anzubieten.

Ja, aufschlussreich war die Unterhaltung allemal, aber weiß ich jetzt wirklich mehr? Nach wem fahndet der Lechner? Nach einem Einbrecher, der stark schwitzt, alte Frauen niederschlägt und dann ohne Beute abzieht. Überhaupt, es steigt doch keiner bei einer ein, von der allseits bekannt ist, dass sie ihre schmale Rente nebenher mit Putzen aufbessert. Gut, sie hat einen Flachbildfernseher. Aber der, der mir bisher als Verdächtiger vorgeschwebt ist, kennt die Moserin. Und selbst wenn er trotzdem so vermessen gewesen wäre, hätte er den Fernseher ja wohl auf jeden Fall mitgehen lassen. Diese Sache ist genauso verworren wie das Verschwinden der Helga Poschinger. Und ob das Zufall ist, dass die eine für die andere das Haus putzt, das kann ich schon gar nicht glauben. Wieder stellt sich das Gefühl ein, dass ein entscheidender Hinweis schon irgendwie vorhanden ist, sich aber in dichtem Nebel versteckt.

Komisch, wie sich die Moser Erna plötzlich nach dem Hund erkundigt hat. Vielleicht hätte ich das nicht so einfach übergehen dürfen? Außerdem wollte ich doch noch was nachschauen, aber mir fällt nicht mehr ein, was.

Genugtuung verspüre ich vor allem wegen des guten Herrn Ganske. Niemand anderen kann die Moserin gemeint haben. Der Frieder, diese Blindschleiche, war am Tag vor Helgas vermeintlicher Abreise bei ihr im Haus. Nachdem ich gestern schon kräftig in die verdächtigen Wespennester gestochen habe, fällt mir ein, wo ich heute Abend weiterbohren kann.

Den Rest vom Tag verbringe ich in Wirtshausküchen, Lebensmittellagern und Kellern, auf der Jagd nach Ungezieferspuren und Vergehen gegen die Lebensmittelhygiene-Verordnung. Da ich einiges aufzuarbeiten habe, ist es schon arg spät, ehe ich mich wieder meinen Ermittlungen zuwenden kann. Ich mache mich auf den Weg und komme dabei zufällig am Peking vorbei. Dort scheint jede Menge los zu sein. Draußen haben sie eine ganze Batterie rote Lampions aufgehängt. Irgendwas ist da im Gange. Es ist noch nicht dunkel, weshalb die bunten Lichter keine rechte Wirkung erzielen, aber meine Aufmerksamkeit haben die Chinesen damit trotzdem. Nicht, weil ich ein Romantiker bin, sondern weil ich erneut an den Hund denken muss. Ich greife nach meinem Handy, rufe im Büro an und lasse mich zu dem Zuständigen vom Fahrdienst weiterverbinden.

»Wisniewski!«

»Habt ihr den Hund geholt?«

»Was für einen Hund?«

»Hallo? Die Anweisung! Ging gestern Morgen an euch raus!«

»Ich habe nichts gekriegt«, behauptet der Wisniewski, von dem ich nicht einmal weiß, wie der überhaupt ausschaut, geschweige denn, was das wieder für ein Doagaff ist. Ich trenne die Verbindung, weil mich jeder weitere Kommentar nur noch mehr ermüdet. Aber auch, weil ich mir gar nicht mehr sicher bin, ob ich die E-Mail nach dem Schreiben auch wirklich abgeschickt habe.

Vorerst fehlt mir auf jeden Fall die Zeit, mich um die Chinesen zu kümmern, und kaum habe ich unser Ortsschild passiert, habe ich auch schon andere Sorgen. Wieder hängt mir ein Motorradfahrer am Heck. Im Rückspiegel versuche ich zu erkennen, ob es derselbe ist, der mich vor ein paar Tagen so angegangen hat. Sicher bin ich mir erst, nachdem er keine Anstalten macht, mich auf freier Strecke zu überholen. Also gebe ich Gas. Er kann locker mithalten. Ich spüre eine Beklemmung in mir aufsteigen und schiele zu dem Durchschuss in der Seitenscheibe. Das Klebeband hat sich etwas gelöst und flattert im Fahrtwind. Zwar hat mein Verfolger keinen Bogen dabei und auch keinen Köcher umgeschnallt; trotzdem will ich nicht ausschließen, dass er derjenige ist, der auf mich gezielt hat. Was will die Drecksau von mir?

Es fehlt mir am Mut, anzuhalten und ihn zur Rede zu stellen. In Kasberg hätte ich abbiegen müssen, um ein ordentliches Stück abkürzen zu können, aber ich habe zu viel Schiss, die schmale, kaum befahrene Straße durch den Wald zu nehmen. Also bleibe ich bis Wegscheid auf der Hauptstraße. In dem größeren Ort nahe der österreichischen Grenze verliere ich ihn dann plötzlich, zumindest ist er so unverhofft verschwunden, wie er vor einer Viertelstunde aufgetaucht war. Erleichterung verspüre ich dennoch nicht.

Trotz des Umwegs bin ich früh genug dran. Ich bleibe noch eine Minute sitzen, weil mir nach wie vor die Knie zittern und ich gewissermaßen in der Befürchtung erstarrt bin, dass der Motorradfahrer jede Sekunde auf den Parkplatz vor dem Schützenhaus einbiegt. Hoffentlich schießen die da drin mit Gewehren und nicht mit Pfeil und Bogen.

Das Zittern lässt endlich nach. Mit einem tiefen Atemzug steige ich aus. Es stehen nur ein paar Autos herum. Ich erkenne den Volvo vom Ganske, und mir fehlt plötzlich die Motivation, ihn erneut mit meinen Vorwürfen zu konfrontieren, obwohl ich diese inzwischen mit weiteren, erdrückenden Erkenntnissen unterfüttern kann. Doch die Bedenken werden übermächtig. Habe ich mich zu weit vorgewagt? Immerhin hat jemand hat einen Pfeil nach mir geschossen.

Plötzlich wird mir zum ersten Mal so richtig bewusst, dass ich tot sein könnte.

Trotz der vorgerückten Stunde, ist es noch heiß auf dem Parkplatz. Der Schwindel, den die Angst hervorgerufen hat, verfliegt allmählich. Ich werde doch jetzt keinen Rückzieher machen? Schon gar nicht bei dem knochigen Preiß! Die Gröning-Jünger schießen nicht mit Pfeilen, sondern mit Heilstrom, sage ich mir, und das macht mir Mut. Außerdem kann ich hier nicht länger dumm rumsitzen. Mein Unterfangen drängt zur Eile. Ich will ihn erwischen, bevor die Leute kommen, denn ich verspüre keinerlei Bedürfnis, mir den ganzen Sermon noch einmal anzutun. Zudem weiß ich nicht, wie der Freundeskreis reagiert, wenn ich ihren Ortsgruppenleiter in die Mangel nehme.

Wie ich in den Veranstaltungsraum des Schützenhauses schlüpfe, ist dem Frieder sein Harem gerade dabei, Stuhlreihen zurechtzurücken. Blauäugig oder gottergeben – das kann man jetzt sehen, wie man will – rechnen sie mit einer Besucherzahl, die mir für dieses Kaff recht realitätsfremd erscheint. Selbst wenn man die Dörfer aus der Umgebung noch mit einbezieht. Die meisten Anwohner sind um diese Zeit im Stall, beim Melken oder Füttern. Ich zähle sieben Helferinnen. Zusammen mit den fragwürdigen Referenten dürfte der Aufmarsch der Heilstromverfechter bezogen auf ihre zu erwartenden Gäste diesmal in der Überzahl sein. Auch der Zangenfein ist wieder dabei. Wie es ausschaut, hat er heute was vorbereitet, denn er steht hinter einem Rednerpult und liest konzentriert in einem Manuskript. Oder in dem, was auch immer dort vor ihm liegt. Die Apothekenumschau, der Playboy oder eine andersgeartete Fachzeitschrift. Ich erkenne auch die angeblich Geheilten wieder, die zuletzt in der Linde ihre Berichte zur Rekonvaleszenz zum Besten gegeben haben. Die abgerissenen Gestalten hier wiederzusehen macht diese ganze Veranstaltung zu einer abgekarteten Inszenierung.

Kaum hat mich der Ganske erblickt, kommt er unverzüglich auf mich zugestakst. »Sie sind zu früh, Herr Fellinger!«

»Kann man jemals zu früh dran sein, wenn es um die Seelenrettung geht?«, frage ich dumm zurück.

Offensichtlich ist er darauf bedacht, die Auseinandersetzung unter vier Augen mit mir zu suchen, denn er drängelt mich mit kleinen Schritten wieder zur Tür hinaus. Auf dem Gang stinkt es nach Schießpulver. Zumindest bilde ich mir das ein.

»Was wollen Sie?«, fährt er mich an.

»Sie haben mich verpetzt, bei den Bullen«, fällt mir ein. »Daher frag ich mich, warum Sie sich eigentlich so durch mich belästigt fühlen?«

»Verpetzt! Das ist vielleicht nicht ganz der passende Begriff«, spielt er seine Beschwerde beim Lechner schmallippig herunter. Er späht über seine Schulter zurück. Aus dem Veranstaltungsraum ist das schrille Pfeifen einer Rückkopplung zu hören. Offenbar ist wieder esoterische Beschallung geplant.

»Was sind Sie denn so nervös?«

»Ich und nervös?« Er lacht in mildem Spott. »Es ist immer aufregend, unbedarften Menschen die Heilslehre von Bruno Gröning nahezubringen. Aber nervös, nein, dazu gibt es keinen Grund.«

»Ich mein, schon. Nicht wegen Ihrer Werbeveranstaltung hier, aber womöglich weil Sie am Tag vor Helgas Abreise noch bei ihr waren und das bislang mit keinem Wort erwähnt haben.«

»Warum auch! Wie ich bereits bei unserer ersten Begegnung feststellte, bin ich Ihnen keinerlei Auskünfte schuldig.«

»Mag sein, doch die Polizei wird es sicherlich interessieren, wenn ich von dem Streit berichte, den Sie letzten Dienstag mit der Frau Poschinger hatten.«

»Streit! Ich bitte Sie, Herr Fellinger, Sie reimen sich da was zusammen. Das ist genau so ein Unsinn wie Ihre Behauptung, Helgas Tochter hätte irgendwelche Finanzen geregelt.«

»Ich hab eine Zeugin.«

»Zeugin? Für was?«

»Dass Sie im Haus waren und sich mit der Helga gestritten haben. Und ich kann Ihnen auch sagen, um was es ging«, kündige ich an, auch wenn die Moserin rein gar nichts von der Auseinandersetzung verstanden hat. Die Tür zum Bügelzimmer war leider zu, und die extra aufzumachen, um den Streit besser mitzukriegen, das hat sie sich angeblich nicht getraut. »Sie haben sie bedrängt«, führe ich weiter aus und komme dabei so richtig in Fahrt. »Helga sollte vor ihrer Abreise zum Notar und Änderungen im Testament zu Ihren Gunsten durchführen lassen. Kurzfristig hat sie es sich dann anders überlegt, weil Sie von ihrer Ärztin erfahren hat, dass der Heilstrom komplett für den Arsch war. Und nicht nur das, sie hat auch umgebucht, hatte keinen Bock mehr auf einen karitativen Einsatz in Indien und wollte sich stattdessen Erholung auf Bali gönnen. Ich nehme an, auch das hat sie Ihnen an den Kopf geworfen, woraufhin die Diskussion von Ihrer Seite her eskaliert ist. Sie haben die Nerven verloren.«

»Und das alles will ihre angebliche Zeugin gesehen haben?« Er ist aufgebracht, doch dann scheint er einmal tief durchzuatmen, und die schrille Färbung in seiner Stimme verliert sich. Er kehrt zu seinem sonoren Predigertonfall zurück. »Reden Sie womöglich von dieser Putzfrau? Sie sind so lächerlich, Herr Fellinger! Hat diese Frau Moser Ihnen etwa gesteckt, dass ich ihre Arbeitgeberin um die Ecke gebracht haben soll? Basiert darauf Ihr ganzer Verdacht? Warum um alles in der Welt – und wenn ich ohnehin schon dabei war – habe ich dann die Putzfrau nicht gleich mitgemeuchelt?«

Ich pumpe Luft in meine Lunge. »Sie haben zu spät bemerkt, dass es eine Zeugin gab. Deshalb sind Sie in der Nacht drauf bei der Frau Moser eingestiegen, haben Sie abgepasst und auf sie eingeschlagen, in der Absicht, die lästige Zeugin zu beseitigen.«

»Offensichtlich nicht fest genug, sonst müsste ich mir jetzt nicht so einen Unsinn anhören.«

Ohne ihn aus den Augen zu lassen, spreche ich einen Gedanken aus, der sich eben eingestellt hat. »Bis grad eben dachte ich wirklich, Sie haben im Affekt gehandelt. Aber jetzt wird mir klar, Sie haben eiskalt und schnell geschaltet und sich Ihre Chancen genau ausgerechnet. Die Reise stand bevor, niemand würde die Frau Poschinger vorerst vermissen. Es hätte klappen können, Herr Ganske. Sie wären ebenfalls nach Indien gereist und hätten später davon berichtet, wie Ihre liebe Helga dort einem tödlichen Unfall erlegen ist oder einer ansteckenden Krankheit. Von mir aus auch einem Schlangenbiss. In Indien hätten Sie das alles vielleicht vertuschen können, wenn genug Zeit ins Land gegangen wäre, auch wenn Sie hätten bangen müssen, dass die Umbuchung nach Bali ans Licht kommt. Ja, es hätte klappen können. Dummerweise hat der Hund Ihnen die Sache verbockt.«

»Der Hund?«

»Da die Helga dank Ihrem Zutun nicht mehr fähig war, den Beaver in die Hundepension zu bringen, wäre der Verdacht entstanden, dass sie überhaupt nicht abgereist ist. Es blieb Ihnen also nichts anderes übrig, als auch den Hund zu beseitigen. Und dabei ist er Ihnen wahrscheinlich entwischt. Auch wenn er nicht weit gekommen ist. Nur bis zur nächsten Kreuzung. Dort wurde er dann überfahren. Entweder von einem anderen oder von Ihnen selber. Blöd für Sie war nur, dass jemand vorbeikam und den Hund eingeladen hat, bevor Sie auch noch diese Spur verwischen konnten. Dieses vermeintliche Missgeschick hat ausgereicht, um mich auf Ihre Fährte zu führen.«

Zugegeben, meine Theorie ist mit heißer Nadel gestrickt. Der Ganske kaut trotzdem auf seiner Oberlippe herum. »Aber überlegen Sie doch mal! Wenn die Helga ihr Testament nicht zu meinen Gunsten geändert hat, dann macht es doch gar keinen Sinn, sie um die Ecke zu bringen.«

Da hat er natürlich recht, darüber bin ich auch schon gestolpert. »Testament hin oder her, Sie waren in Rage, da gehen einem schnell mal die Gäule durch.«

Der Ganske schüttelt störrisch den Kopf. »Sie können so viele hanebüchene Theorien aufstellen, wie Sie wollen, Herr Fellinger. Ihnen fehlt jedes Mal ein entscheidendes Detail. Nämlich die …«

»… Leiche«, vollende ich und folge seinem Blick über meine Schulter. Hinter mir steht der Zangenfein mit ein paar Zetteln in der Hand.

»Leiche?«, fragt er. »Meine Herren, ist alles in Ordnung?«

Der Ganske wirkt verlegen. »Selbstverständlich«, murmelt er, womit sich der Apotheker mir zuwendet.

»Herr Fellinger, es freut mich, dass wir Sie für das großartige Wirken von Bruno Gröning begeistern konnten. Das ist ja auch nur zu begreiflich. Mir ging es ähnlich, nachdem ich zum ersten Mal auf das Wunder des Heilstroms gestoßen bin. Weiter so, mein Guter, weiter so!«

Offenbar hat er die Erwähnung der Leiche bereits wieder vergessen, oder er ist so geblendet von seinem Guru, dass daneben alles andere unwichtig wird. Man sollte doch meinen, ein Mann mit seiner medizinischen Ausbildung würde ein wenig mehr Vernunft an den Tag legen. Ich schreibe es der Alterssenilität zu, dass er in die Fänge dieses obskuren Kreises geraten ist.

»Ich habe die Vereinbarung gelesen und gleich unterzeichnet, Frieder«, erklärte er nun Ganske, der daraufhin einen nicht zu übersehenden Glanz in die Augen bekommt, gepaart mit einem Zug Peinlichkeit um seine schmalen Lippen, die meine Anwesenheit hervorruft. »Der Verkauf der Apotheke wird dem Freundeskreis das nötige Kapital bringen.«

»Na, da passen Sie mal lieber auf, Herr Zangenfein, dass es Ihnen nicht so ergeht wie der Frau Poschinger, falls Sie es sich doch noch anders überlegen«, werfe ich in die Runde und fixiere den Ganske. »Da haben Sie ja ruckzuck einen – wenn auch weitaus weniger attraktiven – Ersatz für die Poschingerin gefunden. Aber seien Sie versichert, Herr Ganske, Sie kommen nicht davon!«

PFLAUMENSCHNAPS

Die Schachfiguren sind positioniert, und ich kann jetzt nur abwarten, wer den verhängnisvollen Zug macht, der dieses subversive Spiel entscheidet. Subversiv. Ich mag dieses Wort, auch wenn es in diesem Fall vielleicht etwas zu hoch gegriffen ist. Hinterhältig passt besser, aber subversiv springt einfach besser über die Zunge, wenn man es laut ausspricht, und es verkantet sich nicht in den Gehirnwindungen, wenn man es vor sich hindenkt.

Während ich heimfahre, überkommt mich wieder der Bammel. In diesem Spiel wird über Leichen gegangen, auch wenn noch keine wiederaufgetaucht ist. Der Beaver mal ausgenommen. Aber dass da noch mehr kommen, daran zweifle ich nicht. Durch mein Gespräch mit dem Ganske ist mir allerdings deutlich geworden, dass ich mir bislang zu wenig Gedanken darüber gemacht habe, wohin man die tote Helga Poschinger geschafft hat. Ich kann nicht einmal abschätzen, wo der vermeintliche Tatort sein könnte.

Es hilft alles nichts, ich muss jetzt endlich den Lechner überzeugen, dass er in dieser Sache tätig wird. Die Spurensicherung muss her und, und, und. Für mich dürfte mit dieser erneuten Provokation die Zeit der Einschüchterung zu Ende sein. Es wird dem Täter nicht mehr genügen, dass mir ein schwarz gekleideter Motorradfahrer folgt oder jemand aus dem Hinterhalt einen Pfeil gegen mein Auto schießt, während ich direkt daneben stehe. Ich halte hier meinen Kopf hin für etwas, was längst in den Händen der Kripo sein müsste.

Angesäuert fahre ich in den Ort hinein und wieder am Peking vorbei. Dort ist die Party nun voll im Gange. Ich biege auf den Parkplatz ein. Es gibt keine freie Stellfläche mehr, bloß viele fremde Nummernschilder aus allen Teilen Deutschlands, also parke ich direkt vor den Löwen, die im sanften Licht der Lampions erstrahlen. Chinesische Volksmusik schallt mir entgegen. An der Tür hängt ein Schild, das auf eine geschlossene Gesellschaft hinweist. Familienfest, denke ich, die Verwandtschaft aus Wuwei. Mir schwant Fürchterliches.

Es gibt keine Türsteher, also gehe ich einfach rein. Alle Tische sind besetzt. Es ist laut. Niemand verstummt. Die Leute sind so mit dem Essen beschäftigt, dass ich nicht groß bemerkt werde, obwohl ich der einzige Europäer im Raum bin. Die Tische hat der Luang zu langen Tafeln zusammengestellt, und dort sitzen sie, in vier Reihen wie in einer Kantine. Alle Männer im Anzug, dunkelblau oder schwarz, weißen Hemden und Krawatten. Die Frauen tragen asiatische Kleider. Seide mit Goldornamenten. Aufwändige Hochsteckfrisuren mit eingeflochtenen Blumen oder Plastikschmetterlingen. Und auch sonst Plastik überall. So farbenprächtig und kitschig, dass mir die Augen wehtun. Ich orientiere mich gerade Richtung Theke, da steht plötzlich der Herr Luang vor mir.

»Hell Fellingel, oh, ah, Pflaumenschnaps?«

Ich hab das Gefühl, er hat schon einen sitzen. Ich schüttle den Kopf.

»Aba heute nix Kontlolle?«, fragt er darauf, schon eine Spur zurückhaltender. »Heute plivat Fest.«

»Wo ist der Hund?«

Er lächelt verlegen und linst hinüber zu dem ausladenden Büfett, das an der Wand entlang aufgebaut ist. Platten mit Frühlingsrollen, Wan Tan, Dim Sum, Töpfen mit dampfenden Suppen, Edelstahlbehälter mit Reis. Ente, Huhn, Shrimps und Fisch, frittiert oder gebacken. Süßsauer und scharf. Mittendrin, unter all den kunterbunten, duftenden Kostbarkeiten, steht da ein großes Silbertablett, auf dem locker zwei Spanferkel Platz finden könnten. Und da liegt er, am Stück, aber sauber vortranchiert. Knusprig schaut er aus. Zumindest das, was noch von ihm übrig ist.

REISWEINRAUSCH

Das Gedudel macht mich wahnsinnig. Dazu das Stäbchengeklapper und die hundert Stimmen in dieser bellenden Singsangsprache. Wie im Nebel gehe ich hinüber zur Festtafel, den Herr Luang an den Fersen. Mir drängt sich ein ziemlich dämliches Gefühl von Sentimentalität auf. Daheim hatten wir seit jeher Tiere und immer auch einen Hund. Für mich war und ist das normal. Die Bindung zu einem Ferkel oder einer Katze, von denen es für gewöhnlich einige auf unserem Bauernhof gab, war nie besonders eng. Warum auch? Erstere wurden irgendwann verspeist, und die Katzen hatten die Aufgabe, Mäuse zu fangen und sich vom Hund jagen zu lassen. Nur den Wacki, den mag ich wirklich, das ist ein wahrer Freund.

Irgendwie habe ich auch den Beaver lieb gewonnen in den vergangenen Tagen. Und obwohl ich ihn ja eigentlich nur gefroren und gehäutet kenne, finde ich, so hätte er einfach nicht enden dürfen: durchgegart und mit Schnitzgemüse garniert. Unverhofft überschwemmt mich Traurigkeit. Und ein Schuldgefühl, dass ich ihn nicht habe retten können. Was natürlich ein Schmarrn ist, denn zu retten war er ja eh nicht mehr. Trotzdem macht mir sein Anblick schwer zu schaffen. Ich schaue den Luang an, der mit einem Dampf im Gesicht neben mir steht und verlegen lächelt.

»Wäl schad dlum g'wesen«, sagt er.

Ich müsste eine Stinkwut auf ihn haben, schaffe es aber nicht, ihm böse zu sein. Schon gar nicht, wenn er versucht, bayerisch zu sprechen.

»Bring mir ein Bier!«

»Tsingtao?«

»Hacklberger?«

»Ladebelgel?«

»Gibt's was, was nicht aus dem Osten kommt?«

Der Luang schüttelt den Kopf und verbeugt sich dabei ein wenig. Offensichtlich ist es ihm unangenehm, dass er seinem Gast den Wunsch nach einem g'scheiten niederbayerischen Bier abschlagen muss. Plötzlich fühle ich mich müde und unfähig, noch länger Widerstand zu leisten. »Tsingtao!«, sage ich, weil ich weiß, dass dahinter die Fachkenntnisse eines bajuwarischen Braumeisters stecken. Mit Mühe schleppe ich mich zu einem frei gewordenen Stuhl an der Tafel, die dem Büfett am nächsten steht. Die Chinesen unmittelbar um mich herum hören mit dem Essen auf. Die Unterhaltungen, die sie ungeniert mit vollem Mund führen, geraten ins Stocken. Ich werde gemustert. Kurz kommt mir der Gedanke, ob in China wohl auch menschliches Gehirn auf der Speisekarte steht. Natürlich nur für den Fall, dass man sich ethisch so tief sinken lassen möchte und das nötige Bargeld mitbringt.

Dann ist der Luang zurück und reicht mir die grüne Flasche, die kühl in meiner Hand liegt. Ich proste meinen Tischnachbarn zu, setze das Bier an und nehme ein paar kräftige Züge. Diese Geste dient den Chinesen als Aufforderung, mit dem Stäbchengestocher in ihren Reisschälchen fortzufahren und die unterbrochenen Gespräche wiederaufzunehmen. So schnell ist man integriert.

»Der Cousin, ist der auch da?«, frage ich den Luang, der immer noch unbeholfen neben mir steht.

»Cousin?«

»Der Hundekiller?«

»Ah, Tian, nix Killel, nul aufgehoben tote Hund. Sie mil müsse glauben, Hell Fellingel. Und jetzt, Sie sehen! Wil ehlen edele Tiel mit aufessen alles. Sehl leckel. Wolle plobielen?«

»Leck mich am Arsch, Luang!«, sage ich. »Wo ist der Tian?« Das Bier hat mir neue Energie verliehen. Ich recke meinen Hals und suche die Tischreihen ab, obwohl ich den Mann gar nicht kenne. Und selbst wenn? Unter der Vielzahl von Pfannkuchengesichtern den einen Verdächtigen rauszufiltern ist für uns Langnasen ohnehin unmöglich. Der Luang legt seine Hand auf meine Schulter und dreht mich sanft in die Richtung, in der besagter Cousin hockt. Zudem deutet er mit dem Finger an das Ende der Tischreihe.

Wenn er den meint, der mir dort ins Auge fällt, dann ist es mit Abstand der angetrunkenste Chinese im ganzen Lokal. Cousin Tian ist ein junges Bürscherl mit Bürstenschnitt und Pickel um seine platte Nase. Er hat einen dermaßenen Reisweinrausch, dass mir vom Hinschauen schon schwindlig wird. Im ewigen Kampf mit Gleichgewicht und Schwerkraft hat er arge Schwierigkeiten. Senkrecht auf dem Stuhl zu sitzen stellt sichtlich eine Herausforderung dar. Und während er sich darum bemüht, versucht er gleichzeitig wie besessen seine Linke in den Ausschnitt seiner beleibten Tischnachbarin zu schieben, welche die aufdringliche Hand immer wieder wegstößt, ohne dabei eine Miene zu verziehen. Vielmehr wirkt sie, als würde sie beiläufig eine Mücke verscheuchen. Die Männer um Tian herum scheinen sich über dessen anstößiges Verhalten köstlich zu amüsieren. Wenn ich ihr Bellen richtig interpretiere, feuern sie ihn sogar dazu an. Die Damen, die dazwischensitzen, kichern verschämt in ihre vorgehaltenen Hände.

Ich trinke den Rest des chinesischen Biers und stehe auf. Das bringt den Luang heute in keiner Weise aus dem Konzept. Vielleicht sollte er künftig auch dann ein paar Stamperl Reiswein kippen, wenn ich in offiziellem Auftrag sein Restaurant inspiziere. Am Tischende angekommen, schnapp ich mir den Tian und zerre ihn am Kragen auf die Beine. Stehen kann er nicht mehr. Allerdings ist er so klein und schmächtig wie ein Zwölfjähriger kurz vor der Pubertät, weshalb es mir nicht schwerfällt, ihn in der Senkrechten zu halten.

»Wir reden jetzt über letzten Dienstag! Von dem Tag, an dem du den leckeren Festtagsbraten besorgt hast«, zische ich ihm ins Ohr.

Er verdreht die Augen in meine Richtung, lacht aber nach wie vor munter weiter. »Sauba«, sagt er, astrein wie ein Niederbayer.

»Das wird sich zeigen. Gehen wir frische Luft schnappen!« Ich schiebe ihn Richtung Ausgang. Die Dicke, die das lästige Insekt damit los ist, lächelt mir freundlich nach und klimpert dabei mit ihren aufgeklebten Wimpern.

»Er kommt gleich wieder«, erkläre ich dem Luang, der nun doch ein wenig besorgt dreinschaut. Allen anderen

Gästen, die zu Ehren des Familienbesuchs aus Wuwei an dem Gelage teilnehmen, scheinen von meinem Auftritt nichts mitzubekommen oder interessieren sich schlichtweg nicht dafür, wieso Cousin Tian von mir abgeführt wird.

Die angenehme Kühle der Nacht verscheucht den Rest von Benommenheit, die mich kurzzeitig befallen hatte. Der Tian findet es immer noch lustig, er lacht sprichwörtlich wie der Narr um die Semmeln, wie man bei uns sagt. Getaucht ins rote Licht der Lampions, lehne ich ihn gegen einen der Plastiklöwen.

»Du erzählst mir jetzt genau, wie das war mit dem Hund!«

Er schaut mich an, wie wenn ihm erst in diesem Moment auffällt, dass seine linke Hand nicht mehr im Ausschnitt von der Frau mit der Sumoringerstatur steckt.

»Die hätte dich eh zerdrückt! Konzentrier dich jetzt auf den Hund!«, ermahne ich ihn eindringlich.

»Sauba«, wiederholt er, und für eine Sekunde befürchte ich, dass sein bayerischer Wortschatz damit schon erschöpft ist.

»Du hast dem Luang den Hund gebracht, und ich will jetzt vermaledeit noch einmal wissen, ob du ihn auch überfahren hast!«

Der Vorwurf macht ihn noch eine Spur nüchterner, und er schüttelt seinen runden Kopf, dass ich meine, die Ohren fliegen ihm davon. »Ich hab gebremst«, sagt er, »der andere nix.«

»Welcher andere?«

»Na der, der fährt über Hund, vorne an Kreuzung.« Er deutet die Straße hoch, dorthin, wo ich am Freitag nach verdächtigen Spuren Ausschau gehalten habe. »Zuerst kommt Hund aus Straße gelauft wie getroffen von Blitz, danach Auto. Ohne Licht, dabei schon dunkel. Sakrament, Hund hat kein Chance.«

»Also Absicht?«

»Volle Kanne Absicht, Himmelherrgott. Hund fliegt über Straße, genau vor mein Kühler. Zum Glück ich schon gehalten, so Hund bleibt am Stück. Ist besser für Zubereitung auf Grill, verstehst?«

Da wird so ein süßer Hund überfahren, und alles, woran der Chinese denkt, ist Fressen. Was ist das für eine Kultur? »Und der andere?«, frage ich und muss mich beherrschen, um nicht zu schreien. Mir kommt es vor, als hätten sie drinnen die nervenaufreibende Klingklangmusik noch lauter gedreht.

»Fährt davon, ohne bremsen, baba!«

»Baba? Das war's?«

Tian zuckt mit den Schultern. »Was soll i machen, Hund liegt tot vor Auto, ich kann nix fahren weiter.«

»Und dann hast du ihn vorsichtshalber mitgenommen, schon klar. Man hätte aber auch die Polizei rufen können!«

Dieser Hinweis führt dazu, dass der Tian wieder laut auflacht, so sehr, dass er das Gleichgewicht verliert. Der Plastiklöwe bietet keinen Halt, und er setzt sich auf den Hosenboden, ohne dass sein Kichern aufhört. Ich denke an den Kronawitter und kann Tians Reaktion auf meinen Hinweis mit der Polizei plötzlich nachvollziehen.

»Hast du wenigstens erkannt, was das für ein Auto war, das den Hund überfahren hat?«

Mit seinen Händen zeichnet er ein Viereck in die Nachtluft. »Groß.«

Groß? Was ist denn das für eine Beschreibung? »Ein Kastenwagen?«

Kopfschütteln. Dann tut er so, wie wenn er ein Lenkrad in der Hand hält und rüttelt mit seinen Fäusten, ohne jedoch sein Giggeln unter Kontrolle zu bekommen. Wenn jetzt zufällig jemand vom Psychiatrischen Dienst vorbeifährt, die nehmen den ungefragt mit.

»Geländewagen?«, rate ich weiter.

»Sauba«, antwortet der Tian und lacht.

Nach der Farbe brauche ich nicht fragen, da es dunkel war. Ich spüre schon, wie sich bei mir wieder Resignation anschleicht, da verstummt der kleine Chinese abrupt.

»Scheiß-Tschech«, speit er mir entgegen, und für einen Moment glaube ich, der meint mich.

»Tschech?«

»Kennzeichen«, sagt er und deutet mit dem Kopf Richtung Osten.

SCHAFKOPFEN

Ein Tscheche!

Immer noch kann ich nicht so recht glauben, dass ich aus dem besoffenen Chinesen so einen entscheidenden Hinweis rausquetschen konnte. Ein Tscheche. Himmelherrgott. War ich also von Beginn an auf der richtigen Fährte?

Während ich Richtung Ortskern fahre, spiele ich alle Möglichkeiten durch. Ein Tscheche? Die Information vom Tian kann doch nur eins bedeuten!

Oder auch nicht, meldet sich der Skeptiker. Ja, auch der kommt manchmal zu Wort. Und recht hat er. Wir haben genug Tschechen, die bei uns herüben rumfahren.

Trotzdem. Das kann kein Zufall sein, zumal der Geländewagen aus der Straße kam, in der die Poschinger-Villa steht, sofern ich der Aussage von dem Rauschgesicht Glauben schenke und davon ausgehe, dass er letzten Dienstag nüchtern war. Zumindest nüchtern genug, um Auto zu fahren und rechtzeitig zu bremsen, wenn ein Hund aus einer Einfahrt gelaufen kommt. Was immerhin ein gewisses Reaktionsvermögen voraussetzt.

Ich stelle meinen Wagen hinter der Kirche ab, an der Friedhofsmauer, wo ich üblicherweise parke, und wähle die Nummer vom Lechner. Mir ist klar, er hat Feierabend, aber das kann nicht warten. Der Lechner scheint da anderer Meinung zu sein, weil er nicht ans Handy geht. Also mache ich etwas, was ich ungern tue. Ich rufe bei ihm daheim an. Nach dem vierten Läuten nimmt seine Frau ab.

»Servus, Klara, ist der Sepp da?«

»Hallo, Berthold«, begrüßt sie mich. »Schön, dass du dich mal wieder meldest.«

Jetzt bloß kein Small Talk. »Ja, gell. Ist halt immer so viel los.« Anstandshalber frage ich dann doch, wie es ihr geht. Die Auskünfte über ihr Wohlbefinden und das der beiden Kinder ziehen sich über fünf Minuten hin, in denen es mir nicht gelingt, auch nur ansatzweise etwas anderes als Aha und Mhm einzustreuen.

»... und das mit dem Reisegutschein, das weißt du ja bestimmt schon? Mei, Berthold, ich kann dir gar nicht sagen, wie ich mich freu. Endlich ist mal wieder ein schöner Familienausflug in Aussicht.«

Das hat der Lechner sich aber anders ausgerechnet, denke ich, betone aber, wie sehr ich mich für sie mitfreue. »Du, könnte ich jetzt doch kurz den Sepp ...?«

»Ah, der Sepp, ja, du, der ist gar nicht da.«

Scheißdreck. »Einsatz?«

»Schafkopfen.«

»Schafkopfen! Ja, bei wem?«

»Du, das hat er jetzt gar nicht g'sagt. Die übliche Runde, hat er gemeint.«

Die übliche Runde. Wenn ihr in dem Moment auffällt, dass ich dieser üblichen Runde ebenfalls angehöre, lässt sie es sich nicht anmerken. »Ja, dann«, sage ich, »dann schau ich mal, wo sie zusammenhocken. Gute Nacht, Klara!«

Ich lege auf, bevor sie noch was erwidern kann. Der Lechner. Beim Schafkopfen. Ohne mich! Das stinkt saumäßig und frisch geodelt gen Himmel!

Nachdenklich steige ich aus und sehe den Kerl im selben Moment gegenüber auf der Bank vor der Gedächtnisstätte der Kriegsopfer flacken. In dem ganzen Trubel der letzten Tage habe ich den elendigen Hundsstumpn ganz vergessen, der mich im Poschinger-Garten über den Haufen gerannt hat. Und mit einem Mal hockt er da unter der Straßenlaterne, in seinen speckigen Parka gehüllt, eine Bierflasche zwischen die Oberschenkel geklemmt, und bröselt Tabak auf ein Zigarettenpapier. Wie er mich auf sich zukommen sieht, zuckt er kurz zusammen, wodurch ihm die Hälfte des Verschnitts vom Papier hüpft. Er flucht leise. Ich bin einfach froh, dass er keine Anstalten macht zu türmen. Aber da hätte er ja die frisch angetrunkene Halbe stehen lassen müssen.

»He, Fellinger!«, kommentiert er mein Erscheinen, mit unüberhörbarem Zungenschlag.

»Da schau her, der Aschenbrenner«, sage ich.

Sichtlich nervös gibt er das mit dem Selberdrehen auf, stopft alles zurück in den Tabakbeutel und fährt sich mit seinen gelb verfärbten Nikotinfingern verlegen durch die zerzauste Lockenpracht. Eingefallen und gichtig schaut er aus und zwanzig Jahre älter, als er eigentlich ist. Ja, jeder Ort hat seinen Ganoven, und bei uns ist das halt der Aschenbrenner Max. Mehrfach hat er schon eingesessen. Wegen diverser Klein- und Kleinstdelikte, Schlägereien, Sachbeschädigung, Fahren ohne Fahrerlaubnis, lauter so

Kram halt, bei dem sich andere nicht erwischen lassen. Aber weil das beim Aschenbrenner alles immer im Suff passiert, kommt er seltener davon. Und Bewährung kriegt er schon lang nicht mehr, egal was er anstellt. Seine Affinität zum Alkohol hat ihm auch zu seinem Spitznamen Texmäx verholfen, unter dem er in der Gegend bekannt ist. Nicht etwa, weil er aus Texas stammt oder sonst irgendwie cowboymäßig unterwegs wäre. Es ist vielmehr wegen dem *Texas Chainsaw Massacre*. Ganz so arg wie in dem Horrorfilm hat es der Aschenbrenner freilich nicht getrieben, und es war jetzt auch nicht direkt in Texas, sondern in Jandelsbrunn. Außerdem ist das Texmäx-Massaker jetzt bestimmt auch schon zehn Jahre her. Damals hockte der Aschenbrenner im Discostadel in Jandelsbrunn, und zwar – wie könnte es anders sein – mit einen Mordstrumm Rausch in der Lätschn. Tatsächlich mit einer derartigen Granate, dass sogar der Stadelwirt ihm nicht noch ein Bier hat ausschenken wollen. Das hat den Max dermaßen gegrämt, dass es ihm nicht zu blöd war, trotz Vollrausch die fünfzehn Kilometer heimzufahren, um seine Kettensäge zu holen. Und weil seine Wut auf den Stadelwirt auch während der Rückfahrt nicht verraucht ist und der Promillewert nur mäßig nachgelassen hat, ist er mit röhrender, wild über dem Kopf schwingender Säge in den Tanzschuppen gestürmt und hat dort vor johlendem Publikum die Bar auseinandergeschnitten. Ein Vorfall, der ganz allgemein zeigt, dass der Niederbayer wegen seiner infantilen Reaktion auf vermeintliche Nichtigkeiten durchaus noch zu den Naturvölkern gezählt werden darf.

»Bemüh dich nicht!«, sage ich und rutsche zu ihm auf

die Bank, was ihm merklich unangenehm ist. Weshalb ich auch gleich zum Thema komme. »Was hast du letzten Freitag bei der Poschingerin gewollt?«

Erst muss er einen Schluck trinken, bevor er antworten kann. »Hab einen Auftrag g'habt.«

»Zu was?«

»Bäume schneiden«, behauptet er.

»Bäume schneiden. So, so. Und wozu die Sturmhaube?«

»Mei, Fellinger, wegen dem Laub und den Spänen. Das hab ich doch sonst alles in den Haaren.«

Wie wenn das nicht komplett egal wäre, bei dem Vogelnest, das er auf dem Schädel hat.

»Ich hab da fei eine ganz andere Theorie, und ich möchte wetten, die interessiert auch den Lechner«, gebe ich ihm zu verstehen.

»Mei, Fellinger, geh weiter, es war ja nix!« Jetzt verfällt er ins Jammern.

»Das könnt auch so bleiben, Tex«, sage ich. »Das heißt, falls du mit ein paar Auskünften rüberkommst!«

»Auskünfte?«, fragt er.

»Auskünfte«, bestätige ich. »Zum Beispiel, woher du wusstest, dass die Poschinger-Villa leer steht?«

»Hab ich das g'wusst?«

»Ja, das hast du, weil sonst hättest du nicht das Wagnis auf dich genommen, dort einzubrechen. Am helllichten Tag und egal wie besoffen du warst.«

»Also, einbrechen, weißt, Fellinger, das klingt jetzt ein bisserl hart … Ich hab mich doch bloß umgeschaut«, stammelt er.

»Umgeschaut, aha, und weiter? Da muss es doch einen

Anlass gegeben haben, dass du gemeint hast, du könntest dich dort so ungesehen umschauen?«

»Ja, mei, Fellinger«, druckst er rum. »Ich hab halt aufg'schnappt, dass die Poschingerin in Urlaub geht, und gemeint …«

»… du überzeugst dich gleich mal selber davon, dass dem so ist? Verstehe! Und ab wann genau hast du dich davon überzeugt?«

Er schaut mich mit großen, wässrig-trüben Augen an.

»Vielleicht schon Dienstagabend?«, helfe ich nach.

Er verneint jetzt nicht direkt. Kann es denn wirklich sein? »Jetzt rück schon raus, was ist dir dort aufgefallen? Hast du vielleicht irgendwas Ungewöhnliches beobachtet, irgendwen gesehen, der sich seltsam verhalten hat?«

»Fellinger, ich … also, man könnt fast meinen, du warst auch da.«

»Leider nicht, sonst müsste ich dir die Informationen nicht aus deiner Säufernase ziehen, zefix!«

Man sollte ja beim Verhören die Person unter keinen Umständen beeinflussen, wenn man brauchbare Fakten möchte. Aber so zäh, wie sich das hier mit dem Texmäx gestaltet, sitzen wir Weihnachten noch hier, wenn ich nicht ein wenig nachhelfe. Also beschreibe ich ihm, was ich gerne hätte, dass er beobachtet hat.

Nachdem er alles abnickt, überlasse ich ihn wieder – zu seiner sichtlichen Erleichterung – dem Bier und den Selbstgedrehten. Ich könnte jetzt zufrieden sein, denn so langsam ergibt alles einen Sinn. Aber statt mich zu freuen, überkommt es mich so unverhofft wie ein Wadenkrampf: eine Art Erdbeben auf psychischer Ebene. Seit ich den Hund in der Kühlung vom Peking entdeckt habe, laufe ich auf Hochbetrieb. Das tut auf Dauer nicht gut, denn selbst wenn ich konditionell nicht schlecht beieinander bin, ist man trotzdem nicht mehr der Jüngste. Ich merke überdeutlich, dass ich Zerstreuung brauche. Ablenkung. Von mir aus auch Entspannung. Und zwar alles zusammen und sofort. Darum gehe ich nicht hoch in meine Wohnung, sondern am Haus vorbei, über den Kirchplatz und runter ins Bistro.

Das Bistro ist eigentlich mehr eine Bar, mit lauter, schwermetalllastiger Musik, schlecht ausgeleuchtet und der einzige Hafen für alle Gestrandeten, die auch nach zwölf Uhr nachts, also nachdem die Wirtshäuser rundrum zugemacht haben, noch Gesellschaft und Alkohol suchen. Vor allem Letzteres. Alternativ gäbe es dafür nur noch die Vierundzwanzig-Stunden-Tankstelle ortsauswärts Richtung Passau, aber die ist fußläufig zu weit entfernt, und außerdem ist dort das Licht so grell.

So spät ist es zwar heute noch nicht, dennoch entscheide ich, dass das Bistro die richtige Wahl für meine augenblickliche Gemütsverfassung ist. Einerseits will ich sofort und auf der Stelle rüber nach Krumau fahren, um die Sache zu Ende zu bringen. Anderseits versuche ich seit dieser Geschichte vor drei Jahren stets sensibel auf meinen Körper und Geist zu reagieren. Und jetzt ist der Punkt gekommen, an dem meine Konstitution eine Pause wünscht. Und Betäubung.

Für einen Montagabend ist hier einiges los. Seit man in bayerischen Lokalen nicht mehr rauchen darf, ist auch im Bistro die Sicht wesentlich besser geworden. Trotz den

Schummerlampen und den dunkel gestrichenen Wänden. Weshalb mir auch gleich ins Auge fällt, dass neben den üblichen, sehr fragwürdigen Stammgästen an der Bar die Frau von der Wursttheke sitzt. Allein. Statt ihrer blauweiß gestreiften Fleischfachverkäuferinnenschürze trägt sie jetzt ein Spaghetti-Top und einen Minirock, für den man eigentlich einen Waffenschein braucht. Die wartet bestimmt auf jemanden, denke ich. Gar keine Frage, dass die auf jemanden wartet, und wahrscheinlich ist der gerade beim Biesln.

Weil ich das Tsingtao so schnell in mich hineingestürzt habe oder vielleicht auch weil ich mich durch die aufreibenden Ereignisse der letzten Tage ein bisschen ferngesteuert fühle, ist mir aber wurscht, dass die Wurschtdame auf jemanden wartet. Ich gehe zu ihr an die Bar und setze mich unaufgefordert neben sie.

»Was ist zu empfehlen?«

Sie mustert mich, erkennt mich und lächelt. Ihr dunkles Haar trägt sie offen, und es fällt ihr weit über die nackten Schultern. Das dämmrige Barlicht schenkt ihm einen seidig weichen Glanz.

»Caipi!«, sagte sie und zeigt auf ihr Glas.

Ich verziehe das Gesicht, weil ich weiß, dass die hier den Caipirinha immer mit diesem Petroleum von Pitú anmischen, statt einen anständigen Cachaça zu verwenden. Also bestelle ich einen Gin Tonic, allerdings verlange ich Hendrick's Dry Gin – den der Barkeeper nur bei nachdrücklicher Aufforderung unter dem Tresen hervorholt – statt diesem Bombay-Zeugs. Von Indien habe ich grad irgendwie die Schnauze voll.

Während ich auf meinen Drink warte, wende ich mich

wieder der hübschen Angestellten vom Wasner zu. Sie zupft am Saum ihres Minirocks, der sich wegen ihrer Position auf dem Barhocker zusammengerafft hat und damit noch kürzer geworden ist. Der, auf den sie wartet, ist immer noch nicht vom Klo zurück. Die Musik ist laut, ich muss fast schreien. »Warten Sie eigentlich auf jemanden?«

Wir Bayern sind ja schnell mit jedem beim Du, aber mit Sie zu flirten, ist einfach wesentlich geiler. Und in meinem Alter kommt man da auch überhaupt nicht mehr seltsam oder affektiert daher. Frauen lieben diese Form des Respekts, auch die jungen. Sogar die ganz jungen, wenn ich ihre Reaktion richtig deute.

Die Frau von der Wurst heißt Katrin ohne h, das betont sie, und wartet nicht etwa auf ihren Tschamsdara, wie ich gemutmaßt habe, sondern auf ihre Freundin. Wobei sich schon abzeichnet, dass es sich dabei nicht um ihre beste Freundin handelt und dass sie sehr wahrscheinlich versetzt worden ist. Wohl weil sich der Tschamsdara der nicht ganz besten Freundin kurzfristig dazwischengedrängt hat und sie damit offensichtlich abgeschrieben ist. Das erfahre ich in den nächsten Minuten, in denen ich wie schon bei der Lechnerin nur zuhöre und ab und an nicke. Frauen lieben es, wenn man ihnen zuhört oder auch nur so tut, als ob. Auf jeden Fall muss ich mich nah zu ihr beugen, damit ich überhaupt was verstehe. Näher, als ich das noch vor ein paar Monaten hätte tun müssen, kommt es mir vor, und ich ringe die Befürchtung nieder, dass ich bald ein Kandidat für ein Hörgerät bin. Kein erfreulicher Befund für jemanden mit Anfang vierzig.

Das Hinbeugen zur Katrin hat selbstverständlich auch

seinen Vorteil, weil man dabei zwangsläufig intimer wird. Sie riecht jetzt auch keine Spur nach Metzgerei, auch wenn das grundsätzlich nicht schlecht wäre, um den Appetit anzuregen. Den Appetit auf Leberkäs oder Milzwurst wohlgemerkt, nicht den auf weibliche Gesellschaft. In dem Fall wünscht man sich andere Düfte, und duften, muss ich sagen, duften tut sie sensationell, die Katrin.

Sie nimmt dann auch gerne noch einen Caipi, weil sie morgen eh erst um zehn anfängt. Das höre ich auch zum ersten Mal, dass es beim Wasner im Laden eine Spätschicht gibt. Mir soll's recht sein, denn wann ich anfange, das kann ich ziemlich eigenständig entscheiden, solange der Dr. Hartinger nicht dazwischenfunkt. Was er ab und an gerne tut, vorzugsweise dann, wenn ich gerade nicht im Büro bin. Außerdem prüft er akribisch meine Arbeitszeitnachweise. Doch selbst das ist mir momentan Arsch wie Hose.

So trinken wir einfach weiter bis zu dem Punkt, an dem die Katrin ohne h feststellt, dass sie jetzt unmöglich noch Auto fahren kann, und ich ihr offenlege, dass meine Wohnung ohne Probleme fußläufig zu erreichen ist. Auch mit einem Caipirinha-Rausch.

Jemand klingelt mich aus einem Traum. Es ist nicht mein Wecker, womit ich zu dem Schluss komme, dass unten irgend so ein Trottel an der Tür ist. Ein Trottel, der es ziemlich wichtig hat. Ich tippe auf den Lechner, der gesehen beziehungsweise von seiner Frau gehört haben muss, wie dringend ich ihn zu erreichen versucht habe. In meinem augenblicklichen Zustand weiß ich zwar noch, dass ich den Polizeihauptmeister gestern Abend immens dringend gebraucht hätte – warum, fällt mir aber nicht mehr ein. Stöhnend gebe ich dem fordernden Läuten nach und wälze mich aus dem Bett. Ich tapse aus dem abgedunkelten Schlafzimmer in einen blendend hellen Flur. Habe ich bis zu diesem Zeitpunkt nur leichte Kopfschmerzen verspürt, flammen sie nun heftig auf. Gegen das Stechen in den Schläfen und quasi blind arbeite ich mich bis zum Türöffner vor und finde irgendwie die Taste. Ich lasse die Wohnungstür angelehnt und mache sofort wieder kehrt, um schnell zurück in die schützende Dunkelheit zu flüchten. Wie ich mich in Bett zurückfallen lasse, stößt jemand ein schlaftrunkenes Murren aus und zieht mir die Decke weg.

Die Frau von der Wurst!

Erst jetzt werde ich gewahr, dass ich nackt bin.

Und dass die leichten Schritte, die ich im Treppenhaus höre, nicht vom Lechner seinen Polizeitretern stammen können. Das hört sich vielmehr nach den Absätzen von Damenschuhen an.

Zum Kopfschmerz kommt schlagartig Magendrücken. Der letzte Gin Tonic muss schlecht gewesen sein. Trotzdem, ich weiß, dass ich wieder aufstehen muss, auch wenn die Schwerkraft übermächtig ist. Mit viel Willenskraft und Konzentration stelle ich mich ein weiteres Mal auf die Füße und schwanke erneut hinaus in den Gang. Schützend lege ich die Hand vor die Augen.

Die Wohnungstür quietscht leise in den Angeln, und mir wird instinktiv klar, es ist zu spät, um mich zu bedecken.

»Mei, Berti, hab ich dich aufg'weckt?«

DINKEL-VOLLKORN

Gott sei Dank nicht die Mama, ist mein erster Gedanke.

Der zweite vertreibt in Windeseile die Erleichterung darüber, dass meine Mutter mich nicht splitterfasernackt und vom Restalkohol benebelt im Flur stehen sieht.

»Hast du heute frei?«

»Spätschicht!«, stammle ich und wische mir den angetrockneten Speichel aus den Mundwinkeln, während ich die andere Hand vor meine Blöße reiße.

»So ein Glück, ich hab schon gedacht, ich erwisch dich gar nicht mehr. Wobei, gehofft hab ich es schon, ich hab nämlich extra frische Semmeln geholt. Dinkel-Vollkorn, so wie du's magst.«

So langsam verfliegt die Überreizung der Sehnerven, und ich kann erkennen, dass sie eine Papiertüte hochhält. »Marina, ich hab grad noch gar keinen Hunger«, murmele ich. Allein der Gedanke an die Teigklumpen, die da in der Tüte rascheln, treibt mir den übersäuerten Mageninhalt die halbe Speiseröhre hoch.

»Was redest du denn so leise, man könnte ja meinen, du willst niemanden aufwecken. Dabei bist du um die Zeit wahrscheinlich der Einzige, der in dem Haus noch schläft«, sagt sie und lacht. Aber nicht lang. Dann merkt sie nämlich, was sie gerade gesagt hat und stiert an mir vorbei ins dämmrige Schlafzimmer. Vielleicht hat sich auch in diesem Moment was bewegt in der Dunkelheit. Die Bettdecke oder der nicht mehr so ganz seidig glänzende Haarschopf auf dem Kopfkissen. Auf jeden Fall fliegt mir die Semmeltüte an den Kopf, bevor ich reagieren kann. Das Papier reißt, der Inhalt verteilt sich nach allen Seiten. Am Ende des Flurs schlägt die Wohnungstür mit einem Knall ins Schloss.

Eine Weile lang bleibe ich einfach stehen, völlig reglos, weil ich keinen Drang verspüre, mit nackten Sohlen auf geröstete Kürbis- und Sonnenblumenkerne zu treten. Vor allem aber, weil ich warten möchte, bis sich das Gefühl einstellt, dass ich meinem Gleichgewichtssinn wieder vertrauen kann. Dabei horche ich hinter mich. Aus dem Schlafzimmer dringt ein leises Röcheln. Ansonsten ist es, jetzt wo das Stöckeln im Treppenhaus verhallt ist, ganz still. Wenn mir nicht der Schädel so wehtäte, wäre es ein Moment, den man genießen könnte. Weshalb ich noch etwas länger stehen bleibe. Ein, zwei Minuten einfach so verstreichen lasse und die zwar leicht schmerzhafte, aber auch wohltuende Leere in meinem Kopf auskoste.

Dann vernehme ich ein Geräusch hinter der Wohnungstür. Statt einem Klingeln ertönt diesmal ein Klopfen. Kann es sein, dass sich die Marina so schnell wieder beruhigt hat? Es widerstrebt mir, sie erneut hereinzulassen. Schließlich liegt die Katrin immer noch in meinem Bett. Das macht es ja nicht besser.

Wieder klopft es.

Mit zu Schlitzen verengten Augen und darauf bedacht, in keine Semmel zu treten, watschle ich zur Tür und mache sie auf.

Ein schrecklich bleiches Gesicht spiegelt sich im Visier eines Motorradhelms.

Scheiße, ich bin immer noch nackt!

Bevor ich noch irgendwas anderes denken kann, schießt der Helm auf mich zu und explodiert grellrot an meiner Nasenwurzel. Unmittelbar in diesen brennenden Schmerz hinein springt mich die Dunkelheit aus meinem Schlafzimmer an und reißt mich mit sich.

BAMBUSSTECKEN

Es sticht in meinem Rücken.

Aber das ist nicht nennenswert schlimm im Vergleich zu dem Wummern zwischen meinen Augen. Ich schmecke Blut. Auf meiner Zunge und bis weit unten in meinem Rachen. Dort hockt etwas Heißes, Schleimiges, das mir das Atmen durch den Mund erschwert. Luft durch die Nase zu holen funktioniert überhaupt nicht.

Urplötzlich überkommt mich die Panik, dass ich ersticke. Und noch aus einem anderen Grund. Ich reiße die Augen auf, in der Erwartung, dass der Vermummte in seiner Lederkombi über mir steht.

Da steht aber nur die Katrin und starrt mit geweiteten Augen auf mich hinab. Bleich wie der Plafond über ihr. Bevor ich noch was sagen kann, kotzt sie mir auf den Bauch.

Angeekelt wälze ich mich von dem Vollkornbrötchen herunter, das gegen meine Wirbelsäule gedrückt hat, und robbe davon, ehe sich noch mehr halb verdauter Caipirinha über mich ergießt. Sie schafft es vor mir ins Bad, und ich bin wieder der Depp. Ich würge den Blutstock aus meinem Hals. Weil es eh schon egal ist, spucke ich ihn auf den Laminatfußboden. Dann krabble ich auf allen vieren durch die Mischung aus Blut, Kotze und Semmelbröseln in die Küche. Begleitet von Würgegeräuschen aus dem Badezimmer krame ich Eiswürfel aus der Gefriere und kippe sie in ein Geschirrtuch. Daraus drehe ich einen Beutel und drücke ihn mir vorsichtig gegen das Gesicht. Die Kälte beruhigt ein wenig das Pochen. Gegen den Kühlschrank gelehnt, hocke ich auf meinem nackten Arsch und warte. Ich mag mich nicht bewegen, denn egal welchen Muskel ich bemühe, jeder Nerv scheint im Moment direkt mit meiner Nase verbunden zu sein.

Nach einer Ewigkeit kommt sie aus dem Bad. Sie hat geduscht, das habe ich gehört. Anschauen kann ich sie nicht, weil ich den Eisbeutel nicht vom Gesicht nehmen will, aber ich weiß, dass sie in der Tür zur Küche steht.

»War ich das?«, fragt sie zögernd und auf eine Weise, als wäre ich nicht der erste so zugerichtete Mann, neben dem sie morgens nach einem Saufgelage erwacht ist. Ich schiele nach unten auf meinen Bauch, auf dem sich eine Kruste aus Blut und Erbrochenen gebildet hat.

»Nur das, was stinkt, der Rest kam aus meiner Nase.«

»Die hab ich ja gemeint.«

»So wild war unser Sex jetzt auch nicht.« Genau genommen kann ich nicht einmal mit Sicherheit sagen, ob wir mehr geschafft haben, als uns nackt auszuziehen. Und so wie sie rumdruckst, kann sie zum Verlauf der Nacht auch nichts Klärendes mehr beitragen.

»Soll ich einen Arzt rufen? Oder die Polizei?«

Ich denke an die Höllmüllerin, die mich auf keinen Fall so sehen soll, und an den Lechner, für den das Gleiche gilt. »Ich komm schon klar. Besser, du machst dich jetzt auf, nicht dass du noch Schwierigkeiten mit deinem Chef kriegst«, näsele ich. »Frühstück liegt im Flur.«

Auch wenn sie stumm bleibt, ich kann die Dankbarkeit förmlich spüren, die mir nach diesen Worten zufliegt. Katrin ohne h hat es plötzlich sehr eilig. Ich prognostiziere mal, dass sie sich nach diesem Erlebnis nicht mehr so schnell von einem fremden Mann in einer Bar abschleppen lässt.

Da sich mein Zinken allmählich wie dauergefrostet anfühlt, wage ich mich ebenfalls ins Bad. Der Blick in den Spiegel braucht Mut. Ich schau schlimmer aus als Rocky Balboa nach der fünfzehnten Runde, und leider ist weit und breit keine Adrian zu sehen.

Nach einer halben Stunde bin ich notdürftig verarztet, habe eine halbe Packung Aspirin intus und eine lange, heiße Dusche hinter mir. Die Haut über der Nasenwurzel ist aufgeplatzt und die Stelle so dick geschwollen, dass ich allenfalls eine Skibrille drüberziehen könnte. Was im Hochsommer ziemlich dämlich aussehen dürfte und wahrscheinlich noch mehr Aufmerksamkeit weckt, als mein zerschlagenes Gesicht es ohnehin tut. Was mich ein wenig beruhigt, ist die Zuversicht, dass die Nase nicht gebrochen ist. Trotzdem muss sie genäht werden. Heute bin ich tatsächlich ein Notfall, das wird die Höllmüllerin sicher erweichen.

In der Jeans, in die ich schlüpfe, finde ich die Serviette wieder, die ich vor vier Tagen benutzt habe, um mir die tschechischen Kennzeichen zu notieren. Auch von dem Geländewagen, der im Hof vom Hlavac stand. Durch meinen Fund werde ich daran erinnert, was ich noch recherchieren wollte. Weil das Schmerzmittel schon anschlägt, erlaube ich mir die drei Minuten und starte meinen Rechner. Das

Ergebnis meiner Internetsuche stellt mich mehr als zufrieden. Es räumt den letzten Zweifel daran aus, ob ich auf der richtigen Spur bin. Andererseits überläuft mich ein Schauder, und das schlechte Gewissen drückt urplötzlich tonnenschwer auf mich hernieder. Wegen dem Bamberger von der Hundepension und was durch mein Zutun mit ihm passiert ist. Ich weiß nicht, wie lange ich dasitze und die Wand vor mir anstarre, bevor ich den Laptop zuklappe. Das Aufstehen treibt mir gleich wieder das Wasser in die Augen. Dreißig Sekunden später trete ich mit dem Autoschlüssel bewaffnet zu meiner Wohnungstür – und erstarre. Ich kann meine Hand nicht dazu bewegen, sie zu öffnen. Was, wenn dieser Verrückte immer noch dort draußen lauert?

Weil ich keinen Spion habe, lege ich mein Ohr an das warme Holz. Alles, was ich höre, ist das Rauschen meines Blutes. Vielleicht rufe ich doch besser den Lechner?

Ich wäge diese Option ab. Wenn der mich so sieht, lässt er mich nirgendwo mehr hin. Dann droht mir erst recht der Kronawitter als Aufpasser. Ich gehe meinen Flur auf und ab und kicke gedankenversunken die Vollkornsemmeln hin und her, die immer noch herumliegen. In der Caipirinha-Kotzepfütze spiegeln sich nach wie vor die Deckenlampen. Dazwischen zieren Blutspritzer und -schlieren den Flur. Wenn das einer sieht, verhaften sie mich ohne weiteres Nachfragen.

Meine Zuversicht schwindet, je länger ich hin und her tigere und über die Ereignisse nachdenke. Ich habe praktisch die Lösung. Aber es passt nicht wirklich zusammen. Zum Beispiel weiß ich nicht, wohin ich dieses Arschloch von Motorradfahrer stecken soll, der mich so gekonnt eingeschüchtert hat. Vor allem jetzt, mit diesem Angriff direkt an meiner Tür. Wenn er nicht auch der Bogenschütze ist, wovon ich nicht mehr ausgehe, wer zur Hölle hat ihn dann geschickt? Leider finde ich die Antwort nicht hier drin.

Ich krame eine Schirmmütze aus der Holztruhe, die unter der Garderobe steht. Ein wurmstichiges Erbstück. Also, nicht die Mütze, sondern die Kiste. Die ist von meiner Oma, Gott hab sie selig. Die Mütze ist von den Buffalo Bills. Jim Kelly, Nummer zwölf. Sie ist alt und ausgeblichen und stammt aus den 1990ern, als dieser unfähige Quarterback viermal hintereinander im Superbowl-Finale stand und es jedes Mal verkackt hat. Wahrscheinlich bilde ich es mir ein, weil ich augenblicklich ohnehin nichts riechen kann, aber die Kappe stinkt immer noch nach Silo. Früher habe ich sie oft getragen, wenn ich daheim bei meinen Eltern die Kühe gefüttert habe. Die Kuhmistspritzer waren meine spezielle Rache an Kelly, weil ich immer auf die Bills gesetzt habe und dann ständig dieses Pferdegesicht Troy Aikman mit seinen Dallas Cowboys gewonnen hat. Wenn ich daran denke, könnte ich mich heute noch aufregen. Und wenn ich mich aufrege, pocht es nur noch mehr zwischen meinen Augen. Ich weiß nicht, warum ich die Mütze aufgehoben und mit umgezogen habe, aber jetzt erfüllt sie ihren Zweck. Nicht dass ich damit unsichtbar werde, aber sie beschattet immerhin meinen geschwollenen Zinken. Und ein klein wenig erfüllt sie doch auch den Zweck einer Tarnkappe. Den Rest erledigt die Wut über die niederträchtige Weise, wie man mich behandelt hat.

Nachdem ich das Treppenhaus ohne erneuten Angriff hinter mich gebracht habe, kehrt mehr und mehr die Zuversicht zurück. Genau genommen bin ich ja auf Drogen. Adrenalin, Restalkohol und jede Menge Schmerztabletten. Diese Mischung bremst auch die Angst. Und draußen bin ich unter Leuten. Selbst wenn es sich dabei hauptsächlich um alte Mütterchen handelt, die Richtung Friedhof pilgern, um die Gräber ihrer schon lang verstorbenen Ehemänner zu pflegen. Auch hier hänge ich der Hoffnung an, dass es durchaus resolute Mütterchen sind, die mir im Falle eines erneuten Angriffs zu Hilfe eilen und nicht zögern, eine gezielt geschwungene Blechgießkanne als Waffe einzusetzen.

Als ich im Auto sitze und die Türverriegelung zuschnappt, kommt mein Puls wieder runter. Obwohl es erst kurz nach zehn ist, hat sich der Wagen schon ziemlich aufgeheizt. Die Fenster bleiben trotzdem zu. Der Schweiß brennt in meiner Wunde. Die Schwellung schränkt mein Sichtfeld ein. Ich hätte den Eisbeutel mitnehmen sollen. Mit voll aufgedrehter Klimaanlage fahre ich los. Kein Lechner, entscheide ich erneut. Und, gegen meinen ersten Impuls, auch keine Höllmüllerin. Sie würde mich nicht wieder ziehen lassen, sondern mich womöglich mit zusätzlichen Beruhigungsmitteln vollpumpen und ruhigstellen. Aber ich will die Sache erledigt wissen. Comichelden ziehen ihr Ding durch, Hygieneinspektoren auch.

Ich hatte die feste Absicht, heute um den See herumzugondeln. Aber als ich zum Ufer runterfahre, steht die Fähre da, als würde sie auf mich warten. Wie ein Zeichen – und so gesehen kommt mir diese Art der Gewässerüberquerung durchaus gelegen. Die ganze Strecke über habe ich mich nicht getraut, in den Rückspiegel zu schauen. Doch wenn ich es jetzt ungeschoren und vor allem unverfolgt auf die Fähre schaffe, kann ich mich zumindest hinsichtlich der Gefahr, die mir aus heimatlicher Richtung droht, in Sicherheit wiegen. Welches Risiko in Krumau auf mich lauert, ist freilich eine andere Sache.

Kaum auf dem See, ruft der Lechner an. Ich überlege ein paar Sekunden länger als gewöhnlich, aber er gibt nicht auf, und ich habe keine Mailbox aktiviert, weil ich die ohnehin nie abhöre. Da bin ich von der alten Garde. Wer mich nicht im Moment erreicht, soll es später probieren und nicht auf einem Rückruf bestehen. Meine Devise, und daran halte ich fest. Der Lechner hat allerdings Geduld, und die will belohnt werden.

»Fellinger!«, schreit er ins Telefon. »Ich weiß, wer's war.«

Das ist jetzt genau genommen der Satz, den ich ihm entgegenschleudern wollte. »Wer war was?«, frage ich daher inquisitorisch zurück.

»Ich sag nur: Phenprocoumon.«

»Ist das auf Bali?«

»Geh, Fellinger, hör doch auf. Ich bin doch bei einem ganz anderen Fall.«

»Ach so, dann ist der Phenprodingsbums ein afghanischer Asylanwärter, der die Moserin niedergeschlagen hat, weil sie in seiner Unterkunft nicht sauber unter seinem Doppelstockbett rausgewischt hat.«

»Na, jetzt … Fellinger!« Er macht eine Pause. »Hast du Schnupfen? Du sprichst so nasal.«

Trotz des guten Wetters haben wir heute Seegang. Kräftige Böen haben etliche Surfer raus auf den Lipno gelockt.

Der Wind kühlt meine geschwollene Nase, leider nur von außen. Die Wellen sind nicht gut für meinen empfindlichen Magen. Mir ist noch keine Ausflucht eingefallen, da hat er mich schon.

»Sagamal, wo bist'n du? Was ist denn das für ein Gezischel?«

Ist eh besser, es weiß jemand, wo ich bin, entscheide ich. Nur für den Fall, dass ich später nicht mehr aus eigener Kraft in der Lage bin, dieses Land zu verlassen. Irgendwer muss sich ja dann um die Rückführung kümmern, und ich will das ungern der Mama überlassen. »Das ist der Seewind. Ich weiß nämlich auch, wer's war!«

Diesmal kombiniert er rasend schnell. »Fährst du etwa rüber nach Krumau?«

»Vielleicht.«

»Das machst du nicht!«

»Ah, du, wart, ich sag dem Fährmann, er soll g'schwind wenden.«

»Verarsch mich nicht! Untersteh dich, fremde Leute zu belästigen! Du kehrst g'fälligst um! Die Tschechen können diesmal nichts dafür!«

»Und ob!«, entgegne ich. »Erinnerst du dich an den Pfeil?«

Er stöhnt übertrieben. »Carbon, ein handelsübliches Fabrikat, bekommst du in jedem gut sortierten Sportgeschäft, keine Fingerabdrücke.«

»Ach, so weit bist du schon?«

»Ich mach bloß meinen Job.«

»Ich auch, ich weiß nämlich, wer ihn geschossen hat, diesen handelsüblichen Sportpfeil. Ich sag nur Kyūdō.«

»Küdoo – was?«

»Kyūdō, der Weg des Bogens, die japanische Kunst des Bogenschießens, mit traditionellen Pfeilen aus Bambus. Überhaupt, alles schwer traditionell, von der Bekleidung bis zur Philosophie, die dahintersteckt. Und der Hlavac hat da nicht nur einen Aufkleber vom Kyūdō Dojo Krumau auf seinem Auto, er hat sogar den dritten Dan. Steht alles bei denen auf der Website.«

»Du kannst doch gar kein Tschechisch.«

»Ist komplett bebildert.«

»Aber dein Pfeil war kein Bambusstecken.«

»Jetzt sei mal nicht kleinlich, der Hlavac wird nicht seine teuren, aus Japan importieren Traditionspfeile auf mich abfeuern.«

»Und getroffen hat er auch nicht«, gibt mir der Lechner auf eine Weise zu bedenken, die mich argwöhnen lässt, ob er mich nicht doch lieber aufgespießt vorgefunden hätte.

»Nur ein guter Schütze kann absichtlich so gezielt danebenschießen.« Es sollte eine Warnung sein. Und eine Botschaft. Genau wie der Bamberger, den seine Hunde gefressen haben. Das behalte ich jetzt besser für mich. »Wenn der Hlavac meint, dass ein Pfeil reicht, um mich einzuschüchtern, hat er sich geschnitten«, trumpfe ich auf.

Wieder schnauft der Polizeihauptmeister übertrieben in sein Handy. »Fellinger, bitte! Du verrennst dich. Hast du nicht selbst gesagt, es könnte ein Wirt gewesen sein, dem du das Lokal zugemacht hast? Wenn ich Zeit hätte, ich würde dich eigenhändig zurückholen, aber ich muss eine Fahndung koordinieren.«

Er meint er ernst, das höre ich am Tonfall. Wen will er

denn festnehmen, zefix? In einer Minute legen wir an. Die Zeit sollte ich nutzen, statt weitere Indizien und Zeugenberichte gegen den Hlavac vorzubringen.

»Also, was ist jetzt mit diesem Phenprodings?«

»Phenprocoumon, ein Medikament zur Blutverdünnung und ein Gerinnungshemmer, je nach Dosierung. Da ist uns ein Fehlbestand gemeldet worden, aus dem Arzneischrank vom Altersheim. Und wer arbeitet dort?«

Da brauche ich nicht lang zu überlegen. »Die Veronika Allmannseder.«

»Richtig! Und wer ist kürzlich an einer Gehirnblutung gestorben?«

»Der Lothar Allmannseder«, antworte ich und komme mir vor wie in der Schule. Aber wenn es ihn bei Laune hält, tu ich ihm den Gefallen.

»Richtig! Und die Leichenbeschauung hat bestätigt, dass er eben diese Wirkstoffe intus hatte. Jetzt ist sie dran, die Frau Allmannseder, sobald wir sie finden.«

»Ihr habt sie demnach noch nicht?«

»Daheim war sie nicht, auch nicht auf der Arbeit. Sie hat sich freigenommen, hat es da geheißen. Ihr Auto steht vor der Tür. Wobei, bevor ich mit dieser Rostkarre flüchte, würde ich mich lieber gleich stellen.«

»Und die Tochter?«

»Ist noch in der Schule, das haben wir überprüft. Vermutlich taucht sie zu Hause auf, sobald das Kind Schulschluss hat.«

Meine Gedanken galoppieren bereits voraus. »Gerinnungshemmer also?«

»So schaut's aus.«

Stünde der Lechner neben mir, könnte er mir vermutlich dabei zuschauen, wie seine vertraulichen Informationen mir die Augen öffnen. »Noppen«, murmele ich vor mich hin, und dann schrammt der Bug der Fähre auf die betonierte Rampe, die am Ostufer ins Wasser ragt.

BÄRENGRABEN

Freilich wollte der Lechner nicht einfach klein beigeben, sondern mich dazu bewegen, umzukehren und ihm alles Weitere zu überlassen. Doch auch bei ihm drängt die Zeit, weil er eine Verhaftung vornehmen muss. Sicherheitshalber mache ich mein Handy aus, denn möglicherweise ist er schneller fertig als ich. Die Allmannsederin wird ja wohl kaum groß Widerstand leisten. Kurz schwirren mir Bilder einer Geiselnahme mit SEK-Einsatz durch den Kopf, aber auch wenn die Veronika ein hinterhältiges Luder ist, das traue ich ihr jetzt doch nicht zu. Ich kann demnach annehmen, der Polizeihauptmeister wird nach geglücktem Zugriff erneut seinem besten Spezi hinterhertelefonieren, weil der sich in was verrannt hat, das jedweder Grundlage entbehrt. Mei, wenn es so einfach wäre, wie der Lechner sich das vorstellt. Aber das ist es bei Gott nicht.

Die Veronika hat ihrem Mann also Phenprocoumon verabreicht. Das ist schon ein Hammer. Auf den letzten Kilometern vom Stausee, hinein nach Krumau, denke ich intensiv über diesen Vorwurf nach und reime mir zusammen, wie sich das alles abgespielt haben muss. Auch das mit der Moserin. Dazu fehlt meinem Freund von der Ortspolizei noch jegliche Verbindung, möchte ich wetten.

Wieder parke ich auf dem großen Platz vor der Stadtmauer, der selbst an diesem normalen Werktag ordentlich gefüllt ist, und bleibe ein bisschen still sitzen, weil ich mit dem Denken noch nicht am Ende bin. Die Veronika ihre Mutter. Der Lothar die Moserin. Der Hlavac den Beaver. Alles hängt zusammen, aber leider habe ich noch ein paar unklare Stellen im Gesamtbild. Verschwommene Bereiche, die ich scharfkriegen muss, denn ohne sie hat meine Rekonstruktion der Ereignisse keine tragfähige Basis.

Es ist schwülwarm. Schon nach wenigen Metern sammelt sich Schweiß unter meiner Mütze. Wie immer habe ich keinen Plan, hoffe schlichtweg, dass das Überraschungsmoment auf meiner Seite ist, wenn ich erneut beim Hlavac ins Büro schneie und ihn mit dem konfrontiere, was mir der Texmäx gesteckt hat. Ich gehe mal nicht davon aus, dass er seinen Bogen dabeihat. Vielmehr male ich mir aus, dass der *generální ředitel* so perplex ist, dass er einfach alles gesteht. Ja, ich war's! Ich bin ein Arschloch vor dem Herrn und ein elender Hundemörder, Punkt, aus, Amen!

Ich bin nicht naiv, mir ist bewusst, dass es nicht so ablaufen wird. Vor allem weil dieser Mensch möglicherweise nicht nur Hunde über den Haufen fährt. Da steckt was weitaus Verwerflicheres dahinter – und darüber will ich Gewissheit.

Ich nehme den üblichen Weg. Werfe einen bewundernden Blick hoch zum einstigen Fürstensitz und zwänge mich dann durch das erste Touristenrudel, um über die Brücke in die Altstadt zu gelangen. Die Leute schauen mir misstrauisch entgegen, was natürlich daran liegt, dass ich daherkomme wie ein Preisboxer, der an den falschen Gegner geraten ist. Das Grübeln über meinen Fall hat mich von den Schmerzen abgelenkt, die jetzt, wo ich mich bewege, wieder stärker werden. Möglicherweise wird es auch Zeit für die nächste Dosis Aspirin.

Nicht allein der Sonne wegen füllen jetzt wieder Tränen meine Augen. Wegen des getrübten Blicks, aber vor allem, weil es selten echte Zufälle gibt, erkenne ich ihn erst spät. In der engen Gasse bleibt mir nur die Flucht in das Teddybären-Geschäft, auf dessen Höhe ich mich just in dem Moment befinde. Ohne zu wissen, ob er mich nicht seinerseits bemerkt hat, hechte ich in den Laden.

Mein zerknautschtes Aussehen könnte mir in diesem Fall genützt haben, trotzdem traue ich dem Braten nicht. Gebückt zwischen kuschelweichen Bärenkindern, verfolge ich ihn durch das Fenster hindurch. Die Polyesterfussel, die millionenfach in der Luft des kleinen Geschäfts schweben, verursachen einen furchtbaren Niesreiz. Als es passiert, gellt mein Schmerzensschrei durch den Laden wie die Trompeten zum Jüngsten Gericht; ich habe das Gefühl, mir fliegt die Nase weg. Kundinnen und Verkäuferin, ausschließlich untersetzte Frauen mittleren Alters, mustern mich in pikiertem Entsetzen, als ich Blutklumpen und Schleim über die Plüschohren der Schaufensterauslage hinweg gegen die Scheibe rotze. Doch die echauffierten Bemerkungen der Anwesenden dringen kaum in meine wattierten Gehörgänge vor. Mit tränenden Augen verharre ich im Schutze der Teddybären, bis die Schmerzwelle abebbt und ich wieder einigermaßen klar sehen kann. Alle meine Sinne, die angeschlagenen wie auch die intakten, sind auf die Gasse fokussiert, durch die sich Frantisek Hlavac im Gedränge des Touristenstroms seinen Weg Richtung Schlossberg bahnt. Falls er mich erkannt hat, zeigt er es nicht. Erst ein paar keuchende Atemzüge später wird mir klar, dass jemand anders seine Aufmerksamkeit beansprucht. Es dauert, bis mein Verstand begreift, dass er nicht allein unterwegs ist. Eben so viel Zeit benötigt mein Gehirn, um die Person zu identifizieren, die der saubere Herr Hotelier da hinter sich herzerrt. Jetzt wäre es von meiner Seite angebracht und dringend notwendig, den Lechner anzurufen.

Was ich aber nicht tue. Ich kann nicht. Vielleicht, weil ich zu paralysiert bin von dem, was sich dort draußen abspielt. Mich juckt es nicht nur sakrisch in der wunden Nase, sondern auch zwischen den Schulterblättern, sodass ich noch dreißig Sekunden ausharre und dann aus dem Teddybären-Laden hinaus auf die Gasse dränge.

Ich wusste es! Nicht nur der Hund!

Unwirsch wühle ich mich zwischen den Leuten hindurch. Die, die mir entgegenkommen, machen freiwillig Platz, sobald sie mir ins Gesicht schauen. Bei dem ein oder anderen hilft ein Knurren. Trotzdem ist dem Hlavac sein Vorsprung schon groß, als ich die breite Holzbrücke betrete, die den Schlossberg mit der Altstadt verbindet. Beim Überqueren der Moldau dann erspähe ich ihn erneut, wie er mit seiner Geisel die Stufen hoch zum Château Český Krumlov entschwindet. Was hat er vor? Wo will er mit ihr hin?

Egal, ich renne hinterher.

Rennen ist vielleicht ein bisschen übertrieben. Ich schiebe, drücke, weiche aus und remple so lange, bis ich ebenfalls zu den Treppen gelange. Es ist ein steiler Anstieg, erschwert durch die Läden, die hier ihre Ware anbieten.

Granatschmuck, Silbertand, Töpferware, Touristenkitsch, dazwischen eine landestypische *Trdlník*-Bäckerei, in der besagter *Trdlník* auf Metallrollen gebacken wird. Dieser tschechische Baumkuchen erfreut sich großer Beliebtheit bei den Touristen. Das Gedränge davor macht aus dem ohnehin schmalen Durchlass ein Nadelöhr. Leute schimpfen mir hinterher. Meine Nase pocht. Meine Lunge rasselt. Die Ginreste von gestern beißen in meine Magenschleimhaut. Alles ist gegen mich, aber ich lasse nicht nach. Nehme die Steinstufen und recke dabei den Hals. Manchmal kann ich Hlavacs betonierte Gelfrisur ausmachen. Er wirkt irgendwie beschwingt, wie er da rund zwanzig Meter voraus den Berg erklimmt. Womöglich ist er auf Kokain. Das traue ich ihm zu. Oder liegt es an diesem Sport? Wenn ich bedenke, dass sich seine unfreiwillige Begleitung ihm doch gewiss widersetzt, muss er mit seinem Anzug ein ordentliches Kraftpaket kaschieren. Kyūdō, dritter Dan. Vielleicht steckt da ja noch mehr dahinter, als nur mit Bambuspfeilen auf Zielscheiben aus Stroh zu schießen. Man hört ja immer wieder, dass dieses asiatische Zeug Körper und Geist in Einklang bringt. Jetzt kriege ich wieder Angst vor meiner eigenen Courage. Will ich mich dem Hlavac wirklich allein stellen? Hätte ich nicht besser den Lechner um Hilfe gerufen?

Nun, der Zug ist abgefahren. Wäre ja auch sinnlos gewesen. Bis der Polizeihauptmeister seine tschechischen Kollegen instruiert hat, kann es für die Geisel zu spät sein. Während ich also auf den abgetretenen Steintreppen aufwärtstrapple, trappelt es ebenso heftig in meinem Hirnkastl. Was kann er dort oben wollen? Wie sein lästiges Anhängsel loswerden? Will er sie vom barocken Wach- und

Glockenturm stoßen? Bei den vielen Zeugen? Das wäre Irrsinn, und auf mich macht der Kyūdō, dritter Dan, nicht den Eindruck eines Verrückten. Bislang hat er sehr gezielt gehandelt. So gezielt, dass ich ihm nicht draufgekommen bin. Von wegen konfuses, unüberlegtes Vorgehen. Verflucht, ich hätte mein Glück beim Notar Filzer versuchen sollen. Wenn Frantisek Hlavacs Name nämlich doch noch im Testament steht, macht dessen verbrecherischer Aktionismus in dieser Sache Sinn. Eine andere Erklärung kann es einfach gar nicht geben.

In gleichbleibendem Abstand zueinander erreichen wir den Vorplatz des einstigen Fürstensitzes. Ich bin der festen Überzeugung, dass er mich noch nicht bemerkt hat. Warum auch? Er rechnet nicht damit, dass ihm jemand folgt. Nicht einmal, dass jemand durchschaut, was er beabsichtigt. Außer mir.

Mit einem Mal weiß ich, was er hier oben vorhat. Es erscheint verwegen, aber mit genug eiskalter Verzweiflung im Blut und getrieben von der Gier, durchaus machbar.

Ohne Frage halten sich auch hier viele Menschen auf. All jene, die über die steinerne Brücke, die den Burggraben überspannt, hinein ins sieben Hektar große Schlossareal wollen, um unverfälschte Historie zu atmen. Dort erwarten die Kulturinteressierten vierzig Gebäude und Paläste, fünf Schlosshöfe, Renaissance- und Barockräume und Säle mit Kunstgegenständen aus den vergangenen fünf Jahrhunderten. Freilich quälen sich manche auch nur um des Ausblicks willen hier hoch oder um noch ein Stück höher zu steigen, hinauf zu dem weitläufigen Schlossgarten. Das Wetter könnte nicht besser sein, um die Architektur zu bewundern, das Flair des Mittelalters zu entdecken, Selfies zu machen mit der Stadtkulisse im Hintergrund und der Moldauschleife, welche die Stadt umfängt, oder unbefugt den englischen Rasen zu entweihen. Kurz gesagt, die Leute sind mit sich selbst und dem Weltkulturerbe beschäftigt. Und mit der Attraktion, die im Burggraben haust und die man von der Steinbrücke aus bestaunen kann, wenn man sich über die hüfthohe Brüstung beugt.

Genau dort sind der Hlavac und seine Geisel mittlerweile angelangt. Ich kann mir immer noch nicht zusammenreimen, wie oder warum sie in Krumau ist. Ob er sie sich geholt hat? Das ergibt doch keinen Sinn. Nein, sie muss den Weg freiwillig auf sich genommen haben. Nicht entführt, nur herbeigelockt von dem intriganten Tschechen. Wollte sie etwas mit ihm aushandeln?

Was auch immer ihre Beweggründe waren, der Hlavac verfolgt andere Pläne und hat nicht die Absicht zu teilen. Er braucht Helga Poschingers Geld, um sich weiter zu finanzieren, und dafür ist er bereit, über Leichen zu gehen.

Seinen Arm hat er fest um ihre Schultern gelegt. In der anderen, die ich nicht sehen kann, weil sie durch ihren Körper verdeckt wird, hat er vermutlich eine Waffe. Ein Messer oder gar eine Pistole. Warum sonst hätte sie sich von ihm so widerstandslos hierherbringen lassen? Eng umschlungen stehen sie gegen die Brüstung gelehnt. Auf derjenigen Seite des Burggrabens, der von den Touristen keine Beachtung erfährt. Augenscheinlich hält sich die Attraktion auf der anderen Seite auf, dort wo sich die Leute mit Handys und Digitalkameras drängen. Menschen aller Nationen. Verschleierte. Turban- und Kaftanträger. Teenager in bonbonfarbenen Spaghetti-Tops. Familienväter, die ihre Kleinkinder fest umklammert hochheben, damit auch sie einen Blick auf das erhaschen, was sich dort unten herumtreibt. Daneben die Mütter, trotz der Hitze in grellbunten Funktionsjacken und hochgebirgstauglichen Wanderstiefeln, mit ebenso knalligen Rucksäcken ausgestattet, in denen sich alles befindet, was dazu nötig ist, dass die Familie die nächsten sieben Tage überlebt, falls sie nicht mehr zu ihren Vans oder Kombis zurückfinden.

Allesamt glotzen sie in die Tiefe und keiner dorthin, wo sich der Tscheche mit seiner Begleitung befindet. Der Hlavac bekommt inmitten dieses Menschenauflaufs die Intimität, die er benötigt. Und er zögert nicht. Er presst die Schultern von Veronika Allmannseder nach vorn. Die Steinkante der Brückenmauer drückt gegen ihre Hüfte, und sie knickt ein, bis ihr Oberkörper quasi auf der Brüstung liegt. Ihr Kopf hängt bereits über dem Abgrund. Und sie weiß es. Sie weiß, dass zehn Meter unter ihr am Fuß des Burggrabens der Tod lauert. Selbst wenn sie den Sturz auf den felsigen Grund überlebt, wer könnte ihr schnell genug zu Hilfe eilen, bevor ihr frisches, blutendes Fleisch die Raubtiere anlockt, die dort ihr Dasein fristen?

Ich sehe es vor mir. Geködert durch ihren markerschütternden Schrei, stürmen die Leute von der einen Brückenseite auf die andere. Wie von einer Raserei wird die eine Hälfte der Schaulustigen von Sensationsgier befallen, und sie richten einfach die Kameras weiter in die Tiefe, ohne auf die Idee kommen, ihr Smartphone dazu zu benutzen, Hilfe zu rufen. Vielmehr kalkulieren sie bereits die zu erreichende Anzahl möglicher Klicks auf YouTube – während die andere Hälfte der Schlossbesucher der Panik anheimfällt. Diejenigen, die ihre Kinder entsetzt von der Brüstung wegreißen und ihnen die Hände auf die Augen legen, oder die einfach nur schreiend auseinanderstieben und damit das Chaos perfekt machen.

In diesen Tumult hinein wird Frantisek Hlavac seine Flucht antreten, und niemand wird sich daran erinnern können, wie der Begleiter der Frau ausgesehen hat, die so unglücklich in den Bärengraben gestürzt ist.

Ich löse mich aus meiner Starre, welche die Bilder einer von Braunbären zerfleischten Veronika Allmannseder in meinem Kopf ausgelöst hat, und hetze los. Noch steht sie dort, an der Seite des Hoteliers, aber schon höre ich sie kreischen.

Ein Kreischen, das offenbar nur in meinem Kopf ertönt, denn als ich bis auf wenige Schritte heran bin, verwandelt sich der vermeintliche Verzweiflungsschrei in ein Kichern. Unverhofft und ohne jeden Widerstand seinerseits stößt sie sich von der Steinmauer ab und vollführt eine Pirouette voller Leichtigkeit, wie ich sie bei all unseren Begegnungen noch nie bei ihr beobachten konnte. Und dann wirft sie sich in Hlavacs Arme und drückt ihm einen innigen Kuss auf die Lippen.

CELLULITESCHENKEL

Über die Schultern des Liebespaares hinweg erblicke ich einen der Braunbären, die den Burggraben bewohnen. Ein verstrubbelter Kauz, der stumpfsinnig auf eine blaue Plastiktonne einschlägt, wohl in der Hoffnung, dass wie von Zauberhand Futter daraus hervorquillt. Es ist aber nicht das zottige Tier, das mich beunruhigt. Nein, vielmehr bin ich zu nahe, als dass ich mich noch in Luft auflösen könnte. Und prompt treffen sich unsere Blicke, noch während ich am Abbremsen bin. Hlavac löst seine Lippen von denen Veronikas und murmelt etwas. Sogleich nimmt die Veronika ihre lasziv um seinen Hals geschlungenen Arme runter und dreht sich nach mir um. Beide starren mich an. Mich, den Eindringling in ihre Intimsphäre, der ihnen mit seinem unerfreulichen Auftauchen den sonnigen Tag verhagelt, den sie vermutlich in trauter Zweisamkeit in der grünen Stille des Schlossgartens verbringen wollten. Oder wo auch immer. Egal, was sie hier oben vorhatten, sie wissen, es wird nicht dazu kommen. Einzig und allein aufgrund der Tatsache, dass ich ihnen auf die Schliche gekommen bin.

Endlich verstehe ich auch die Unbeschwertheit, die sie bis vor Sekunden umfangen hat. Die Veronika weiß noch nicht, dass sie in Deutschland von der Polizei gesucht wird. Sie ist ganz unbedarft hergefahren, wollte sich einen schönen Tag mit ihrem Tschechen machen, den sie von der Mutter geerbt hat. Wenn auch sonst schon nichts, dann hat sie wenigstens diesen heißblütigen Liebhaber und die Genugtuung. War die Tochter womöglich sogar der Grund, warum die Helga den Frantisek in den Wind geschossen hat?

Und der Frantisek? Der hat sicher nichts dagegen gehabt, schlanke Beine gegen Celluliteschenkel einzutauschen. Was ihm natürlich zwangsläufig das Problem einbrachte, auf ein dringend benötigtes Vermögen verzichten zu müssen. Daraus wiederum reifte ein Plan, der letztlich zu einem tiefgekühlten Entlebucher in einem Chinarestaurant geführt hat. Einem Entlebucher, den die Verwandtschaft aus Wuwei mittlerweile verzehrt und mit viel Reiswein runtergespült hat. So kann man Beweismittel auch vernichten.

Apropos Chinesen. Ein Pulk Asiaten schwirrt vorbei und treibt so einen Keil zwischen das Paar und mich.

Paar?

Wie lange schon? Zefix, jetzt muss ich wirklich alles noch mal neu überdenken.

Die kulturgeilen Ostasiaten bringen mich ein wenig aus dem Gleichgewicht. Besser gesagt, es ist mein Knie, das ich durch meinen Treppensturm komplett überlastet habe. Ohnehin ein Wunder, dass es bis hierhin gehalten hat. Ich taumle gegen die Peripherie der Reisegruppe und treibe dabei nach rechts ab, weg von dem Frantisek und der Veronika, die immer noch wie die Ölgötzen an der Brückenmauer stehen.

Dann brüllt unten der Bär, vielleicht aus Frust, weil sich nichts mehr aus der Tonne schütteln lässt, und das nimmt der Hlavac als Zeichen, seine Gespielin bei der Hand zu packen. Zu zweit kommen sie auf mich zugeschossen, und der Tscheche verpasst mir einen heftigen Schubs, der mich noch tiefer ins Zentrum der Reisegruppe befördert.

Ich kann ihnen nicht böse sein, den Asiaten. Würden sie mein Rückwärtsstolpern nicht dämpfen, hätte der Schwung vermutlich ausgereicht, dass es mich statt Veronika über die Brüstung haut. Zur Freude des immer noch hungrigen Braunbären.

Doch mein Sturz ist ihm nicht vergönnt. Und während ich noch gegen die gelbe Flut anrudere, um mein Gleichgewicht wiederzuerlangen, eilen Veronika und Frantisek bereits bergab, der Altstadt entgegen.

Nach dem Schock, den ich soeben erleben durfte, und nachdem ich die Asiaten losgeworden bin, kommt mein Verstand so langsam wieder auf normale Betriebstemperatur. Ich merke, dass mein Knie noch ein wenig Erholung braucht. Genau wie meine brennenden Lungen. Über meine Nase will ich gar nicht nachdenken. Sie sorgt von sich aus mit hämmernden Schmerzen dafür, dass ich sie nicht vergesse. Außerdem beschleicht mich der Eindruck, dass mein Sichtfeld sich immer mehr einschränkt. Behindert von dem roten Etwas, das aussieht, als steckte ein aufgeplatzter Igel auf meiner Nase, mit den Stacheln tief in meinem Fleisch.

So gut es geht, schaue ich ihnen also hinterher und denke mir, wo sollen sie schon hin?

Wobei … zu viel Vorsprung sollte ich ihnen nicht gewähren. Sonst holt der Hlavac seinen Bogen, und dann ist der Igel in meinem Gesicht das geringste Problem.

Ich brauche gut zwanzig Minuten, bis ich in der Kájovská vor der Nummer 46 ankomme. Immer wieder kämpfe ich gegen Schwindel und Sodbrennen. Nicht verwunderlich. Ich habe heute noch nichts gegessen außer Schmerztabletten. Zwanzig Minuten lang bin ich daher darum bemüht, einfach nur meine primären Körperfunktionen in Gang zu halten. Ich habe keine Kapazitäten frei, um den Lechner zu Hilfe zu rufen oder überhaupt einen vernünftigen Gedanken zu fassen, was unter anderem mein weiteres Vorgehen betrifft. Von der Interpretation der jüngsten Ereignisse ganz zu schweigen. Jeden Sonntagabend den Tatort zu schauen reicht offensichtlich doch nicht, um in der Realität komplexe Tathergänge rekonstruieren zu können. Fest steht für mich gerade nur, dass der Hlavac am Dienstag letzte Woche nicht zufällig bei der Poschinger-Villa aufgetaucht ist und den Hund auch nicht aus einer spontanen Wut heraus überfahren hat. Diese Aktion war alles andere als die kleine Rache dafür, dass die Helga ihn hat abblitzen lassen. Nach und nach wird mir klar, dass nicht der Lothar auf Geheiß seiner Gattin die Poschingerin entsorgt hat, wie ich mir das so schön zurechtgelegt habe. Es war der Tscheche. Wobei in seinen Geländewagen sicher auch noch der tote Beaver reingepasst hätte. Aber er konnte nicht anhalten. Denn da stand der Tian. Der kleine Chinese hätte schön geschaut, wenn der Hlavac seinen Kofferraum aufgemacht und den Hund auf die Frauenleiche gewuchtet hätte, die schon drinlag.

Die milchigen Abdeckplanen vor dem Hotel Čáp wehen im warmen Wind, der sich drückend schwül durch die Straßenschlucht schiebt. Hat er etwa davon ein Stück abgeschnitten, um seine Ex darin einzuwickeln, damit es im Auto keine Flecken gibt? Ein Schauder befällt mich.

Wieder habe ich den Touristenrummel hinter mir gelassen. Nicht einmal im Café gegenüber sitzen Leute; von dem redseligen alten Kellner keine Spur. Unvorstellbar, dass ich von einen Moment auf den anderen allein bin in diesem sonst so überfüllten Ort.

Das Tor, das in den Hinterhof führt, ist geschlossen. Warten sie dort drin auf mich? Schaut man den Tatsachen ins Auge, bleibt ihnen keine Wahl, als auch mich zu beseitigen. Warum also bin ich nicht schon längst wieder auf der Fähre, um mich in die Sicherheit zu flüchten? Dafür gibt es nur eine Erklärung, und sie entbehrt jeglicher Vernunft. Ich will es einfach wissen. Will erfahren, wer von den beiden die Helga auf dem Gewissen hat. Und auch warum der Lothar dran glauben musste. Wobei, das ist fast naheliegend. Denn obwohl Bonny und Clyde die eigentliche Drecksarbeit erledigt haben, hat die liebe Veronika ihren Ehemann dafür eingespannt, den Hausschlüssel für die Villa bei der Moserin zu stehlen. Und so dämlich wird der Linksaußen nicht gewesen sein, um nicht letztlich doch eins und eins zusammenzuzählen. Ich nehme an, er hat gedroht, die Sache auffliegen zu lassen, wenn seine Gattin nicht die Finger von dem feschen Hotelier aus Krumau lässt. Und da hat sie dem Lothar am Sonntagmorgen ordentlich Blutgerinnungshemmer in die Frühstückseier gemischt. Dass der sich praktischerweise beim Spiel auch noch sauber den Schädel anhaut, hat ihr Vorhaben ohne Zweifel beschleunigt.

Zwei Tote gehen also mindestens auf das Konto des bayerisch-tschechischen Mordduos. Womöglich noch ein weiterer? Dafür fehlt mir die Gewissheit, doch ich bin fest entschlossen, mir diese jetzt und hier zu beschaffen. Zumal ich mir nun auch recht sicher bin, wohin die Leiche von der Helga verschwunden ist.

Für einen kurzen Augenblick finde ich es bedauerlich, dass der Frieder Ganske damit aus dem Schneider ist. Aber der Moment ist nur sehr kurz, dann bin ich wieder bei der Sache und vergegenwärtige mir, warum ich noch hier rumstehe. Nämlich der Wahrheit wegen. Außerdem ist es längst was Persönliches. Immerhin hat die Sau mit einem Pfeil auf mich geschossen – wenn auch nur zur Warnung. Aber durchgehen kann ich ihm das trotzdem nicht lassen. Und ihr genau so wenig, dafür, dass sie mich so verarscht hat. In mir brodelt es. Ich muss dringend Dampf ablassen. Doch bevor ich loslege, gewähre ich der Vernunft einen kurzen Moment und rufe den Lechner an.

ARSCHBACKENTWIST

Du rührst dich nicht vom Fleck, hat mir der Herr Polizeihauptmeister eindringlich aufgetragen. Was natürlich eine saudumme Anweisung ist, weil in der Gasse, so direkt vor dem Hotel, stehe ich da wie auf dem Präsentierteller. Mein Kopf hat freilich schon verstanden, wie er es gemeint hat. Auch alles andere, was er mir mit Fug und Recht höchst aufgebracht entgegengeschleudert hat. Meine Beine marschieren trotzdem los, nachdem er aufgelegt hat. Auch weil ich mit einem Mal Zweifel habe, dass das Mörderpärchen wirklich zurück ins Hotel ist. Bei einigermaßen klarem Verstand muss einem doch einleuchten, dass ich die Behörden verständigt habe. Auch wenn die Veronika sich der Fahndung nach ihr noch nicht bewusst ist, müssen sie mein Auftauchen in jedem Fall als Warnung sehen. Und daraus folgern, dass die Luft dünn wird. Dass rausgekommen ist, was sie getan haben. Sind sie bereits auf der Flucht? Wenn ja, wohin? Weiter in den Osten? Würde die Allmannsederin sogar ihr Kind zurücklassen?

Es sind diese unbeantworteten Fragen, die mich dazu verleiten, erneut durch die Planen zu schlüpfen. Die Luft im Gang ist nach wie vor mit Baustaub erfüllt, doch es ist still. Die Rezeption nicht besetzt. Auch kein Töpfe- und Pfannengeklapper aus der Küche. Kein Staubsaugersurren aus den oberen Stockwerken. Kein Lärm, der von irgendwelchen Bauarbeitern verursacht wird. Handwerker kommen nicht mehr, wenn man sie nicht bezahlt, und das Personal hat wohl heute freigenommen.

Genau wie die Veronika.

Ich passe mich dem Geräuschpegel an und bewege mich möglichst lautlos durchs Erdgeschoss. Ab und an knirscht es leise unter meinen Sohlen. Sand, Verputz, Betonkrümel.

Beton!

Der Geruch ist nicht verflogen, wenn auch weniger intensiv als bei meinem ersten Besuch. Beton, der dabei ist auszutrocknen. Der Kellner von gegenüber hat mir verraten, dass die Renovierung schon ein halbes Jahr stillsteht. Da muss ich mich doch fragen, wer hier letzte Woche betoniert hat!

Mit einer Gänsehaut auf den Unterarmen folge ich der Spur der Zementsäcke in einen Gang, den ich noch nicht kenne. Es geht abwärts in die Dunkelheit. Unter die chemischen Ausdünstungen mischt sich immer mehr von dem typisch modrigen Geruch alter Häuser, je tiefer ich steige. Am Treppenabsatz finde ich einen Lichtschalter. Eine nackte Glühbirne flammt auf. Auch hier hängen Planen von der Decke.

Ein Hosenscheißer bin ich nicht. Keineswegs, sonst hätte ich mich nicht unter diesen Gegebenheiten ins Hotel Čáp gewagt. In dieses alte Gemäuer, das über Jahrhunderte die Feuchtigkeit des Flusses aufgesogen hat. Aber ich kann mir selbst gegenüber auch nicht verleugnen, dass mir sauber die Düse geht, während ich durch den Plastikdschungel schleiche.

Ich brauche nicht lang zu suchen. Der kleine, niedrige Raum diente früher als Kohlenkeller. Jetzt ist er leergeräumt. Der schräg nach oben verlaufende Schacht ist mit einem Gitter versehen, und die Wände sind unverputzt. Roter Backstein, der zum Teil mit grün-grauem Schimmel überzogen ist. Genau wie die gewölbte Decke, von der großflächig der Kalk blättert. Das wenige Tageslicht, das durch den Kohlenschacht herabrutscht, zeichnet ein zaghaftes Rechteck auf den frisch zementierten Boden. Riefen und Unebenheiten sind zu erkennen, dazwischen ein paar Risse, bedingt durch den Trocknungsvorgang, der noch nicht abgeschlossen ist. Ein stümperhaftes Machwerk. Selbst für osteuropäische Handwerker ohne Arbeitserlaubnis ein Armutszeugnis. Wenn ich jetzt einen Pickel bei der Hand hätte, würde ich eine Probegrabung wagen.

Plötzlich vernehme ich ein Scharren, schaffe es aber nicht mehr, mich danach umzudrehen.

Etwas donnert gegen meinen Nacken. Ohne dass ich mich abfangen kann, stürze ich der Länge nach auf den rauen Betonboden und schlage mir dabei heftig den Schädel an. Lichtblitze zucken über meine Netzhaut. Augenblicklich kriecht feuchte Kälte in mich hinein. Oder ist es die einbetonierte Seele der Helga Poschinger, die mit frostigen Fingern nach mir greift, jetzt, da ich ihr ganz nahe bin? Sie klammert sich an denjenigen, der sich als Einziger auf die Suche nach ihr gemacht hat. Aus Dankbarkeit oder in der Hoffnung auf Erlösung. Ich vermag es nicht zu sagen, aber es gruselt mich. Vor allem, weil der Kellerraum plötzlich mit Nebel gefüllt ist. Der feuchte Atem des Todes. Während ich am Boden noch mit Helgas Seele ringe, erkenne ich über mir zwei Schemen, die sich zischend unterhalten. Zwar verstehe ich kein Wort, obwohl sie in meiner Sprache sprechen, kann aber vom Tonfall auf eine gewisse Uneinigkeit schließen. Leider zerhackt ein stetes Klingeln in meinen Ohren den Inhalt wie eine Dechiffriermaschine. Träge wälze ich mich herum, sämtliche Bewegungen kann ich nur in Zeitlupe ausführen. Es kommt mir vor, als würde es Stunden dauern, den Arm zu heben. Selbst die Augen offen zu halten treibt mir den Schweiß aus den Poren. Jemand packt meine Beine, und ich kann mich nicht dagegen wehren. Jetzt schleifen sie uns hinaus aus dem Kohlenkeller, die Helga und mich. Sie liegt schwer auf meiner Brust, so schwer. Mein Rücken schrammt über den unebenen Boden. Es wird schwarz. Eine Schwärze, die ein Jahr andauert oder auch nur eine Sekunde. Ich kann es nicht einschätzen, aber plötzlich bin ich wieder wach. Nicht klar, aber wach.

Das hier ist ein anderer Raum. Größer. Glatter, kalter Stein unter mir. Dunkle Wände um mich herum, die selbst das gelbe Licht an der Decke nicht erhellen kann. Es riecht verbrannt. Nach einem erloschenen Feuer und ein wenig nach Brandbeschleuniger. Spiritus vielleicht.

Die Angst, die dieses Bukett an Gerüchen in mir entfacht, schärft mit einem Schlag meinen Blick, und er durchdringt das Halbdunkel. Ein eckiges Ungetüm vor mir erhält Konturen. Davor steht einer. Ich erkenne den Hlavac. Auf den Spitzen seiner rahmengenähten Hirschlederschuhe liegt wieder eine graue Staubschicht.

»Was haben Sie mit dem Bamberger gemacht«, presse ich hervor, als gäbe es keine dringlicheren Fragen, die nach einer Antwort schreien. Nur fällt mir das in meinem umnachteten Zustand halt als Erstes ein. Wohl auch des schlechten Gewissens wegen. Nachdem ich mich als Hundehotelier ausgegeben habe, ist der Hlavac nervös geworden und nach Büchlberg gefahren. Nur um festzustellen, dass der Bamberger nicht der ist, der bei ihm im Büro gestanden hat. Ich meine, dieser Irre schießt mit Carbonpfeilen auf andere Leute, dann wird er keine Hemmungen haben, einen overalltragenden Hundepfleger niederzuschlagen. Dass der Bamberger danach im Futternapf eines ausgehungerten Rottweilers gelandet ist, lässt mir bewusst werden, dass ich momentan wesentlich größere Sorgen als meine Kopfschmerzen habe.

»Aber Sie sind doch der Bamberger«, verhöhnt mich der Hlavac.

Ich versuche auszumachen, wo sich seine Komplizin befindet. Was immer das auch bringen mag. Wehren kann ich mich eh nicht, sollte er oder sie vorhaben, erneut von hinten auf mich einzudreschen.

»Wenn Sie der von der Hundepension gewesen wären, hätte ich jetzt keine Scherereien«, fährt der Tscheche fort. »Stell sich einer das vor! Kriegt der vor meinen Augen einen Herzinfarkt. Glauben Sie mir, ich hätte ihm geholfen, aber er ist in diesem Zwinger zusammengebrochen. Und dieser Bluthund, der darin hauste, sah nicht sonderlich vertrauenserweckend aus.«

»Sie hätten zumindest einen Notarzt rufen können«, werfe ich ihm vor. Mein Unterkiefer fühlt sich an wie Gummi, weshalb ich mich schwertue mit der Artikulation.

»Vertrauen Sie meinem geschulten Blick, es wäre zu spät gewesen. Außerdem hätte ich dann womöglich lästige Fragen beantworten müssen, zum Beispiel darüber, was ich in dem Hundehotel zu suchen habe. Und so betrachtet, hatte der Köter noch ein wenig Freude an seinem Pfleger, und allen war irgendwie geholfen.«

Mir war bis zu diesem Zeitpunkt nicht klar, was für ein hinterhältiges Arschloch der Hlavac wirklich ist.

»Wo ist die Veronika?«

»Packt meinen Koffer. Wir haben uns kurzfristig für eine Urlaubsreise entschieden. Das Schicksal hat sie in den letzten Tagen arg gebeutelt, sie braucht dringend Erholung.«

»Sie hätte ihren Gatten nicht so plump um die Ecke bringen dürfen. Es läuft schon die Fahndung, weit kommen Sie mit ihr an der Seite nicht.« Besser, ich hätte das für mich behalten, aber die Unsicherheit, die ihn kurz seines selbstgefälligen Lächelns beraubt, war es wert.

»Dann sollten wir keine Zeit verlieren«, knurrt er, macht einen Schritt zur Seite und gewährt mir einen Blick auf den alten Holzofen, der den halben Raum ausfüllt. Ein Monstrum, von dem aus früher über ein ausgeklügeltes System an Schächten das Haus beheizt wurde. Und in dem vermutlich alles entsorgt wurde, was irgendwie brennbar war. Groß genug ist die Ofentür auch für sperriges Heizgut. Und für das, was doch nicht passt, steht neben dem Stapel Brennholz, den ich in der Ecke ausmache, der Hackstock bereit. Jemand hat eine langstielige Axt in das helle Holz getrieben.

»Ich hätte ihn ja schon längst rausreißen und durch eine moderne Heizanlage ersetzen lassen, aber mir fehlte bislang das nötige Kleingeld. Zum Glück, möchte ich jetzt fast behaupten, denn er feuert nach wie vor prächtig«, erklärt mir der Hlavac und schlendert rüber zu dem Beil. Unbeholfen versuche ich mich von ihm wegzuschieben. Meine Extremitäten fühlen sich immer noch taub an, aber wenn ich mit dem Arsch hin und her wetze, erarbeite ich mir tatsächlich ein paar Zentimeter. Nichts, was mich zuversichtlich stimmt. Ich muss weiter Zeit gewinnen.

»Wer hat die Helga erledigt? Sie oder Ihre Geliebte?«

»Herr Fellinger, sind wir hier in einem schlechten Krimi, in dem sich der vermeintliche Verbrecher haarklein erklärt, bevor er den guten Polizisten um die Ecke bringt? Aber was sage ich da? Polizist! Sind Sie ja gar nicht. Nur von der Hygiene. Das hat der Veronika ernsthaft zu schaffen gemacht, dass Sie nicht einmal von der Polizei sind.«

»Was spielt das noch für eine Rolle, wer Ihnen auf die Schliche gekommen ist. Jede Sekunde werden Sie die Sirenen hören und wissen, dass es kein Entrinnen mehr gibt. Ob als Täter oder als Mitwisser. Und dass Sie den Beaver überfahren haben, dafür gibt es sogar einen Zeugen.«

Der Hlavac legt seine manikürten Finger an den Holzschaft der Axt. »Dieser stinkende Flohbeutel war ihr ohnehin immer wichtiger als ich. Glauben Sie mir, Fellinger, ich bin eigentlich ein friedsamer Mensch, der in sich ruht, aber diesen Hund über meinen Kühler springen zu lassen habe ich ehrlich genossen.«

»Was wollten Sie eigentlich am Dienstagabend bei der Helga, als Sie mit Ihrem Rosensträußchen an ihrer Tür geläutet haben? Um Versöhnung betteln und ihr dabei gleichzeitig den Notarbesuch ausreden?«

»Wie ich sehe, sind Sie gut informiert«, sagt er überrascht. Nachdem ich ihn mir ein bisserl vorgeknöpft hatte, hat mir der Texmäx den Hlavac ziemlich gut beschrieben, wie er da mit seinen Blumen Dienstagabend vor dem Haus aufgetaucht ist. Leider war sich der Aschenbrenner, was die Uhrzeit anging, überhaupt nicht mehr sicher. Aber rein der Logik folgend muss das gewesen sein, als der Ganske und auch die Moserin schon weg waren. Noch bedauerlicher für mich ist, dass dieser Bierdimpfi dann erst mal Zigaretten holen gegangen ist, statt abzuwarten, was weiter passiert. Entscheidend wäre für mich halt, was sich zwischenzeitlich in der Villa abgespielt hat, aber in meiner momentanen Situation fehlt mir die intellektuelle Schärfe, um eine verfängliche Aussage zu provozieren. »Hat sie Ihren Rosenstrauß verschmäht, die Helga, oder war womöglich die Veronika da gar schon fertig mit ihrer abgekarteten Abscheulichkeit?«, frage ich daher recht plump.

Mit einem Ruck löst der Hlavac den Metallkeil aus dem Hackstock.

»Warum haben Sie mich eigentlich nicht gleich mit dem Pfeil erledigt?«

Er kommt auf mich zu, die Axt locker in den Griffeln. Mittlerweile habe ich mich mittels meines Arschbackentwists bis an die Wand gegenüber dem Eingang des Heizraums geschoben. Keinen Meter vor mir bleibt er breitbeinig stehen.

»Ich wollte nicht zu viel Aufsehen erregen, und wie ich Sie richtigerweise eingeschätzt hatte, laufen Sie wegen einem Warnschuss nicht gleich zur Polizei. Dann hätte man Ihnen ja womöglich untersagt, Ihre Nase in fremder Leute Angelegenheiten zu stecken. Nachträglich bereue ich natürlich, danebengezielt zu haben, wie Sie sich denken können.«

Zwischen seinen Beinen hindurch spähe ich rüber zum Ofen, und ein Teil von mir wünscht sich ebenfalls, er hätte gleich ins Schwarze getroffen. Auch wenn verbrennen effektiver ist als einbetonieren, sinniere ich, ist letztlich beides Scheiße, weil der Beseitigung der Tod vorausgeht. Und ebendieser wird mich jetzt jede Sekunde ereilen. Die Aussicht auf diese furchtbare Endgültigkeit trübt erneut meinen Blick. Ich beiße mir auf die Unterlippe, weil ich dieser Drecksau nichts vorheulen will; der soll das nicht noch mehr genießen.

Eine letzte Sache hab ich aber zu sagen. »An das Geld von der Poschinger kommst du doch eh nicht mehr, was hat das Ganze also noch für einen Sinn?«

Der Hotelier schüttelt den Kopf. Seine Miene wird dabei beinahe mitleidig. »Noch ist nichts bewiesen«, flüstert er. »Und echte Zeugen gibt es keine mehr, sobald ich angefeuert habe.« Damit hebt er die Axt über den Kopf.

Das war's dann, denke ich und meine im selben Moment, ich müsste noch an irgendwas anderes denken. An was Gescheites, Nachhaltiges, irgendwas, das mich erfüllt. Was mir den Übergang ins Licht erleichtert. Etwas für den Seelenfrieden. Aber mir fällt nichts ein. Stattdessen denke ich an die Mama und dass es ihr das Herz brechen wird, weil sie jetzt keine Enkel mehr bekommt. Und was für schöne Enkel ich doch hätte machen können mit der Höllmüllerin. Ja, was wären das für bezaubernde Kinder, wenn sie nach der Mutter kämen!

Die Angst vor dem Tod befreit mich vom Schmerz, stelle ich fest. Oder es ist dieser letzte, versöhnliche Gedanke an Mamas Enkel, bevor ich die Augen schließe?

IN FLAGRANTI

Es tut einen dumpfen Rumpler.

Ich verspüre keinen Schlag. Keinen Eisenkeil, der meinen Schädel spaltet. Natürlich weiß ich nicht, ob man dabei überhaupt noch etwas wahrnimmt. Ich spüre ja nicht einmal einen Luftzug. Höre nur, dass etwas Großes umfällt.

Bloß, weil ich ja eh schon liege, kann ich es schlecht gewesen sein, der eben zu Boden gegangen ist. Es bleibt mir nichts übrig, als die Furcht niederzuringen und die Augen zu öffnen.

Der Hlavac liegt neben mir auf dem Boden, röchelt ungesund und verdreht seine Augen, dass nur noch das Weiße zu sehen ist. Ich blicke auf – und da steht er. Gedrungen. Ein unterarmlanges Holzscheit in der Hand, von dem ein wenig Blut tropft.

Wie gewohnt trägt er seinen Helm mit dem verspiegelten Visier und die schwarze Lederkombi. Kann man eigentlich überhaupt so saumäßig vom Regen in die Traufe kommen, wie mir das gerade passiert?

»Wenn du mich schon erschlägst – die Axt wär mir lieber«, sage ich matt und deute auf das Beil, das neben dem Tschechen liegt. »Ich meine, damit geht es schneller als wie mit dem klobigen Holzprügel.«

»Kruzefixhalleluja«, ertönt es gedämpft aus dem Motorradhelm. »Leck mich, leck mich, leck mich! Der wollt dich ernsthaft erschlagen, oder was?« Damit klappt er sein Visier hoch. Rote Backen quellen hervor und quetschen sich gegen eine Knollennase. Darüber von Überraschung geweitete Augen. Trotz des eingeschränkten Ausschnitts, den mir sein Helm gewährt, kommt mir das Gesicht bekannt vor. Wir belauern uns gegenseitig, bis mich der Gedanke erreicht, dass ich mich vielleicht bedanken sollte. Der Motorradfahrer, der ohne Zweifel in den letzten Tagen mein Verfolger war, scheint nicht die Absicht zu haben, das Werk vom Hlavac zu vollenden. Im Gegenteil. Er hat mich vor einem tödlichen Axthieb bewahrt. Aber ich komme rein vom Verstand her nicht mit der aktuellen Situation zurecht. Was ist da eben passiert? Vor zehn Sekunden war ich quasi tot.

»Und du … Wer?«, stammle ich endlich und deute auf ihn.

»Bechtl«, sagt er.

»Marina«, sage ich.

»Genau der.«

Der Ehemann von der Bechtl Marina also, dem ich letzten Dezember Hörner aufgesetzt habe. Jetzt, wo das Adrenalin nachlässt, hämmert es wieder mächtig unter meiner Schädeldecke. Die Neugier fühlt sich dadurch jedoch nicht beeinträchtigt. »Warum?«

»Ich bin dir hinterher. Hab gedacht, du fährst zum Bumsen in die Tschechei. Da wollt ich ein paar Fotos für die Marina machen, damit sie sieht, was für ein Hallodri du bist. Diesmal war ich mir ziemlich sicher, dass es klappt, vor allem, nachdem ich dich in dieses abgehalfterte Hotel hab gehen sehen. Aber dass du hier so einen Scheißdreck abziehst …«

Wir betrachten beide den Hlavac, der nun endgültig ins Reich der Träume hinübergeglitten ist.

»Jetzt Moment mal, ich kann ja wohl nichts dafür, dass ich hier an einen Irren gerate, der mich in seinem Holzofen verheizen will.« Warum verteidige ich mich überhaupt vor dem Bechtl?

»Is ja auch wurscht, nach Bumsen schaut das eh nicht aus«, folgert er und wirkt ein wenig enttäuscht, weil er jetzt keine Fotos für seine Marina schießen kann. Wenn ich er wäre, würde ich mich sofort fotografieren, wie ich da verdroschen und käsweiß im Dreck liege. So ein *Loser-Picture* würde seine untreue Gattin vielleicht noch mehr abschrecken. Aber die Situation überfordert ihn augenscheinlich genauso massiv wie mich.

»Das heißt, du hast mich über Tage nur deshalb verfolgt, weil du gehofft hast, ich fahr über die Grenze zum Schnacksln, wo du mich dann in flagranti zu erwischen gedachtest.«

Er zeigt auf mich, um mir zu signalisieren, dass ich sein Vorhaben verstanden habe. »Hab extra Urlaub genommen.«

Unter anderen Voraussetzungen hätte ich ihm gesagt, dass er ein Haubndaucha ist, aber immerhin, mahne ich mich erneut, hat mir seine Obsession das Leben gerettet.

»Na, in dem Fall sag ich danke!«

»Tut mir leid wegen der Nase, aber wie ich die Marina heute früh bei dir aus dem Haus hab kommen sehen und du mir dann nackert die Tür aufgemacht hast ... na ja, da ist mir die Sicherung durchgebrannt.«

Meine Nase! An den Igel im Gesicht habe ich mich offenbar schon gewöhnt. Und die Schmerzen haben sich durch das rabiate Zutun vom Frantisek sowieso gleichmäßig in meinem geschundenen Leib verteilt. Mir ist klar, dass jetzt irgendwas passieren muss, aber das Denken fällt mir immer noch schwer. Da vernehme ich leise das Heulen von Sirenen, das durch die dicken Wände des alten Baus dringt. Ich sehe dem Bechtl an, dass auch er sie hört.

»Du solltest jetzt verschwinden, die Polizei ist gleich da«, empfehle ich ihm.

Er tippelt nervös von einem Motorradstiefel auf den anderen. »Und du?«

»Ich bleib hier sitzen«, erkläre ich, was ihn erleichtert. Wahrscheinlich hat er gemeint, er müsste auch noch den Fluchthelfer spielen. Ach, apropos Flucht!

»Nur eine Sache noch. Ist dir oben im Hotel eine Frau begegnet?«

»Da ist eine rausgefahren, aus dem Hof, gerade, wie ich ins Haus bin. Der hat's ziemlich pressiert.«

Die Veronika hat sich also vom Acker gemacht. Da schau her! Von wegen »sie packt meinen Koffer«. Ich merke, wie mir wieder schummrig wird. Im Gegensatz zur Allmannsederin fühle ich mich zu einer Flucht vor der tschechischen Polizei nicht in der Lage.

»Verschwind jetzt!«, fordere ich meinen Retter nochmals auf, dem es trotz seiner Eifersucht offensichtlich schwerfällt, mich in diesem Keller zurückzulassen. Schließlich zuckt der Bechtl verlegen mit den aufgepolsterten Schultern, dreht sich um und marschiert aus dem Heizraum. »Die Marina kriegt sich schon wieder ein«, rufe ich ihm hinterher. Danach kippe ich zur Seite, und es wird wieder schwarz um mich herum.

SCHÄDELTRAUMA

Ich verbringe eine Nacht unter Beobachtung im Český Krumlov Hospital. Verdacht auf Gehirnerschütterung, wie mir eine Nachtschwester erklärte, als ich von einer leichten Panik befallen erwacht war. Bevor ich weitere Fragen stellen konnte, drückte sie mir eine Tablette zwischen die Zähne und kippte kalten Hagebuttentee hinterher. Soweit ich mich entsinnen kann, ergab ich mich meinem Schicksal, schluckte und dämmerte dahin, bis der Schmerz nachließ und mich der Schlaf in seine Arme zurückholte.

Jetzt, zur frühen Morgenstunde, fühle ich mich besser. Vor allem nachdem ich die Krankenschwester aus der Frühschicht davon abhalten konnte, die Fiebermessung rektal durchzuführen. Auf dem Nachttisch steht ein karges Frühstück, mit einem Brötchen, das so trocken ist wie die Krankenschwester, die es serviert hat. Ich esse nichts, weil mir immer noch schlecht ist, trinke nur den dünnen Kaffee. Dann kommt auch schon der Lechner hereingeschneit, als hätte er wie ein werdender Vater Nägel kauend die ganze Nacht draußen auf dem Gang verbracht. Diese rührselige Vorstellung schafft, was dem Kaffee nicht gelingt. Mir wird warm ums Herz. Nur seine verkniffene Miene passt nicht zu meiner Auffassung einer wahren Männerfreundschaft. Besorgt schaut er nämlich nicht drein. Vielleicht gibt er sich aber auch nur mürrisch wegen seines Begleiters, der dem Auftreten nach zu urteilen nur ein tschechischer Kollege sein kann. Ein schlechter Abklatsch von Peter Falk, der statt dem beigen Trenchcoat einen moosgrünen Trachtenjanker mit braunen Lederflicken auf den Ellbogen trägt.

»Das ist der Pavel«, sagt der Lechner. Kein Wort darüber, wie es mir geht, keine Pralinen. Nicht einmal ein Vitaminsaft.

»Ich bin auch froh, dich zu sehen … und natürlich auch den Herrn Pavel«, füge ich an, was dessen Laune nicht zu heben scheint. Unter meiner Schädeldecke wabert noch ein dumpfer Hintergrundschmerz, der mich aber nicht weiter behindert. Was auch immer die Tschechen mir eingeflößt haben, es stabilisiert vorerst meine geistigen Fähigkeiten. »Habt ihr sie erwischt, die Veronika?«, frage ich daher geradeheraus, was den Lechner noch ein bisserl grantiger aussehen lässt. Inspektor Columbo dagegen behält sein sozialistisches Pokerface bei.

»Der Herr Hlavac beschuldigt dich, du wärst unberechtigt in sein Hotel eingedrungen und hättest ihn überwältigt, nachdem er dich in seinem Keller gestellt hat.«

Dieser Vorwurf verstärkt sofort das Pochen in meinen Schläfen. »Und danach habe ich mir selber was gegen den Hinterkopf gedonnert, weil ich ihn nicht so allein bewusstlos habe rumliegen lassen wollte. Sagamal, spinnst du jetzt komplett? Der Hlavac hat mich misshandelt und bedroht. Er wollte mich mit der Axt zerteilen und verheizen.«

»Wenn dem so war, wieso haben wir den Herrn Hlavac ebenfalls ohnmächtig vorgefunden?«

»Das fragt ihr mal besser die Allmannsederin!« Es fällt mir gar nicht schwer, der Veronika diesen Schwarzen Peter zuzuschieben. Irgendwie bin ich froh, dass der Bechtl ungesehen davongekommen ist. Die arme Sau ist genug gestraft mit seiner Marina, die ihre Finger nicht von anderen Männern lassen kann. Da kann ich ihm sogar meine kaputte Nase verzeihen.

»Es gibt keinerlei Verbindung zwischen der Frau Allmannseder und dem Herrn Hlavac«, klärt der Lechner mich auf, als spräche er mit einem x-beliebigen Verdächtigen. Hat er mir denn überhaupt nicht zugehört, als ich ihn gestern angerufen habe?

»Habt ihr wenigstens seinen Ofen durchsucht, nach sterblichen Überresten? Oder den frisch betonierten Boden im Kohlenkeller aufgestemmt? Die Leiche von der Poschinger Helga ist da irgendwo!«

»Kein hinreichender Verdacht«, sagt der Pavel, der nicht größer als ein Meter sechzig sein kann, weshalb ich ihm im Bett sitzend direkt in die grauen Augen blicken kann.

»Wir kommen da jetzt nicht weiter«, wendet der Lechner ein. »Ich hab bis hierhin alles geregelt. Wenn die Ermittlungen abgeschlossen sind, wirst du dich dafür verantworten müssen. Vorerst kommst du mit mir!«

Columbo hat keine Einwände. Beide schauen sie mir dabei zu, wie ich die Zudecke zurückschlage und aufgebracht aus dem Bett rutsche. »Wir werden schon sehen, wer sich da für was zu verantworten hat.« Ich versuche meinen Zorn hinunterzuschlucken. So verfahren, wie die Situation sich gerade darstellt, bringt es nichts, sich weiter hineinzusteigern. Außerdem muss ich an meine Gesundheit denken.

»Sollte nicht noch ein Arzt …«, beginne ich, aber der Polizeihauptmeister wedelt nur mit den Händen. Offensichtlich will er mich hier dringendst weghaben.

»Zieh dich an, wir warten draußen!«

Schon bin ich wieder allein. Immerhin haben sie mir ein Einzelzimmer gegeben. Nicht auszudenken, wenn die mich zusammen mit dem Hlavac … Ob der überhaupt eingeliefert werden musste?

Auch das Genick tut mir weh, stelle ich fest. Mit einiger Mühe streife ich mein Krankenhaushemd ab und schlüpfe in die arg mitgenommenen Klamotten von gestern. Wer immer sie mir ausgezogen und auf den Stuhl neben mein Krankenbett gelegt hat, sah keine Notwendigkeit, sie auszuschütteln und vom Baustaub zu befreien. Der Dreck aus dem Hotel Čáp rieselt aus allen Hosentaschen. Brieftasche, Handy, Autoschlüssel sind vorhanden, weshalb ich nicht weiter darüber lamentiere. Ich kann mich einigermaßen bewegen und verliere in der Senkrechten weder Gleichgewicht noch Orientierung. Mit einem Blick in den Spiegel, den ich mir bis ganz zum Schluss aufgehoben habe, entdecke ich, dass auch die Platzwunde über dem Nasenbein zweifach geklammert wurde. Damit schaue ich fast noch verwegener aus.

Anscheinend hat der Pavel Wichtigeres zu tun, weil auf dem Gang steht nur noch der Lechner. Einen Arzt bekomme ich auch nicht mehr zu Gesicht. Falls mich je einer untersucht hat, hegte der Mediziner wohl keinerlei Bedenken bezüglich eines Aneurysmas oder ähnlicher Folgeschäden, die ein massives Schädeltrauma mit sich bringen könnte.

Ich wäre gern selber gefahren, aber der Lechner hält mich

nicht für fahrtüchtig und besteht darauf, dass mein Auto auf dem großen Besucherparkplatz zurückbleibt. Noch schlimmer: Ich muss den Autoschlüssel einem tschechischen Uniformierten aushändigen, der dafür Sorge tragen will, dass mein BMW über die Grenze geschafft wird. Ich hoffe, er meint damit nicht die polnische.

Mir fehlt plötzlich die Energie, mich zu wehren. Womöglich lassen ja die tschechischen Drogen nach. Der Lechner gibt mir zu verstehen, ich soll dankbar sein, dass er mich persönlich zurück in die Heimat überführt und alles dafür getan hat, dass ich nicht hier herüben in U-Haft genommen wurde. Schweigend verlassen wir Krumau. Wir nehmen nicht die Fähre, sondern gurken um den See herum. Der Lechner war noch nie ein Romantiker.

»Wie konnte euch die Allmannsederin bloß auskommen?«, platzt es kurz vor der österreichischen Grenze aus mir heraus. Mir wird so langsam klar, dass ich diese Frau brauche, denn nur sie kann meine Sicht der Dinge untermauern – sofern wir sie dazu kriegen. Und wofür wir sie überhaupt erst mal kriegen müssen. Aber was heißt schon wir? Was muss eigentlich noch alles passieren, bis der Exekutive endlich die Augen aufgehen?

»Warst du dabei, beim Verhör von dem Hlacav?«

Dem Lechner sein Gesicht bekommt wieder Farbe. »Ich hätt lieber nicht gehört, was der über dich erzählt hat, als wir ihn wach bekommen hatten.«

»Er hat gestanden.«

»Ja, weil du ihm gedroht hast –«

»Als er mich am Boden hatte! Sepp, du musst mir glauben!«

»Und was, was hat er gestanden?«, schreit der Lechner gegen die Windschutzscheibe.

»Dass er den Hund überfahren hat.«

»Den Hund! Den Hund! Himmelherrschaft!«

»Ja, den Hund!«, brülle ich zurück, und sofort hämmert es wieder zwischen meinen Schläfen. »Die haben gemeinsame Sache gemacht, gegen die Helga. Und die Leiche ist dort irgendwo oder das, was noch von ihr übrig ist, wenn sie die arme Frau verbrannt haben.«

Mir scheint, der Lechner versucht sich yogamäßig an der Bauchatmung, bevor er antwortet. »Berthold, die Veronika braucht eine Leiche für die Versicherung. Oder meinst du, die will sieben Jahre warten, bis sie die Mutter endlich für tot erklären lassen kann?«

Da kann ich jetzt nur zustimmend nicken und bin froh, dass er es nicht merkt, weil er dermaßen konzentriert auf die Fahrbahn glotzt. Seine Knöchel sind ganz weiß, so verkrampft hängt er am Lenkrad. Besser, wenn ich ihn ganz achtsam und sanft wieder auf meine Seite bringe, bevor er uns gegen einen Baum fährt.

»Ist die Moserin noch im Krankenhaus?«

Kurz schaut er zu mir rüber. Sein Mund ist verkniffen. Eigentlich will er mich auch dahingehend zurechtweisen, dass ich die Putzfrau in Frieden lassen soll. Dann mit einem Mal erkenne ich, wie ihn die Resignation überkommt. Bisweilen bin ich ein schlechter Freund, doch wir kennen uns einfach zu lange, als dass wir ohne einander auskommen können.

»Schon entlassen«, knurrt er. »Auf eigene Verantwortung. Die Alten sterben halt lieber daheim, damit die

Angehörigen noch ein bisserl Arbeit haben, bevor es was zu erben gibt.«

Womit wir wieder beim Stichwort wären, aber ich hüte mich, ihn jetzt danach zu fragen, wem das Vermögen von der Poschingerin zufällt.

HASENBRATEN

Die Höllmüllerin schreibt mich für den Rest der Woche krank. Nachdem ich bei ihr in der Praxis war – diesmal war für die Sprechstundenhilfe der Notfall nicht zu übersehen –, fühle ich mich schon sehr viel besser. Und als tags darauf auch mein Auto – natürlich weder vollgetankt noch gewaschen und rausgesaugt – vor der Tür steht, hält mich nichts mehr auf meiner Couch. Zwei Tage lang ziehe ich mein Programm durch und arbeite auf, was ich die Woche davor habe schleifen lassen. Zwar schwebt über mir immer noch der Verdacht auf Gehirnerschütterung, und die Schwellung der Nase hält ebenfalls an, aber was soll's? Die Arbeit lenkt mich ab. Donnerstagabend schaffe ich es dann auch endlich, meinen Flur vernünftig zu säubern. Der saure Gestank in der Wohnung wird mich wohl noch Monate begleiten.

Vom Lechner höre ich nichts, was vor allem daran liegt, dass ich keine Motivation verspüre, beim Kellerwirt einzukehren. Weder blangt's mich nach Bier noch nach was zu essen. Deshalb erfahre ich auch nicht, ob ihm die Allmannsederin ins Netz gegangen ist. In der Zeitung steht nichts davon. Auch keine Bitte an die Bevölkerung um Mithilfe und sachdienliche Hinweise. Ich sehe keine Hundertschaften die Wälder durchkämmen und keine Hubschrauberstaffel im Einsatz. Entweder die Veronika landet in einem halben Jahr bei Aktenzeichen XY, oder man will sie in Sicherheit wiegen. Ihre Kleine ist bei der Mutter vom Lothar, hat es geheißen, als ich irgendwann mal beim Bäcker stand. Die Mutter sei wegen des überraschenden Todes des Ehemanns auf Therapie. Mei, was die Leut halt so erzählen.

Auch von den Tschechen kommt nichts. Keine Vorladung, kein Einreiseverbot. Gut, damit habe ich auch nicht gerechnet. Der Hlavac wird sich hüten, Anzeige zu erstatten.

Am Freitag habe ich dann endlich wieder Appetit, und wie wenn die Mama das riechen könnte, dass es ihrem Sprössling wieder besser geht, ruft sie mich an. Sie hat einen Hasen im Rohr und Semmelknödel auf dem Herd.

Nachdem ich brav alle gesammelten Hygieneverfehlungen der hiesigen Gastronomen bei der Angela abgeliefert habe, mache ich mich nachmittags von Passau aus direkt auf den Weg zu meinen Eltern. Das Wetter ist prächtig. So einen schönen Frühsommer hatten wir schon lang nicht mehr. Die Sonnenbrille passt fast wieder auf meinen Nasenrücken. Der Zinken schaut wieder einigermaßen passabel aus, obwohl ich nicht umhinkommen werde, meinen Eltern eine Erklärung für mein zerstörtes Konterfei zu liefern. Was nicht schwer ist, weil ich ja täglich auf Gastwirte mit hohem Aggressionspotenzial treffe.

Der Empfang vom Wacki ist herzlich, auch der von der Mama. Die Nase interessiert sie gar nicht sonderlich, was mich fast ein wenig enttäuscht. Vielleicht muss ich mit ihr jetzt doch mal zum Fielmann?

»Wo ist der Papa?«

Der Hanomag steht verlassen da.

»In der BayWa.«

»Warum ruft er mich nicht an, wenn er was aus Passau braucht? Ich bin vor einer halben Stunde dort vorbeigefahren.«

»Er sagt, du weißt nicht, was er braucht.«

Ich winke ab. Sturer Esel. Der Duft aus der Küche stimmt mich allerdings schnell wieder versöhnlich, und wenn der Alte nicht da ist, muss ich mir auch kein blödes G'schmatz beim Essen anhören. Erwartungsvoll setze ich mich in meine Ecke. Die Mama hat mir schon ein Bier hingestellt, eisgekühlt aus dem Grand. Während ich mir einschenke, kommt sie mit dem Reindl daher und stellt es in die Tischmitte. Das geschmorte Tier schaut hervorragend aus und ist schon sauber in Viertel zerlegt. Aber es ist ein Wildhase und kein Kaninchen.

»Äh, wo ist denn der Has her?«, frage ich vorsichtig und zögere, meine Gabel in den Braten zu stoßen.

»Mei, Bua, die Knödel!«, sagt die Mama inkohärent und verschwindet wieder in die Kuchl. Während ich auf sie warte, schiebe ich den Braten in der dunklen Soße hin und her, die sie mit Preiselbeeren verfeinert hat. Passend zum Wild halt. Mir läuft das Wasser im Mund zusammen, trotzdem bleibe ich standhaft. Derzeit ist einfach keine Jagdsaison für Hasen, und tiefgefroren war das Fleisch noch nicht, das erkenne ich an der Konsistenz der Fasern.

Sie hat sich auffällig viel Zeit damit gelassen, die Semmelknödel aus dem Wasser zu schöpfen. Mei, wie die da jetzt verlockend aus der Schüssel dampfen, die sie vor sich herträgt. Vielleicht sollte ich einfach mein Maul halten und genießen. Der Luang hat das mit dem Hund auch durchgezogen, und das war sogar noch mal was ganz anderes als ein gewilderter Hase.

Ich warte, bis sie bei mir sitzt und mir einen Knödel auf den Teller gelegt hat.

»Jetzt fang halt an!«

Würde ich ja saumäßig gerne. »Hat der Papa wieder Fallen aufg'stellt?«, platzt es stattdessen aus mir heraus.

»Na, den hat er geschenkt gekriegt.«

»Geschenkt! Von wem?«

»Von so einem Jäger halt – aber es ist kein Schrot drin, brauchst nicht aufpassen.«

»Kein Schrot? Wie schießt man denn sonst einen Hasen?«

Sie beugt sich mir entgegen und rollt ihre Augen auf eine Weise, die mir sagt, dass es ihr selber nicht ganz geheuer ist.

»Stell dir vor, der hat den Has mit einem Pfeil derschossen.«

»Pfeil!«, schreie ich. »Wo?«

»Hinten im Heigert. Dort ist er auch dem Papa begegnet. Der war dort beim Mähen und hat es nämlich gesehen …«

Mir wird ganz schlecht. Noch viel schlechter als nach der Gehirnerschütterung.

»… und weil der Jäger Vegetarier war, hat er den Has dem Papa überlassen. Das hat er jedenfalls g'sagt. Wobei ich glaub, der wollt damit bloß erreichen, dass der Papa ihn nicht verrät …«

Ich trinke das halbe Glas leer, ohne gegen die Trockenheit in meinem Mund anzukommen.

»… eigentlich war er nett, hat der Papa g'meint. Er sollte

mir einen schönen Gruß ausrichten, und dass ich mit dem Has ja die Familie bekochen könnte.«

Sie zeigt auf das Reindl mit dem Braten, um mir zu verdeutlichen, dass sie dieser Aufforderung entsprochen hat. »Der Papa hat gemeint, es wär ein Tschech gewesen.«

»Freilich war's ein Tschech!«, presse ich hervor. »Wann war das?«

»Gestern.«

Der ganze Appetit ist mir verdorben. Das ist doch eine Provokation sondergleichen von dem Hlavac, dieser Drecksau. Ich muss mich dermaßen beherrschen, nicht unverzüglich aufzuspringen, dass meine Hand zittert, als ich das Bier leer trinke.

»Du hast aber einen Durst«, stellt die Mama fest. Ich merke ihr an, dass sie mir anmerkt, dass was nicht stimmt. »Magst du jetzt doch nix essen?«, fragt sie verhalten.

Ich lege meine Hand auf die ihre. »Es tut mir leid, aber ich muss dringend weg. Könnt ihr bitte in den nächsten Tagen ausnahmsweise die Tür absperren, wenn ihr ins Bett geht!«

»Aber Berti! Seitdem ich hier wohn, haben wir nächtens noch nie die Tür abg'schlossn. Du machst mir Angst!«

»Tu einfach, was ich dir sag, und lass ja keinen Tschechen auf den Hof!« Was für eine dämliche Anweisung. Wie soll man die befolgen können? Aber aus der Sorge heraus fällt mir grad nichts Besseres ein. Ich stehe auf, küsse sie auf die Stirn und renne aus dem Haus. Mein Herz pumpt wie irre. Mir ist in den letzten Minuten auf furchtbare Art klar geworden, dass die Sache noch nicht ausgestanden ist.

Warum macht der Hlavac bloß weiter auf Abschreckung? Da bleibt für mich nur eine Antwort. Er meint, dass ich was weiß, was ihm schaden könnte. Doch abgesehen von meinem Gefühl, dass ich was wissen könnte, weiß ich, dass ich nichts weiß.

Mein erster Weg führt mich in die Brückenstraße. Vielleicht ist ja der Moserin noch was eingefallen, was mich weiterbringt. Es ist ein arger Wind aufgekommen, der mich regelrecht vor ihre Haustür fegt. Offensichtlich braut sich da auch meteorologisch was zusammen. Kaum habe ich geklingelt, steht sie schon in der Tür. Die Erna ist halt eine klassische Ratsch'n, die nichts verpassen will. Da muss man auf Zack sein, selbst mit einer Kopfverletzung.

»Ah, der Herr Inspektor. Ham'S ihn endlich gefunden, den Hammel, den verreckten.«

Ich zucke verlegen mit den Mundwinkeln. Zu meiner Linken wiegen sich die Sträucher der Lorbeerkirschhecke. »Kann ich reinkommen?«

Sie mustert mich skeptisch, bis ich ihr meine leeren Hände zeige. Sie interessiert sich aber mehr für meine Nase. »Ham Sie jetzt auch eine draufgekriegt? Mei, die Polizei heutzutag …« Sie schüttelt den Kopf und macht mir Platz. Es riecht nach Essen. Mein Magen knurrt. Hoffentlich bietet sie mir nichts an, sonst muss ich schnell noch ihre Küche inspizieren, bevor ich zusage.

Die Moserin denkt gar nicht daran, ihr frühes Abendessen mit mir zu teilen, sondern eiert vor mir her ins Wohnzimmer. Der Flachbildschirm auf dem Bufett ist gigantisch.

»Ha«, sagt sie, meinem Blick folgend, »den hat er nicht tragen können, der Krüppel.«

»War jetzt eigentlich der Schlüsselbund das Einzige, was weggekommen ist?«, frage ich scheinheilig.

Ihr fällt die Kinnlade runter. »Ja, woher …? Das hab ich doch bisher niemandem erzählt«, stammelt sie. »Hör'n Sie, wenn meine Kunden erfahren, dass die g'stingade Wuidsau alle Schlüssel mitgenommen hat, dann müssen die Leut ja sämtliche Schlösser austauschen. Himmelherrgott, so eine Schand, mich nimmt ja nie mehr wer zum Putzen, und ich bin ruiniert, rein businessmäßig! Verstehen Sie?«

»Jetzt beruhigen Sie sich, Frau Moser. Wenn Sie nix sagen, ich kann ebenfalls schweigen.«

Der Moment der Erleichterung währt nur kurz, dann kehrt das Misstrauen mit aller Macht zurück.

»Sie verlangen jetzt aber nicht irgendwelche Schweinereien von mir, dafür dass ich das Maul halt?«

Um Gottes willen! Instinktiv mache ich einen Schritt rückwärts. »Nein, nein, Frau Moser. Ich will eigentlich nur wissen, ob Ihnen noch was zu letztem Dienstag eingefallen ist. Irgendwas, womit Sie bisher nicht rausgerückt sind, genau wie mit dem verschwundenen Schlüsselbund.«

So wie ich sie in die Ecke gedrängt habe, kann sie quasi gar nicht anders. Die Moser Erna setzt sich gegenüber ihrem Mega-Plasmabildschirm auf ihre tannengrüne Cordcouch und schrumpft zu einem Häuflein Elend zusammen. Ihre Stimme wird plötzlich weinerlich, als sie anfängt zu berichten. Und was sie mir da erzählt – das ändert alles.

WETTERKERZE

Der Franz hat eine Jagdhütte. Vielmehr hat er eine gehabt, als er noch gelebt hat.

Die Jagdhütte steht natürlich immer noch, nur kann der Poschinger nichts mehr damit anfangen. Und die Helga, die wusste auch nichts damit anzufangen, außer sie zweimal im Jahr von der Moserin rauswischen zu lassen, damit sie nicht vollends verkommt. Es bestünde ja durchaus die Möglichkeit, dass sich spontan ein Käufer findet, und dann sollte dort einigermaßen aufgeräumt sein. Hat die Erna gesagt.

Gesagt hat sie auch noch was anderes. Womit ich jetzt faktisch was weiß, von dem ich mir selber nicht so recht glauben will, dass ich es weiß. Vor allem, weil es mich komplett durcheinanderbringt. Wahrscheinlich dauert es bei der Rumsucherei im Saubachwald auch deshalb so lang, bis ich endlich den schmalen, ausgewaschenen Weg finde. Zwei Fahrrinnen und in der Mitte kniehoher Grasbewuchs. Viel gefahren wird hier nicht.

Auch ich hüte mich davor, dort einzubiegen. Erstens ist mein BMW nicht auf solche Schlaglöcher ausgelegt, und zweitens will ich mich nicht schon von weither ankündigen. Deshalb parke ich an der nächstmöglichen Stelle, einen halben Kilometer das Waldsträßchen entlang, Richtung Hochwinkl, um dann, zurück bei der schwer auszumachenden Abzweigung, meinen Vorstoß zu wagen. Schleichend. Wobei ich eigentlich gar nicht zu schleichen bräuchte, weil der Wind mittlerweile wie wild bläst und ich eher Angst haben muss, von einem entwurzelten Baum getroffen zu werden. Das Schleichen ist mehr psychologisch bedingt.

Es ist deutlich finsterer geworden, schwarze Wolken sind aufgezogen. Trotzdem sehe ich noch einigermaßen, und nach gut fünf Minuten taucht dann auch das Holzhaus hinter dem wild wedelnden Blattwerk eines Buchenhains auf. Es steht auf einer kleinen Lichtung und ist geräumiger, als ich gedacht hätte. Zu seinen Lebzeiten hat sich der Franz nicht lumpen lassen. Im Giebel über dem Eingang hängt ein mächtiges Hirschgeweih, die Fassade, die mit einer Art Veranda abschließt, ist dunkelbraun gestrichen, die Fensterläden in Grün. Idyllisch, wenn auch etwas verwittert. Es gibt ein dieselbetriebenes Stromaggregat, hat mir die Moserin verraten, aber davon höre ich nichts. Darum brennt auch kein Licht. Wobei … Schaut man genau hin, erkennt man ein schwaches Schimmern durch die rotweiß karierten Vorhänge. Wenn ich nicht fantasiere, dann flimmert da eine Kerze.

Sich auf einem mit Blättern und Zweigen übersäten Waldboden lautlos zu bewegen ist meines Erachtens unmöglich. Selbst für das naturverbundene Volk der Niederbayern. Von daher bin ich den stürmischen Vorboten des nahenden Unwetters, das mich akustisch verschluckt, dankbar. Aber auch nur dafür. Immer wieder klatschen mir Zweige ins Gesicht, während ich mich am Rand der Lichtung entlangarbeite, um hinters Haus zu kommen. Die, die meine Nase treffen, sind besonders unangenehm, auch wenn sie mich selbstverständlich nicht aufhalten können.

Offenbar habe ich mir das auch aus Kriminalfilmen abgeschaut: dass man zumindest einmal hinters Haus geschaut haben muss, bevor man den Zugriff startet. Für mich lohnt sich der Blick auf die Rückseite dahingehend, dass ich den Geländewagen entdecke und nun keine Hoffnung mehr zu haben brauche, hier wieder unverrichteter Dinge abziehen zu können. Ich schlucke trocken und ziehe mein Handy aus der Tasche. Dabei weiß ich schon, dass ich mir das sparen kann. Hier gibt es viel Grün, Idylle und Ruhe, aber keinen Empfang.

Hinten starren mich bloß zwei dunkle Fenster an, daher wage ich mich bis an die Rückwand des Jagdschlösschens vor. Die Wipfel der umstehenden Bäume biegen sich weit zu mir herab.

Was nun, Herr Fellinger?

Das Auskundschaften hat ja alles keinen Wert, wenn ich jetzt keine Verstärkung rufen kann, um die Lage zu besprechen. Natürlich könnte ich auch einfach an die Tür klopfen. Falls der Franz postum dort drinnen jedoch noch ein paar Flinten aufbewahrt, schwinden meine Chancen, das hier zu überleben, rapide. Aber es hilft alles nichts, ich muss schließlich auch an die Mama denken. Und ein bisschen sogar an den Papa.

Kreizsacklzement!

Über mir grollt der Donner. Meine Oma hätte jetzt im Stromkasten alle Sicherungen rausgedreht, eine Wetterkerze angezündet und dann einen Rosenkranz gebetet. Strom gibt es hier keinen, und die Kerze brennt schon. Also bete ich. Nicht, dass mich der Blitz verschont, sondern dass ich wieder heil aus dem Saubachwald rauskomme.

Ich verzichte darauf, den Holzprügel aufzulesen, über den ich zurück auf dem Weg zur Vorderfront steigen muss. Gegen ein Jagdgewehr ist damit eh nichts ausgerichtet. Mit weichen Knien nehme ich die Holzstufen zur Haustür. So wie mein Magen sich zusammenschnürt, bin ich froh, dass ich den Hasenbraten verschmäht habe. Ohne mich anzukündigen und bevor mich der Mut endgültig verlässt, öffne ich die Tür. Wie praktisch, dass an dem Schlüsselbund, den der Lothar der Moserin stibitzt hat, auch gleich der Schlüssel für diesen waidmännischen Rückzugsort hing.

Es ist ein großer Raum, der weitgehend im Dunkeln liegt. Die eine Hälfte geht hoch bis zum Dachstuhl, die andere schließt mit einer Galerie ab. Vermutlich befindet sich dort oben das Schlafzimmer. Links darunter erkenne ich eine rustikale Küche, doch die Einrichtung erfasse ich nur am Rande. Denn zentral platziert steht ein wuchtiger Tisch, auf dem eine einsame Kerze flackert. Und da sitzt sie und richtet eine Waffe auf mich. Irgendwas Doppelläufiges, zwei bedrohliche schwarze Löcher. Ich muss schwer darum kämpfen, nicht rückwärts wieder hinauszustolpern.

»Sie hätten sich gar nicht so anschleichen brauchen«, sagt sie ziemlich unüberrascht.

Ich muss mich räuspern, bevor ich was rausbringe. »Wollte Sie nicht erschrecken.«

»Bis auf das da hat sie alle Gewehre verkauft«, teilt sie mir beiläufig mit und wackelt leicht mit dem Lauf. »Und jetzt machen Sie endlich die Tür zu, damit nicht noch der ganze Wald reinweht!« Das muss der Tonfall sein, mit dem sie auch den Lothar herumgescheucht hat. Bestärkt durch die Anwesenheit der Flinte, folge ich bereitwillig ihrer Aufforderung, sperre das Unwetter aus und trete dann wie auf Eiern vor, um mich ihr gegenüber an den Holztisch zu setzen. Der Lauf folgt meinen Bewegungen. Sonst verzieht die Veronika keine Miene. Das weiche Licht des Kerzenscheins macht sie fast attraktiv.

»Sie kannten die Hütte?«

»Der Franz hat sie mir mal gezeigt. Der war ein Netter, viel zu gut für meine Mutter«, hängt sie an, weil sie wohl genau wie ich der Meinung ist, den ersten Satz nicht allein für sich stehen lassen zu können.

Der Franz! Ich denke mir meinen Teil. Auch darüber, was da noch alles im Verborgenen liegt, bei dieser Familie. Familie wäre dann auch genau mein Stichwort. »Sie sollten sich stellen, denken Sie doch an Ihre Tochter!«

Sie nickt. Vielleicht liegt es an der schwachen Beleuchtung, dass ich den Eindruck bekomme, sie hätte feuchte Augen.

»Es gibt kein Zurück, sagt der Frantisek.«

Der Hlavac, dieser … Nein, besser, ich bewahre einen kühlen Kopf. »Was sollte denn eigentlich diese Schmierenkomödie im Hotelkeller?«

Sie lächelt gequält. »Wir waren so perplex, als Sie oben am Schloss plötzlich vor uns gestanden sind. Schon auf dem Weg runter in die Altstadt hat er dann gewusst, was zu tun ist. Ich muss ihn einschüchtern, hat er gesagt, sonst lässt er uns nie in Ruhe. Dass Sie die Polizei holen, damit hat er nicht gerechnet.«

»Aber warum sind Sie überhaupt abgehauen, wenn er Sie glauben gemacht hat, alles im Griff zu haben?«

»Ich hab gehört, was Sie zu ihm gesagt haben … Dass

man mich in Deutschland sucht. Mir war klar, dass die im Altersheim früher oder später den Schwund im Medikamentenschrank bemerken. Ich dachte nur, mir bleibt mehr Zeit.«

Der Lothar, die arme Sau, denke ich, aber wenn ich sie so betrachte, ist es der falsche Moment, um ihr Vorwürfe zu machen.

»Warum wollten Sie denn unbedingt in das Haus Ihrer Mutter?«

»Jemand hat dem Frantisek gesteckt, dass sie den Notartermin verschoben hat, den sie unbedingt vor ihrem Urlaub erledigt haben wollte. Wir wollten die Gelegenheit nutzen und in Erfahrung bringen, ob sie irgendwas Neues verfasst hat. Notizen für die Testamentsänderung. Ich sollte in aller Ruhe die Villa durchsuchen, wenn sie weg ist.«

»Auf Geheiß vom Hlavac«, falle ich ihr kopfschüttelnd ins Wort. »Wahrscheinlich hat er Ihnen auch erklärt, wie Sie sich einen Schlüssel besorgen können, nachdem er letzten Dienstag nicht mehr in die Villa gekommen ist?«

»Ich musste was unternehmen, bevor sie all ihr Geld diesem Ganske in den Rachen schmeißt«, zischt sie.

»Ja, aber selbst wenn Sie dahingehend was gefunden hätten, was hätten Sie machen können?«

Ihre Schultern sacken nach vorne, das Gewehr schrammt laut über die Tischkante. »Vielleicht wollte ich auch nur schau'n, ob irgendwo Blut ist … oder so. Doch dann sind Sie dagestanden. Mit dem Polizisten.«

»Ah, das war doch nur der Kronawitter«, winke ich ab, werde aber sofort wieder ernst. »Wie konnte es überhaupt so weit kommen?«

»Er hat zugegeben, dass er sie umgebracht hat, verstehen Sie? Immer wieder hat er beteuert, wie schrecklich leid ihm das täte, aber dass es der einzige Ausweg war. Für uns und unsere Liebe, damit wir beide eine Zukunft haben. Weshalb er auch verlangt hat, dass der Lothar weg muss.« Plötzlich schlägt sie die freie Faust auf die Tischplatte. Ich zucke heftiger zusammen, als mir lieb ist. Wie nervös ist der Zeigefinger, der um den Abzug liegt?

Sie wird laut. »Dieser verfluchte Scheißkerl hat rumgejammert wie ein Baby, weil er in seiner Panik der Moserin seinen Fußballschuh über den Schädel gezogen hat. Dann hat er Skrupel gekriegt, konnte nicht mehr schlafen. Der Appetit war auch weg. Er hat gesagt, er hält das nicht mehr aus und geht zur Polizei. Was hätt ich denn machen sollen, ich konnte doch nicht zulassen, dass alles rauskommt!«

Die Kerzenflamme zittert. Der Gewehrlauf auch. Was für hundsgemeine Schachzüge von diesem verreckten Tschechen. Noch dazu, weil er auf mehreren Brettern gleichzeitig spielt, um auch ganz bestimmt an das Geld zu kommen. Falls der Hlavac im Testament steht – wovon er offensichtlich ausgeht – und die Veronika wegen des Mordes an ihrem Mann in den Knast wandert, erbt die Drecksau womöglich alles. Auch wenn er dafür noch was tun muss; aber das hat er ja schon großspurig angekündigt. Ich betrachte die Veronika lange, unsicher, ob sie die Machenschaften von dem böhmischen Hundling auch nur im Ansatz durchschaut hat. Aber so naiv kann man eigentlich nicht sein, nicht mal als Frau.

»Wissen Sie, wo er sich jetzt rumtreibt?«

Sie schüttelt den Kopf. »Ich hab ihn seit Krumau nicht mehr gesehen.«

»Also weiß er auch nicht, wo Sie sich verstecken?«

»Das mit der Jagdhütte, das ist mir auf dem Rückweg aus Tschechien eingefallen. Niemand weiß davon.«

Das ist gut für die Allmannsederin. Weniger gut ist es, dass dieser Irre noch immer frei herumläuft und in aller Ruhe seinen nächsten Schritt vorbereiten kann. Wieder muss ich an den Hasen denken, den er vor den Augen vom Papa geschossen hat. Ein weiterer Gruß von ihm, mit dem er mir mitteilt, dass ich die Füße stillhalten soll.

»Sie haben gemeint, ich war's, ich hätt meine Mutter umbringen können«, unterbricht sie meine Gedanken.

»Na ja, bei Ihrem Gatten war die Hemmschwelle ja auch nicht so hoch.«

Wieder ballt sie die Faust und funkelt mich an. Eine trotzige Reaktion, die sich zu meiner Erleichterung jedoch ebenso so schnell auflöst, wie sie entstanden ist. Die Veronika ist am Ende.

Draußen tobt der Sturm, Äste kratzen über das Ziegeldach. Unter das Brausen mischen sich erste schwere Tropfen, die gegen die Fensterscheiben klopfen.

»Ist Ihnen jemals die wahre Liebe begegnet? Oder zumindest jemand, den Sie dafür gehalten haben?«

Vor meinem inneren Auge erscheint das Bild von der Höllmüllerin. »Ja … Aber ich hab's ihr noch nicht gesagt«, gestehe ich der Frau, die mich mit einem Jagdgewehr bedroht.

»Machen Sie das nur, wenn Sie es wirklich ernst meinen!«, mahnt sie mich, dann drückt sie ab.

RAUSCHEN

Der Knall zerreißt das Jagdhüttenidyll.

Samt Stuhl kippe ich nach hinten und schlage hart auf den Holzbohlen auf. Meine Gehörgänge füllen sich mit Watte. Der Pulverdampf beißt in Nase und Augen. Letztere will ich aber gar nicht mehr aufmachen. Um das Blut nicht sehen zu müssen, das mit jedem meiner mir noch verbleibenden Herzschläge fontänengleich aus mir herausspritzt wie bei einem lecken Hydraulikschlauch. Ich erwarte den Schmerz. Das Aufflammen im Brustbereich. Die Kälte, die jede Sekunde in mich hineinkriecht. Das Licht vorm inneren Auge, das meine Seele auf den rechten Weg führt. Während ich warte, überkommen mich Fragen. Nicht nach dem Sinn meines Lebens, vielmehr nach dem irrationalen Handeln der Allmannsederin. Warum hat sie das getan? Unverständnis hält die Panik über den nahenden Tod in Zaum. Weiber! Ich war so sicher, sie überredet zu haben. So sicher, dass sie einsichtig ist und aufgibt. Sich stellt. Stattdessen schießt sie mich über den Haufen. Unfassbar, dass ich hier draußen im Sauwald dahinscheide. So jung. Himmelherrgott! Was habe ich falsch gemacht?

»Mei, das tut mir jetzt leid«, höre ich sie sagen. Gedämpft. Irgendwo über mir. Fast wie ein Engel, wären da nicht diese höhnenden Worte aus dem Engelsmund. Es tut ihr leid! Saumatz! Davon kann ich mir jetzt auch nichts mehr kaufen.

»Mei, Herr Fellinger, ich hab fei nicht gewusst, dass das Gewehr geladen ist, das müssen Sie mir glauben!« Das klingt beinahe weinerlich und schafft noch mehr Verwirrung. Grauen hin oder her, es ist die Neugier, die meine Augen öffnet. Von der Kerze beschienen, steht die Veronika da und blickt auf mich runter. Das Gewehr hat sie offenbar weggelegt. »Haben Sie sich wehgetan?«

Ich schaue an mir runter. Wenn was wehtut, spüre ich es nicht. Und Blut sehe ich auch keins. Dafür ist ein fußballgroßes Loch in der Tür, durch das der Wind weht.

Es dauert eine Weile, bis wieder Kraft in meine Beinmuskulatur kommt und ich mich in der Lage fühle, von diesem rustikalen Stuhl aufzustehen. Auf dem Tisch liegt die ungeladene Flinte, und ich frage mich, was die Veronika gemacht hätte, wenn der versehentlich losgegangene Schuss mich getroffen hätte. Das Rauschen in meinen Ohren ist weitaus lauter als das Rauschen des Sturms, der die Bäume rüttelt. Sie fährt mich bis zu meinem Auto, wofür ich dankbar bin. Ich stehe vermutlich unter Schock, zudem kann ich meinem Gleichgewichtssinn noch nicht wieder trauen. Außerdem gießt es mittlerweile wie aus Kübeln.

»Sicher, dass ich Sie nicht bringen soll?«, biete ich an und meine es wahrscheinlich genau andersrum.

Sie schüttelt den Kopf. »Das muss ich alleine machen.«

»Ich sag für Sie aus«, versichere ich ihr, ohne überhaupt die Gewissheit zu haben, dass mich jemand anhören will. Ich möchte mich ja auch nicht aufdrängen und gönne dem

Lechner seinen Ruhm, wenn der die mutmaßliche Täterin in Gewahrsam nimmt. Ein zweites Mal nehme ich der Veronika das Versprechen ab, dass sie auf direktem Weg zur Polizei fährt, dann steige ich aus. Der Regen kommt mir jetzt fast waagrecht entgegen, und ich bin durchnässt, bevor ich auch nur einmal blinzeln kann. Ich wanke zu meinem Auto und steige ein. Mit dem feuchten Hemdsärmel trockne ich mir notdürftig das Gesicht, während ich ihren Rücklichtern hinterherschaue, bis sie um die nächste Kurve verschwinden. So übel wäre sie gar nicht, die Allmannsederin, wenn das Schicksal sie nur nicht so arg gebeutelt hätte, denke ich; aber dann reicht es auch mit dem Mitleid. Immerhin hätte sie mich beinahe erschossen. Versehentlich.

Alles der Liebe wegen? Herrschaftszeiten!

Das Gewitter befindet sich nun direkt über mir, und ich spute mich, aus dem Wald rauszukommen. Zweimal gerät der BMW ins Schlingern, weil sich die reinsten Sturzbäche über die schmale Landstraße ergießen. Durch das Loch in der Seitenscheibe drückt die Nässe herein. Es kommt mir wie eine Ewigkeit vor, bis ich zurück im Ort bin. Ich hoffe, die Veronika ist ebenfalls heil im Präsidium eingetroffen.

Es ist schwer anzunehmen, dass der Lechner jetzt stundenlange Verhöre führt, weshalb ich gar nicht erst versuche, ihn anzurufen. Stattdessen fahre ich beim Seibold vorbei, weil der ohnehin auf dem Weg liegt. Es brennt noch Licht in seiner Werkstatt. Der Seibold Karl repariert nicht nur Autos, er verleiht auch welche und betreibt zudem das hiesige Taxiunternehmen.

»Zu!«, brüllt er aus seiner Grube heraus, als ich die Werkstatt betrete. Ich kann ihn nicht sehen, weil ein alter 123er Mercedes ihn verdeckt.

»Der ist eh nicht mehr zu retten«, antworte ich, und er schiebt seine ölige Glatze unter dem durchgerosteten Schweller hervor. Die grelle, blaustichige Stablampe, die er unter das Auto gehängt hat, verschafft ihm schaurige Züge. Ich stelle mir vor, wie das ausgeht, wenn ein Ortsfremder hier hereinschneit, weil was an seiner Karre kaputt ist. Und der Karl dann auf diese einschüchternde Weise unter einem Auto hervorkriecht, mit geschwärztem Gesicht und einem Vorschlaghammer in der Hand. Ja, das ist der Stoff, aus dem sie in Hollywood Horrorfilme machen.

Aber vielleicht schau ich selber auch nicht viel besser aus. Begossen und abgehetzt. Nur knapp dem Tod entronnen. Es gibt immer zwei Seiten, und der, der dann die Motorsäge rausholt, fühlt sich womöglich auch nur bedroht. Von daher bin ich froh, dass er mich erkennt.

»Fellinger? Wenn du was zum Reparieren hast, komm am Montag!«

»Ich brauch eine neue Seitenscheibe«, erkläre ich, »und eine Auskunft!«

Weil der Karl, was sein Transportgewerbe angeht, wenig von Diskretion hält, hat er mit der Auskunft kein Problem. Ohne dass wir das explizit verhandeln müssen, erwartet er dafür allerdings, dass ich zum Jahresende neue Winterreifen bei ihm bestelle.

Es regnet zwar noch, aber der Sturm ist zur Donau hin abgezogen. Leider wird es deshalb auch nicht heller. Hemd und Hose kleben klamm an mir. Besser wäre, ich würde heimfahren, mich umziehen und dann ins Bett gehen, bevor ich mir noch eine Erkältung hole. Aber ich bin viel zu aufgedreht, also fahre ich zum Kellerwirt. Ich will gerade bei der Tür rein, da schießt mir der Lechner entgegen. Was habe ich erwartet, wo der Mann Freitagabend seine Zeit verbringt?

»Zefix, Fellinger!«

»Ja, Lechner, was pressiert's dir denn so?«, frage ich scheinheilig.

Er ist völlig aus dem Häuschen. »Stell dir vor, die Allmannsederin steht bei uns im Revier!«

Sie hat Wort gehalten, mir fällt ein Stein vom Herzen. Sofort fühle ich mich besser. »Darfst du mit drei Bier im Gesicht überhaupt noch ein Verhör führen?«, stichle ich, wie er an mir vorbeidrängt. Er macht zwei Schritte, dann dreht er sich noch mal um.

»Warum bist du eigentlich gar nicht überrascht?«

Ich schau so unschuldig drein wie das Christkindl.

»Du weißt das schon. Himmisakra, gibt es in diesem Kaff auch nur eine Spur von Feingefühl und Verschwiegenheit?« Seine Augen verengen sich. »Oder hast du womöglich …?«

»Reine Bürgerpflicht«, antworte ich und hebe meine Hände.

»Irgendwann dreh ich dir den Kragen um«, faucht er und rennt dann zu seinem Streifenwagen. So schnell bewegt er sich selten. Jetzt habe ich mir ehrlich ein Bier verdient.

ALLGÄU

Um mich zu versichern, dass alles in Ordnung ist, rufe ich Samstagmorgen bei der Mama an. Sie hat anscheinend bereits wieder vergessen, was ich ihr gestern aufgetragen habe. Zumindest hört sie sich in keiner Weise beunruhigt an. Sie erzählt mir, wie sich der Papa gefreut hat, dass ich ihm so viel von dem Hasenbraten übrig gelassen habe. Meine Sorgen mindert das nicht. Im Gegenteil. Die Gewissheit ist zurück, dass ich noch keine Ruhe geben darf. Auch dem Lechner gegenüber, selbst wenn der seine Verdächtige jetzt in Gewahrsam hat.

Es ist dämpfig. Das Kopfsteinpflaster auf der Marktstraße schwitzt. Beim Bäcker kaufe ich mir zwei Brezen, dann marschiere ich Richtung Polizeistation. Vorm Café Brenner haben sie bereits die Tische wieder rausgestellt und die Sonnenschirme aufgespannt. Dort hockt der Moosbrucker und versucht mit seinen Wurstfingern ein Ei zu pellen. Gemessen an dem, was die Bedienung ihm alles vor die Nase gestellt hat, hat er das große Frühstück für zwei Personen geordert. Ich fühle mich gewissermaßen eingeladen und hocke mich dazu. Er japst unverhältnismäßig laut nach Luft, als hätte ich ihn erschreckt. An seinem Doppelkinn hängt ein bisschen Eigelb. Auch seine Krawatte hat etwas abgekriegt. Der Moosbrucker hat bisweilen einen leichten Silberblick, mit dem er mich nun kritisch mustert.

»Fellinger!«

»Tust was für dein Cholesterin?«, frage ich und zeige auf den Batzen Leberwurst, den er sich auf seine Semmel geschmiert hat. Ein wenig pikiert schaut er auf seinen Ranzen runter, der gegen die Tischkante drückt. Was er vorfindet, scheint ihn nicht zu beunruhigen. Auch nicht der Dotterfleck auf der Seidenkrawatte.

»Was willst?«

»Auf keinen Fall eine Versicherung, aber womöglich hast du noch mal mit dem Notar Filzer geplaudert?«

Der Moosbrucker hat endlich das zweite Ei von der Schale befreit und sticht nun genüsslich mit dem Löffel hinein, dass das flüssige Eigelb nur so herausquillt. Dann haut er ordentlich Salz drauf, bevor er es sich fast am Stück in den Mund schiebt. Kauen tut er eigentlich auch nicht, dafür spült er mit Kaffee nach. Wie man bei so einem Menschen eine Lebensversicherung abschließen kann, bleibt mir ein Rätsel.

»Bist du immer noch hinter der Helga her?«, fragt er, ehe die Leberwurstsemmel dran glauben muss.

»Ich bin ihr schon recht nahe gekommen«, antworte ich eindringlich.

»Ach, warst du die letzten Tage auch auf Bali? Dafür schaust du aber ziemlich blass aus«, schmatzt er mir entgegen.

»Ich habe es weniger geografisch gemeint, das mit der Annäherung, eher spirituell.«

»Hör mir mit diesem Scheißdreck auf, Fellinger! Für uns

gibt es keinerlei Anlass, auch nur einen Cent an irgendwen auszubezahlen.« Er tupft mit der Serviette über seine fleischigen Lippen. Die Bedienung nähert sich, aber ich wedle sie weg. Ist eh kein Platz auf dem runden Tisch für eine Bestellung von mir.

»Es interessiert mich ja auch nur hypothetisch, vor allem, was für einen Beweggrund die Helga hatte, eine Testamentsänderung vorzunehmen.« Wenn ich an mein Gespräch mit dem Gustl vor ein paar Tagen denke, dann bietet das Café Brenner für Spekulationen offenbar eine hervorragende Atmosphäre.

»Hypothetisch?« Der Moosbrucker hebt amüsiert seine buschigen Brauen. »Also, jetzt, wo wir zwei so gemütlich beim Frühstück in der Sonne sitzen, willst du mit mir ein bisserl sinnieren?« Er lacht, dann schießt sein Zeigefinger auf mich zu, bis dicht vor meine Nase.

»So wie die ausschaut, hat dein Zinken schon wo gesteckt, wo er nichts zu suchen hatte. Du bist leidensfähig, Fellinger, echt leidensfähig.«

Während er polternd lacht, kommt mir eine grandiose Idee. Und weil sie mir halt so unverhofft zufliegt, packe ich zu und fordere mein Glück heraus. »Mit deinem Spezi drüben in Krumau hast du doch auch immer schön rumspekuliert. Kriegst du beim Hlavac im Hotel immer ein Gratiszimmer zum Schnacksln, oder warum belieferst du den Sauhund mit Informationen?«

»Eha! Langsam, Burschi! Was willst du mir da unterstellen?«

So perplex und gleichwohl erbost, wie er reagiert, liege ich offensichtlich nicht allzu weit daneben, weshalb ich jetzt unbedingt nachsetzen muss. »Nix, nix, ich mein nur. Der Lechner erwartet von mir heute eine saubere Aussage zu den Vorfällen der letzten Tage. Was den Lothar angeht, die Veronika, ihren tschechischen Stecher und die Helga. Ich kann dir nicht sagen, was er im Detail wird wissen wollen. Genauso wenig, welche Namen ich ihm nenne und wen ich da vielleicht raushalten kann aus dem Protokoll. Aber über eins sei dir bewusst, Moosbrucker. Alle, die namentlich in dieser Aussage auftauchen, für die wird es hinterher nicht sonderlich angenehm. Immerhin geht es um Mord!«

Die Röte auf seinen wabbeligen Wangen nimmt deutlich ab. Irgendwie macht er mir im Moment den Eindruck, als könnte er nicht einmal sein Frühstück fertig aufessen.

»Also, Fellinger – ich weiß jetzt nicht direkt, was du erwartest …?«

»Nur dass du ein bisserl – wie hast g'sagt – sinnierst!«

Er braucht erst noch mal einen Schluck Kaffee, nach dem er sich die Lippen leckt, dann schaut er sich um, ob nicht einer hinter ihm steht und zuhört. Noch sind wir unbehelligt im Café Brenner, aber dennoch neigt er sich mir ein wenig entgegen, so weit wie es seine Wampe eben zulässt.

»Nehmen wir mal an, du triffst die Entscheidung, dein Vermögen nach langem Abwägen deiner Tochter zu vermachen. Auch wenn ihr euch nicht besonders mögt, weil früher oft böse Worte gefallen sind, Anschuldigungen, der ganze Kram halt, den man sich bei Familienstreitereien an den Kopf schmeißt. Aber du hältst auch nicht viel von der Kirche oder karitativen Einrichtungen, weiß der Teufel … und immerhin, es ist dein einziges Kind, das es nicht leicht hat, auch wenn es selbst schuld ist an der Misere. Das Vermögen ist nun mal da, und du gönnst es mit Sicherheit keinem der Schleimscheißer, die um dich herumscharwenzelt sind, denn du weißt, dass es ihnen letztlich nur um dein Geld geht. Also, nehmen wir an, du bist endlich mit dir übereingekommen, dass deine Tochter als Erbin doch nicht so verkehrt ist, und stehst kurz vor der Testamentsunterzeichnung, die sie begünstigt.«

Er schaut mich an und wartet ab, ob ich ihm mit einem Nicken signalisiere, dass ich ganz bei ihm bin. Ich tu ihm den Gefallen.

»Da kommt unverhofft heraus, dass ausgerechnet deine Tochter was mit einem von den Hundlingen hat, die vorher dir den Kopf verdreht haben. Tja, also wenn ich an der Frau ihrer Stelle wär, Fellinger, dann würde ich's mir schon noch mal ganz genau durch den Kopf gehen lassen, ob ich meinen Servus unter so ein Dokument setze«, schließt er theatralisch.

»Oder nicht doch lieber vorher in den Urlaub fahre, um in allergrößter Ruhe darüber nachzudenken«, murmle ich.

»Beispielsweise«, bestärkt mich der Moosbrucker.

Und damit passt endlich alles zusammen – was ich dem Versicherungsheini natürlich vorenthalte. Der soll lieber noch ein wenig darüber schwitzen, ob ich sein heuchlerisches Zutun an dieser Sache dem Lechner stecke oder nicht. Ich wünsche ihm ein schönes Wochenende und einen Auswärtssieg vom FC. Wohl mehr aus Verlegenheit als aus echtem Hunger schiebt er sich schnell eine halbe Semmel in seinen Rachen und kann deshalb nur was Unverständliches erwidern.

Im Hof vom Polizeirevier parkt der Geländewagen vom Hlavac. Warum ist die Karre noch nicht bei der Spusi in Passau, frage ich mich. Brauchen die keine Indizien, um diesem verreckten Tschechen einen Mord nachzuweisen?

Mit Schwung stürme ich in die Amtsstube. Der Kronawitter will protestieren, kann mich aber auf meinem Weg ins Büro vom Lechner nicht stoppen.

Müde schaut er aus, der Sepp, wie der da hinter seinem Schreibtisch kauert. Aber auch zufrieden. Deshalb wimmelt er den Kronawitter unverzüglich ab, als dieser dienstbeflissen hinter mir auftaucht und schon zum Polizeigriff ansetzt, um mich zu überwältigen. Der Lechner trägt ihm sogar auf, dass er mir einen Kaffee bringen soll, was dem Kronawitter sensationell rote Wangen beschert.

Auch nachdem der Papagei mir einen Becher hingestellt hat, schweigen wir uns noch lange an. Nur das Klappern einer Computertastatur ist zu hören.

»Wieder alles in Ordnung mit deinem Sauschädel?«, will er plötzlich wissen.

Ich reibe mir über den Hinterkopf. »Bin wieder schmerzfrei.«

»Der Pauli hat dich auch schon vermisst «, richtet er mir aus, aber ich durchschaue, dass er den Kellerwirt nur vorschiebt. Ich nicke, und er packt prompt seinen Polizistenblick aus.

»Dafür, dass du die Frau Allmannseder überredet hast, sich zu stellen, bin ich dir dankbar. Aber nicht dafür, dass du dich dermaßen in diese Sache eingemischt hast. Nur dass du es weißt!«

Besser, ich sage kein Wort darüber, dass sie versehentlich auf mich geschossen hat. »Geh, Lechner, wie weit wärst du denn, wenn ich dir nicht so auf die Nerven gegangen wär?«

Er mahlt ein bisschen mit seinem Unterkiefer, weil er mir nicht zustimmen will, rümpft dann aber resigniert die Nase. »Du rückst jetzt sofort mit allem raus – ich will unter diesen Fall einen Schlussstrich ziehen!«

Er fragt nach meiner Meinung! Mir geht das Herz auf, aber ich behalte mein Pokerface bei. Er ist schon genug getroffen davon, dass der Inspektor von der Hygiene besser kombiniert hat als der Herr Kriminaler.

Ich fasse kurz zusammen, was sich aus meiner Sicht zugetragen hat, auch wenn ich ihm dabei nicht viel Neues berichten kann. Das meiste davon hat er schon vor Tagen von mir zu hören bekommen, alles andere dürfte die Veronika mit ihrer Aussage ergänzt haben.

Doch dann hat er eine Überraschung für mich. »Die Allmannsederin hat zwar gestanden, dass sie den Blutgerinnungshemmer aus dem Arzneischrank im Altersheim entwendet hat, sagt aber, dass sie dies auf Geheiß ihres Mannes getan hat. Sie behauptet, der Lothar hat das Phenprocoumon regelmäßig vor seinen Spielen eingenommen. Zum Dopen sozusagen, weil er dann besser rennen konnte. Vor den Folgen hätte sie ihn freilich gewarnt, bloß er wollte nicht auf sie hören. Fußball war halt alles für ihn, und da ihm sonst nichts geblieben war, wollte sie ihn zumindest bei dieser Leidenschaft nicht hängen lassen.«

Ich haue auf den Tisch. »Zefix, jetzt sag nicht, damit kommt sie davon.«

Er zuckt mit den Schultern. »Das muss der Staatsanwalt entscheiden, ich hab meine Arbeit getan. Und bevor du fragst, sie ist daheim und hat die Auflage, sich täglich zu melden.«

»Keine Fluchtgefahr?«

»Keine Fluchtgefahr!«

»Und der Hlavac, dieser Hammel, kommt auch davon, ich verlier gleich den Glauben!«

»Er hat allenfalls einen Hund überfahren, und dafür gibt es keinen Beweis, nicht einmal einen Kadaver.«

Noch ein Seitenhieb vom Lechner, allerdings einen, den ich verdient habe.

»Wenn ich was nicht versteh an dem ganzen Durcheinander, dann ist das die Sache mit dem Hund. Warum war der Köter nicht in dieser Hundepension?«

Kurz begeistere ich mich für die Idee, dass der Lechner den Hlavac noch wegen unterlassener Hilfeleistung am Bamberger drankriegen könnte. Doch ich will den Polizeihauptmeister nicht überfordern, mir fehlen auch da ja jegliche Beweise. Der Hlavac hat so viel gelogen, dass ich überhaupt nicht abschätzen kann, ob er wirklich beim Bamberger auf dem Hof war oder das auch nur aus der Zeitung hatte.

»Das mit dem Beaver«, sage ich daher und werde wieder leicht melancholisch, »das hat die Moserin verschuldet.«

»Die Erna? Wie jetzt?«

Ich verkneife mir den Tipp, dass er halt auch mal Pralinen zu seinen Verhören mitbringen sollte, wenn er die wirklich wichtigen Dinge erfahren will. »Also pass auf!«, sage ich stattdessen. »Nachdem die Helga das von ihrer Tochter und dem Hlavac spitzgekriegt hat – ich gehe ja fast davon aus, dass es der Tscheche selber war, der sie aufgeklärt hat, um sie endgültig gegen die Veronika aufzubringen –, und ihr außerdem der Ganske dermaßen auf die Nerven gegangen war, weil sie ihm die Bezüge gestrichen hat, da hat es ihr ein wenig pressiert. Sie wollte so rasch wie möglich weg, raus aus diesem Irrsinn. Vor allem ihrer Gesundheit wegen. Daher hat sie der Moserin aufgetragen, den Hund für ein paar Tage zu sich zu nehmen. Sicherlich ein großer Vertrauensbeweis, nur dass die Moserin es dann brutal an die Wand gefahren hat.«

»Davon hat sie überhaupt nichts erwähnt.«

»Verdrängung«, diagnostiziere ich. »Später hat sie dann die Amnesie vorgeschoben. Ganz abgesehen davon, dass niemand sie danach gefragt hat. Als ihr irgendwann zu Ohren gekommen ist, dass der Hund überfahren wurde, hat das schlechte Gewissen das Seine dazu getan, ihr den Mund zu versiegeln. Aber ich brauchte nur eindringlich nachfragen, da hat sie schon zugegeben, dass sie den Hund am Dienstagabend nach dem Seniorenturnen abholen wollte. Dummerweise hatte der Beaver keinen Bock auf die Erna, ist ihr ausgekommen und in die Nacht hineingelaufen. Eine Freiheit, die er nicht lang genießen konnte, wie wir wissen. Auf das Rufen der Putzfrau hat er jedenfalls partout nicht gehorcht. In ihrer Verzweiflung hat sie hinten auf die Terrasse Futter gestellt und wollte ihr Glück am nächsten Tag erneut versuchen. Aber da hatte der Herr Luang den Beaver schon fachgerecht eingelagert. Und am Donnerstag wurde die Moserin dann selbst zum Opfer, und der Poschinger-Hund geriet bei ihr erst mal in Vergessenheit.«

»Moment! Wenn die Erna den Hund schon am Dienstag holen sollte, dann hieße das ja, dass die Frau Poschinger ebenfalls bereits Dienstag verreist ist und nicht erst, wie alle behaupten, am Mittwoch.«

»Genau so war's«, bestätige ich dem Lechner und nehme einen Schluck Kaffee, der so grausam schmeckt, dass mir der Kronawitter da irgendwas reingemauschelt haben muss. »Ich konnte es auch nicht so wirklich glauben, aber es ist, wie es ist. Die Helga Poschinger lebt. Ich war beim Seibold, der hat sie nach München gefahren. An den Flughafen. Himmelherrgott, wenn wir die Veronika und diesen Tschechen wenigstens wegen der Helga hätten drankriegen können! Genau genommen ist sie wegen den beiden doch auch geflohen.«

»Geflohen, aber nicht geflogen«, sagt der Lechner und schiebt mir einen Zettel über seinen Schreibtisch. Ich kann nur Zahlen und ein paar kryptisch abgekürzte Worte erkennen.

»Kontobewegungen«, klärt mich der Polizeihauptmeister auf.

Im nächsten Moment verstehe ich, was ich da in der Hand halte, und bin plötzlich in der Lage, auch was zu dechiffrieren. »Oberstaufen«, lese ich ungläubig. Leck mich am Arsch, im Allgäu!

FLEXEN

Zu guter Letzt komme ich doch wieder überkreuz mit dem Lechner. Er sieht überhaupt nicht ein, den Hlavac zur Fahndung auszuschreiben. Nicht einmal, als ich ihm das mit dem Hasen erzähle.

»Das muss ja nicht der Hlavac gewesen sein, der da mit Pfeil und Bogen gewildert hat«, gibt er mir zu verstehen, und zwar auf eine Art, die mich vermuten lässt, dass er diese schändliche Tat des illegalen Hasenerlegens sogar dem Papa zutrauen würde.

Daraufhin habe ich die Schnauze voll. Jetzt kann er seinen Scheiß wirklich endgültig alleine machen. Ich behalte sogar den Ratschlag für mich, die Behörden in Oberstaufen lieber darauf anzusetzen, ein wachsames Auge auf den Urlaubsgast Helga Poschinger zu haben.

Wie kann sie mir das überhaupt antun, die Helga? Verreist nicht etwa nach Indien oder Bali. Nein, nach Oberstaufen. Eigentlich, sagt mir der gesunde Menschenverstand, müsste ich jetzt sofort hinfahren und sie warnen. Oder zumindest irgendwie auf sie aufpassen. Aber ich muss die Information erst mal psychisch verkraften. Im Allgäu. Kreizsacklzement!

Falls der Tscheche allerdings immer noch im Testament steht, setzt der vermutlich auch weiterhin alles daran, dass die Helga hopsgeht, bevor sie seinen Namen löschen lässt. Und dass sich so ein Geheimnis über einen Aufenthaltsort schnell mal hinaus aus dem Polizeirevier auf die umliegenden Wirtshäuser verbreitet, das wäre ja jetzt nichts Neues. Darüber fehlt dem Lechner jegliche Kontrolle. Aber auch das behalte ich für mich, weil einem eh nicht gedankt wird, wenn man sich aufreibt, für die Gesellschaft und für Recht und Ordnung.

Fürs Erste mache ich einen Abstecher zum Hof meiner Eltern. Der Papa schraubt am Hanomag herum, und die Mama sitzt auf der Bank vorm Haus und rupft ein Huhn.

»Es ist noch was da, von dem Hasen«, schreit sie mir entgegen, was ich zum Anlass nehme, gar nicht erst auszusteigen. Durch das offene Seitenfenster der Beifahrertür erteile ich ihnen erneut die Anweisung, keine Fremden ins Haus zu lassen und mich unverzüglich anzurufen, falls ihnen irgendwas verdächtig vorkommt. Sie nicken zwar beide, aber ich habe wenig Hoffnung, dass sie wirklich verstanden haben, was ich von ihnen erwarte. Am ehesten noch der Wacki, der mir jedoch beleidigt den Arsch hinstreckt, weil ich keine Anstalten mache, ihn hinter den Ohren zu kraulen.

Schon auf den Rückweg fangen die Kopfschmerzen an. Ob es Nachwehen sind von meiner unsanften Begegnung mit einem Steinboden in Krumau oder der aktuellen Anspannung geschuldet, ist mir letztlich wurscht. Ich will sie einfach bloß loswerden, daher fahre ich direkt bei der Apotheke vor, in der ich ziemlich exakt vor einer Woche zuletzt war. Und was sehe ich da?

Baustelle!

Am Eingang tüfteln zwei Handwerker herum. Samstagnachmittag eigentlich ein Unding. Ich kann jedenfalls gar nicht rein und stehe ratlos vor der rotweißen Absperrung.

»Hallo! Kommen Sie doch zum Nachtschalter!«, ruft da eine Stimme.

Durch ein kleines Guckloch, das neben der Tür in die Fensterfront integriert ist, glotzt mir der Zangenfein junior entgegen.

»Was ist da los?«, frage ich irritiert.

»Wir bekommen eine neue Tür«, erklärt mir der Apotheker stolz. »Wurde auch mal Zeit, dass das alte Monstrum wegkommt, nachdem sie zuletzt immer mal wieder Leute eingezwickt hat.« Er sagt das so, als hätte die antiquierte Druckplattentür ein Eigenleben geführt.

»Finde ich irgendwie schade«, rutscht es mir heraus, dabei war ich vor Kurzem noch so für den Fortschritt.

»Nein, nein, das war nötig«, sagt der Zangenfein junior, und ich sehe ihm an, dass er sich arg buckeln muss, um durch das kleine Fenster zu sprechen, durch das für gewöhnlich die Leute nachts bedient werden, wenn die Apotheke Notdienst hat.

»Was darf es denn sein?«

Ich verlange Aspirin, und sobald wir uns über die Höhe des Acetylsalicylsäuregehalts einig sind, tippelt er davon. Neben mir mühen sich die zwei Handwerker damit ab, den Druckmechanismus aus dem Loch zu hieven, in dem er vierzig Jahre lang seinen Dienst verrichtet hat.

»Da ist noch eine Halterung«, stellt der eine fest.

»Flexen wir durch!«, schlägt der andere vor. Filigrantechniker, ich hab's geahnt.

Ich will mich beeilen, bevor die mit dem Radau anfangen – aber dann bin ich doch neugierig. »Gerade gut, dass Sie und nicht der Herr Vater heute Dienst haben«, sage ich, als der Zangenfein mir meine Bestellung rausreicht. »Wäre sicher anstrengend für ihn, immer der weite Weg von der Tür zum Tresen und zurück.«

»Ja, ja, da hat er Glück. Wobei, er arbeitet ja jetzt nicht mehr.«

»Ach nein! Ihm ist doch wohl nichts zugestoßen?«

Der Zangenfein junior grinst mich aus seiner Durchreiche an. Er hat auch schon kaum mehr Haare auf dem Kopf und leicht diabolische Züge, vor allem, wenn er so weibisch kichert. In ein paar Jahren wird er ganz der Vater sein. »Keine Sorge, ihm geht's bald wieder besser. Er ist gerade auf Kur an der Nordsee, damit ihm der Wind die Flausen aus dem Kopf bläst. Stellen Sie sich vor, wollte der mir doch glatt die Apotheke wieder abschwatzen, die er bereits vor fünf Jahren auf mich überschrieben hat. Ja, ja, das Alter hat bisweilen seltsame Anwandlungen parat, da kannst du noch so viel Ginseng schlucken.«

Ich freue mich. Weniger für den Zangenfein junior, mehr über den Ganske. Sogar der Kopfschmerz lässt nach, ganz ohne Tabletten.

»Das macht dann sechs Euro dreißig!«, sagt der Apotheker in den Lärm hinein, weil der Handwerker eben die Flex angeworfen hat.

Nach einer erholsamen Nacht laufe ich mit klarem Kopf um halb elf beim Kellerwirt ein. Zum Sonntagsfrühschoppen ist beim Pauli traditionell um diese Zeit kaum mehr ein Platz zu ergattern, weshalb ich mich widerwillig zum Lechner an den Tisch hocke. Die Unterhaltungen am Stammtisch drehen sich hauptsächlich um die Bundesliga und darum, dass Bayern schon nächstes Wochenende vorzeitig Meister werden kann, was niemanden mehr in besondere Euphorie versetzt, aber trotzdem ein Grund bleibt, noch eine Runde zu bestellen. Irgendwann, nachdem die dritte Halbe in etwa zur Hälfte leer ist, beugt sich der Lechner unvermittelt nahe zu mir her und flüstert: »Nachher kommt die Helga zurück.«

»Wann?«, rufe ich aus, und alle, die um uns herum hocken, starren mich an. Woraufhin der Lechner nichts mehr sagt, aber mir ist klar, er will mich dabeihaben, was mich jetzt mehr als versöhnt.

Eine Stunde später stehen wir wieder im Sonneneck vor dem Haus der Poschingerin.

»Haben wir einen Plan?«, frage ich nicht zum ersten Mal, seit wir vom Stammtisch aufgebrochen sind.

»Ich schon«, antwortet der Lechner, mehr hat er vorher nicht gesagt und sagt er auch jetzt nicht. Nur so viel hat er mir verraten: Er habe mit der Frau Poschinger telefoniert und ihr die Sachlage geschildert. Mich braucht er, damit ich der Helga das mit ihrem Hund erkläre. Mehr wäre von meiner Seite nicht nötig. Als wäre ich dafür geeignet, Angehörigen Todesnachrichten zu überbringen. Was für ein lausiges Zugeständnis, nach all dem Blut und Schweiß, die ich für diesen Fall vergossen habe.

Meine Idee, dem Hlavac über seinen Informanten vor Ort die Nachricht zukommen zu lassen, dass die Poschingerin wieder da ist, fand er nicht berauschend. In erster Linie, weil ich mich immer noch weigere, den Namen des

Informanten zu nennen. Jetzt nicht weil ich den Moosbrucker sonderlich gut leiden könnte, eher so aus Trotz.

»Der Hlavac wird sich nicht herübertrauen, nach allem, was passiert ist.« Das ist dem Lechner seine Meinung, und dabei bleibt er. »Für den unwahrscheinlichen Fall, dass er so dumm ist zu glauben, er stünde noch im Testament, wird ihm doch zumindest klar sein, dass er erst recht nichts erbt, wenn er der Helga was antut.«

Alles richtig, aber hier sind doch längst schon viel zu viele Emotionen im Spiel. Da denkt doch keiner mehr rational, selbst der Tscheche nicht, bloß das will der Polizeihauptmeister nicht hören. Also warten wir missmutig, bis um kurz nach zwei dem Lechner sein Funkgerät knackt. Oben an der Hauptstraße hat er trotz seiner angeblichen Bedenkenlosigkeit den Kronawitter postiert. In den Haselnussstauden. Da fällt er kaum auf in seinem Polizeigrün, wenn er sich nicht bewegt.

»Sie kommt!«, knistert es aus dem Lautsprecher.

Und dann kommt sie. Die Totgeglaubte. In einer schwarzen Mercedes-Limousine.

Sie schaut nicht gut aus, wie sie da aus ihrem Leihwagen steigt. Schwarz trägt sie. Vielleicht wegen ihres Beaver. Dass der tot ist, weiß sie nämlich schon, sagt sie. Sie habe mit der Moserin telefoniert. Nein, sie mache der Putzfrau keine Vorwürfe, die konnte noch nie mit dem Hund. Es war ihre alleinige Schuld, den Hund nicht in zuverlässigere Hände gegeben zu haben. Freilich hätte sie ihn mitgenommen, aber sie hatte bis kurz vor Abflug die feste Absicht, nach Bali zu reisen. Erst am Flughafen habe sie es sich anders überlegt. Wohl auch, weil sie erst da merkte, dass sie ihre Reisedokumente zu Hause hatte liegen lassen. Dem Schicksal oder ihrer Kopflosigkeit geschuldet, habe sie dieser Umstand dazu bewogen, ein Kurhotel in Oberstaufen anzusteuern. Dort habe sie für eine Woche sämtliche Kommunikation mit der Außenwelt abgestellt, um Erholung zu finden.

Das erklärt auch, warum sie erst jetzt zurück ist.

Die Frage, ob sie sich in den Tagen vor ihrem Urlaub bedroht gefühlt hat, durch ihre Tochter oder den Frantisek Hlavac, belächelt sie müde. Auch seitens des Herrn Ganske habe sie keinen psychischen Druck gespürt. Sie lügt, das seh ich, aber der Lechner lässt mich nicht zu Wort kommen. Ich werde einfach entlassen, und irgendwie bin ich einerseits auch froh, dass sie nicht genauer wissen wollte, was mit dem Kadaver vom Beaver passiert ist.

Andererseits, der Hund ist tot, die Helga lebt. Mit einem guten Anwalt kommt die Veronika womöglich mit heiler Haut davon. Der Lothar spielt jetzt in der Mannschaft vom Jesus. Der Hlavac tut gut daran, sich nicht mehr hier herüben blicken zu lassen. Fall abgeschlossen.

Gut geht es mir dabei nicht.

FEIERABENDBIER

Wegen meines zwischenzeitlichen Krankenstandes oder vielmehr wegen meines selbstlosen Einsatzes für die Verbrechensbekämpfung ist ein bisschen was liegen geblieben bei mir auf dem Schreibtisch. Darunter auch die Ergebnisse von meinem letzten dienstlichen Besuch im Peking. Zu meinem Erstaunen hat das Labor der schwarzen Soße eine Freigabe erteilt. Trotz kriminell hoher Glutamat-Konzentration; aber damit sollen sich die Allergiker herumschlagen. Ich kann nicht genau sagen, warum, aber es freut mich für den Herrn Luang, weshalb ich am frühen Montagabend kurz bei ihm vorbeifahre. Weil das Wetter nach wie vor prächtig ist und der Luang keine Außenbewirtung betreibt, ist nicht viel los. Genau genommen ist in der Gaststube nur ein Tisch besetzt. Direkt hinter dem Aquarium sitzt ein Pärchen, als wollte es sich verstecken. Selbst ihre Konversation, falls überhaupt vorhanden, wird durch die chinesische Folkloremusik übertönt.

Ich trete an den Tresen und horche hinaus in die Küche. Dort werkelt wer herum, und kurz überkommt mich der Drang, einen Blick hineinzuwerfen. Nachher weidet die rumänisch-chinesische Kochgemeinschaft gerade wieder was aus, was unter keinen Umständen konform geht mit der Lebensmittelhygiene-Verordnung. Doch dann taucht der Herr Luang auf, der als vorbildlicher Gastronom Kundschaft wittert. Sein Lächeln gefriert, sobald er mich erkennt.

»Gute Neuigkeiten!«, verkünde ich forsch, bevor er mir noch aus den Latschen kippt, und erteile ihm offiziell die Genehmigung, dass er seine schwarze Soße weiterverwenden darf. Eine frisch angesetzte allerdings, nicht die von vor zwei Wochen, werfe ich mahnend hinterher.

»Fleilich, fleilich, Hell Fellingel«, sagt er. Sein Lächeln ist zurück, und er kann sich gar nicht oft genug verbeugen. »Ein Biel? Tsingtao?«

Ich verzieh das Gesicht, und er grinst noch breiter.

»Nein, natüllich nicht«, singt er ganz lang gezogen im Takt seiner Klingklang-Hintergrundbeschallung und freut sich wie ein tibetischer Schneekönig, als er hinter den Tresen greift, eine handelsübliche braune Halbeflasche hervorzieht und freudig ausruft: »Hacklbelgel!«

Weil der Luang jetzt extra eins meiner Lieblingsbiere im Sortiment hat, kann ich nicht nein sagen, was ihn noch mehr strahlen lässt. Während er mir das Hacklberger einschenkt, drehe ich mich zum Gastraum hin um, und mein Blick fällt wieder auf das Pärchen. Allerdings nun nicht mehr verzerrt durch die Lichtbrechung im Aquarium. Und da sitzen sie, in trauter Zweisamkeit. Der Bechtl und seine Marina.

Sie entdecken mich genau im selben Moment, und irgendwie ist die Situation schrecklich peinlich. Vor allem, als die Marina dann noch verlegen winkt.

Ich greife mir das Hacklberger, das mir der Luang entgegenstreckt, und gehe rüber zum Tisch der Bechtls, so wie es der Anstand gebietet. Sie warten noch auf das Essen; sein Bier und ihre Litschisaft-Schorle sind schon zur Hälfte leer.

»So eine Überraschung«, sagt die Marina nervös.

Der Bechtl sagt nichts, hebt aber seine Halbe und prostet mir zu.

»Magst dich dazusetzen?«, fragt die Marina.

Ihr Mann verzieht das Gesicht, und ich bin froh, dass er heute keinen Helm trägt. Ich sehe ihm an, er hat seiner Frau nichts von unserem Ausflug nach Krumau erzählt und hofft jetzt inständig, dass ich darüber das Maul halte. Auf seiner Oberlippe glänzt ein Schweißfilm.

Der Herr Luang rettet die Szene, indem er mit dem Essen kommt. Der zu erwartende Mischmasch. Huhn auf Gemüse, Ente auf Gemüse, Soße süßsauer, dazu Reis und als Dekoration je ein Schmetterling aus einer Karotte geschnitzt. Einfallslos bis dorthinaus.

»Dann lasst euch euer Versöhnungsessen mal schmecken«, sage ich, und ehe einer der beiden einen Einwand vorbringen kann, heulen draußen auf einmal Sirenen vorbei. Polizei, und der Notarzt hintendrein. Fünf Sekunden später die Feuerwehr. Ich stelle mein Bier auf dem Aquarium ab und eile hinaus auf den Parkplatz. Die Einsatzfahrzeuge sind längst um die Kurve, aber der Lärm hängt noch immer in der Atmosphäre. Sie sind abgebogen, rein zum Sonneneck.

Mit langen Schritten sprinte ich die Hauptstraße entlang. Bei den Haselnusssträuchern angekommen, brennt mir schon die Lunge. Zur Belohnung für meinen Kraftakt blinken mir die Blaulichter entgegen. Allerdings nicht direkt vor der Poschinger-Villa, sondern ein Stück in meine

Richtung. Der Lechner hat seinen Karren quer über die Straße gestellt, wie es seine amerikanischen Kollegen so gerne machen. Dahinter stehen der Sanka und der kleine Spritzenwagen der Freiwilligen Feuerwehr, in dem sie den Spreizer herumfahren. Der Fuhrpark versperrt mir zum größten Teil die Sicht. Ich erkenne mit Mühe den schwarzen Mercedes, mit dem die Helga gestern aus dem Allgäu zurückgekehrt ist. Die mächtige Schnauze der Limousine hat sich in einen silberfarbenen Wagen gebohrt und beinahe dessen komplette Fahrerseite unter sich begraben. Dampf steigt auf. Selbst von hier aus kann ich das Metall knistern hören, wobei ich mir das wahrscheinlich einbilde. Überall um die zerbeulten Karossen liegen Rosen verstreut. Die muss es förmlich wegkatapultiert haben, bei dem Zusammenprall. In meinen Ohren pocht das Blut.

Zwanzig Meter abseits von dem Blechknäuel steht wie versteinert die Poschingerin. Die Hände vor der Brust verschränkt und immer noch in Schwarz. Der Lechner redet auf sie ein, doch sie schaut an ihm vorbei und zu mir herauf. Wieder – und selbst auf die Entfernung – spüre ich ihre Dankbarkeit darüber, dass ich in der Sache mit dem Beaver nicht nachgelassen habe. Sie ist unverhältnismäßig blass, was ich aber nicht zwingend dem Unfall zuschreibe, den sie soeben verursacht hat. Es ist die Krankheit, die alle Farbe aus ihr herausgesogen hat wie ein Schwamm.

Der Lechner bemerkt, dass sie ihm nicht zuhört, und folgt ihrem Blick. Wie er mich erkennt, sacken seine Schultern deutlich nach vorne. Es ist schon ein Kreuz mit mir, wird er sich denken und still in sich hineinfluchen. Er entschuldigt sich bei der Helga und stapft mir entgegen.

»Sie schaut unverletzt aus, warum der Notarzt?«, will ich wissen, bevor er was sagen kann. Den Hinweis, dass normalerweise er die Fragen stellt, bringt er bei mir schon lang nicht mehr vor.

»Fellinger, bitte hau ab!«

»Ich brauche nur runtergehen zum Kellerwirt und krieg alles zu hören, was ich wissen will. Das Feuerwehrhaus ist schräg gegenüber, und du weißt ja, wo die nach dem Einsatz einkehren. Du könntest natürlich dagegenwirken, dass ich irgendwelchen Gerüchten aufsitze. Gerüchte kann man schließlich guten Gewissens weitertragen, bei Fakten sieht das schon anders aus.«

Nach einem tiefen Seufzer streicht er sich durch den Vollbart. »Du bringst mich noch ins Grab.«

»Denk an deinen anstehenden Familienurlaub, das richtet dich wieder auf!«

Das macht ihm klar, dass es tatsächlich Schlimmeres als mich in seinem Leben gibt, was ihm wiederum die Zunge löst.

»Der Herr Hlavac wollte der Frau Poschinger wohl einen Besuch abstatten. Das fand die Frau Poschinger wenig erbaulich, und da sie praktischerweise gerade im Auto saß, hat sie den Herrn Hlavac mit einer Geschwindigkeit von circa dreißig Stundenkilometern am Aussteigen gehindert. Leider hatte er diesen Vorgang schon zur Hälfte durchgeführt, weshalb er … Na ja, es schaut grauslich aus, was da zwischen den beiden Boliden klemmt.«

»Der Hlavac und seine Rosen«, murmele ich vor mich hin. Wo er den letzten Strauß höchstpersönlich auf dem Kompost entsorgt hat, nachdem er die Empfängerin nicht mehr angetroffen hat, hat er wohl gedacht, er probiert es noch mal mit derselben Masche. Gerade gut, dass die Polizei diesmal vor dem Tian da war. »An ihrer Stelle hätte ich auch den Leihwagen genommen, schon allein wegen der Versicherung«, kommentiere ich seinen Bericht, klopfe ihm aufmunternd auf die Schulter und mache mich auf den Weg runter zum Pauli. Ich überlege mir, dass ich die Höllmüllerin mal zum Essen einladen könnte, weil sie doch meinen Zinken so wunderbar versorgt hat. Da kann sie ja eigentlich gar nicht nein sagen. Die Vorfreude auf ein Date mit der Frau Doktor hebt meine Stimmung zusätzlich. Überhaupt bin ich mit einem Mal sehr zufrieden, wie das hier ausgegangen ist. So ein schönes Feierabendbier ist jetzt genau das, was noch fehlt.

BLUADIGE HENNAKREPF

Der niederbayerische Dialekt ist eine echte Herausforderung, und je weiter man nach Osten kommt, umso unerwarteter wird es. Für das geschulte Ohr lassen sich Hiesige aus der Grenzregion zu Österreich und Tschechien ortsscharf erkennen. An ihrer Aussprache, an der Färbung, die sie den Vokalen geben, an der Menge der Konsonanten, die einfach verschwinden, oder an der Verwendung von Bezeichnungen, die im nächsten Dorf bereits einer Übersetzung bedürfen. Mit der Idee, einen Roman in der Gegend spielen zu lassen, in der ich aufgewachsen bin, stellte ich mich selbst vor die Herausforderung, ein wenig von dieser Sprache, die auch sehr eng mit der Mentalität dieses eigenwilligen Volksstamms verbunden ist, in Dialogen wiederzugeben. Vor allem, um den Leserinnen und Lesern zumindest im Ansatz ein Gefühl dafür zu vermitteln, wohin man geografisch geraten ist. Schnell wurde mir dabei bewusst, dass es keine allseits verständliche Lösung gibt. Deshalb dürften die Dialoge bei einem echten Niederbayern zu keiner Identifikation führen. Da ich allerdings den Rest der Republik im Blick behalten wollte, beschloss ich, das Risiko einer Häme seitens der Einheimischen einzugehen. Denn letztlich, und das ist sicher der entscheidende Gedanke, liegt es doch sehr daran, wie man dieses Buch für sich im Stillen liest. Lese ich die Dialoge, erhalten sie genau die Tonalität und Aussprache, in der ich sie auch gesprochen hören möchte. Dafür, was der Berliner oder die Kielerin daraus macht, kann ich keine Verantwortung übernehmen, auch wenn ich dabei gern Mäuschen spielen würde.

Der Niederbayer flucht und schimpft mit Leidenschaft, allerdings können die für Außenstehende vielleicht hart und abschätzig klingenden Begriffe für niederbayerische Ohren je nach Verwendung und Aussprache durchaus auch Freundlichkeit, ja sogar Zärtlichkeit transportieren. Im krassen Gegensatz zu seinem geradlinigen Charakter umschreibt der Niederbayer zudem lingual gern und viel, benutzt massenhaft Füllwörter und liebt doppelte Verneinungen. Lassen Sie sich davon also nicht irritieren.

Als kleine Hilfe habe ich Ihnen im Anschluss einige verwendete Ausdrücke aufgelistet, von denen ich denke, dass sie gegebenenfalls des Nachschlagens bedürfen.

Für die Übersetzungshilfe des kurzen Dialogs, der zum Teil in Sächsisch geführt wird, bedanke ich mich bei Martin Hanns. Recht herzlichen Dank auch an meine Testleserinnen Brigitte Wagner, Theresia Gaugel und Chris Stöckle.

Abschließend gilt mein Dank meinem Lektor Tim Müller, dem Team von Heyne Hardcore sowie der Agentur Schlück und ganz besonders natürlich Tamara Rapp. Meinen Autorenkollegen vom Club der fetten Dichter danke ich für ihren Zuspruch, ihre Unterstützung und vor allem ihre Freundschaft. Meiner Familie für die Geduld und die Ruhe, die sie mir gewähren, damit ich mich in meinen Geschichten verlieren kann.

Alle Figuren und Ereignisse in diesem Buch sind fiktiv. Jede Ähnlichkeit zu realen Personen, lebendig oder tot, ist rein zufällig und vom Autor nicht beabsichtigt – und das vermerke ich hier explizit. Nicht dass jemand auf die Idee kommt, nur weil ich dort aufgewachsen bin, wo der Roman spielt, könnte er sich darin wiederfinden. Zudem entsprechen auch Details in der Beschreibung der Örtlichkeiten nicht unbedingt der Wirklichkeit … und alles andere ist womöglich ebenso erfunden.

KLEINE ÜBERSETZUNGSHILFE

Ah wa'? – Frage/Ausruf des Erstaunens, je nach Betonung wird Interesse oder auch Desinteresse signalisiert

Batz – Teigklumpen

BayWa – Niederbayerische Baumarktkette, sehr beliebt bei Landwirten

biesln – die Blase entleeren

Bierdimpfi – ein dem Gerstensaft sehr zugeneigter Mensch

blangen – Gelüste haben

bluadige Hennakrepf – wörtlich blutige Hühnerkröpfe, Fluch, der einen fragwürdigen Zustand beschreibt

Brezelsoizer – wörtlich Laugengebäcksalzer, begriffsstutziger Lahmarsch

Christbaumversteigerung – Adventsbrauch, der Vereinen Geld in die Kasse bringt

Da brennt da Huat! – beschreibt eine fragliche, brisante Situation

Dampf im Gesicht – arg angetrunken

Diridari – Geld

Doagaff – wörtlich Teigaffe, Trottel

fei – sehr beliebtes Füllwort, keine klare Bedeutung, am ehesten mit bestimmt zu übersetzen

fickrig – nervös

flacken – lümmelhaft, aber auch gemütlich sitzen
Grand – Steintrog
granteln – sich ärgern
Grattler – heruntergekommener Typ
G'schaftelhuber – Wichtigtuer
G'schiss – Unannehmlichkeit
g'stingade Wuidsau – wörtlich stinkende Wildsau
grindig – übelriechend
Gspusi – Liebhaber/-in
Hacklberger – Ortsteil bzw. Klosterbrauerei in Passau
haspeln – stolpern
Haubndaucha – wörtlich Haubentaucher, Trottel
Heigert – abgemähte Wiese
Hendl/Gockl – gebratenes Hähnchen
Himmisakra – religiöser Fluch
Hirnkastl – Gehirn, mechanisch betrachtet
Hundling – Hund, abwertend
Hundsstump'n – marginal zu vernachlässigendes Anhängsel eines Vierbeiners
Kreizsacklzement – religiöser Fluch, aus Gottesfürchtigkeit abgeschwächt
Kuchl – Küche
kropfert – an einer Schilddrüsenkrankheit leidend
(ja) mei – nicht immer eindeutig und nicht einfach mit einem hochdeutschen Ausdruck austauschbar, die Bedeutung hängt von der Betonung ab; signalisiert wenig Interesse, ist aber auch Ausdruck von Ratlosigkeit, Verwunderung, Empörung oder freudigem Staunen
Lackl – unbeholfener Kerl
Lätschn – großer, hässlicher Mund

Mühlhiasl – bayerischer Nostradamus
odeln – die Jauche auf dem Feld verbringen
pfausen – keuchen
Reindl – Bräter
Ribisel – Johannisbeere
sakrisch – sehr, in hohem Maße
Schiaghaferl – Petze
Schmarrn – Unsinn
schnacksln – Geschlechtsverkehr
Schraz/Schraz'n – negativ für Kind/Kinder
Tschamsdara – Liebhaber, Freund
verratzt – heruntergekommen
zefix – religiöser Fluch, Abkürzung von (Kreuz-)Kruzifix
Zwetschgendatschi – Blechkuchen, mit Pflaumen belegt
zuzeln – saugen

Thomas Krüger

»Besser als Thomas Krügers Krimi sind höchstens noch seine Sonette!«
Harry Rowohlt

978-3-453-41152-4

978-3-453-41769-4

978-3-453-41876-9

Leseproben unter **www.heyne.de**

HEYNE